나의 한국

여러 해 ▯▯▯▯▯▯▯▯▯▯▯을 출간한 이후
로 저는 한국 독자들의 친절과 은혜를 입었습니다.
현대 사회의 따분한 관습에는 여권, 국경, 출생증명
서가 포함되지만, 관료제보다 훨씬 오래전부터 존재
해온 문학은 그런 인위적 정체성에는 관심이 없지
요. 문학은 다양한 언어 속에서도, 다양한 하늘 아래
에서도 따스한 집을 꾸립니다. 한국 독자들이 내 책
을 책장에 받아들여주었으니, 이제 나도 어느 정도
는 한국인이 되었다고—혹은 적어도 내 글이 한국
어가 되었다고 말해도 무리는 없을 것 같습니다.
이 영광에 무한한 감사를 드립니다.

ALBERTO MANGUEL

끝내주는
괴물들

Alberto Manguel*

끝내주는
괴물들

THE AUTHOR *

알베르토 망겔* 쓰고 그리다

김지현 옮김

드라큘라, 앨리스, 슈퍼맨과
그 밖의 문학 친구들

H

일러두기

1. 이 책은 예일대학교 출판부에서 출간된 *Fabulous Monsters : Dracula, Alice, Superman, and Other Literary Friends*(2019)를 우리말로 옮긴 것이다.

2. 외래어 표기는 우리말 어문 규정에 따라 옮겼으나, 일부 관용으로 굳어진 것에는 예외를 두었다.

3. 책명은 『 』, 단편과 동화는 「 」, 매체명은 《 》, 곡, 그림, 공연명은 〈 〉로 구분지어 표기하였다. 그중 일부에는 원제목을 함께 표기하였다.

공주를 좋아하는 아멜리아와
용을 더 좋아하는 올리비아에게

차례

저자 서문

"이건 어린이야! 오늘 막 발견했어.

실물만큼 크고, 실물보다 두 배는 자연스러워 보이지!"

앨리스를 소개하려고 그 앞으로 다가온 헤어가 열성적으로 대답하며,

앵글로색슨적인 태도로 그녀를 향해 두 손을 뻗었다.

"나는 어린이들이란 이야기 속에나 나오는

괴물인 줄로만 알았는데! 살아 있는 거야?"

유니콘이 묻자, 헤어가 엄숙하게 말했다.

"말도 할 수 있다고."

유니콘은 꿈꾸는 듯한 눈길로 앨리스를 바라보며 말했다.

"말을 해봐, 어린이야."

앨리스는 입꼬리가 슬그머니 올라가며

미소가 비어져 나오는 것을 주체할 수 없었다.

"저기요, 저는 유니콘이야말로 이야기 속에나 나오는

괴물인 줄 알았단 말이에요. 살아 있는 유니콘을 보는 건 처음이에요!"

"흠, 그런데 우리가 이제 서로를 보게 됐구나.

네가 나를 믿는다면, 나도 널 믿을게. 그럼 공평하지?"

루이스 캐럴, 『거울 나라의 앨리스』에서

오디세우스나 돈키호테의 고된 여정을 따라가게 해주는 관광 상품이 있다. 어느 다 허물어져가는 건물들에는 데스데모나*의 침실이라든지 줄리엣의 발코니가 있다고도 한다. 콜롬비아의 어느 마을은 아우렐리아노 부엔디아**가 살던 마콘도가 바로 자기네 마을이라고 주장하는가 하면, 후안페르난데스 제도에서는 몇 세기 전에 특출난 제국주의자였던 로빈슨 크루소를 환영한 전적이 있다고 자랑한다. 영국 우체국은 베이커 거리 221B번지에 사시는 셜록 홈스 귀하 앞으로 발송된 편지를 처리하느라 오랜 세월 분주했고, 찰스 디킨스는 『오래된 골동품 상점』의 리틀 넬을 죽였다는 이유로 분개하는 독자들의 항의 편지를 무더기로 받은 적이 있다. 생물학에 따

* 윌리엄 셰익스피어의 희곡 『오셀로』의 인물.
** 가브리엘 가르시아 마르케스의 『백년 동안의 고독』에 나오는 인물.

르면 우리는 살과 피로 이루어진 동물들의 자손이라지만, 우리는 내심 우리 자신이 잉크와 종이로 이루어진 유령들의 아들딸이라고 여긴다. 오래전 루이스 데 공고라*는 이 유령들을 이렇게 정의 내린 바 있다.

잠이란, 극적 장면들의 작가
높다란 휘장 위에 지어진 극장에서
맵시 있게 차려입은 유령들

'지어내거나 상상한 것'이라는 뜻의 '허구fiction'라는 단어가 영어에 생겨난 것은 15세기 초였다. 어원사전에 따르면 이 단어는 프랑스어에서 파생되었으며, 어원은 '점토 따위를 빚거나 모양을 만들다'라는 뜻을 지닌 라틴어 단어의 과거분사인 'fingere'라고 한다. 그렇다면 허구는 태초의 흙으로 작가의 형상을 본떠 빚어내고 작가의 숨결로 생명을 불어넣은, 언어의 아담과 같은 존재인 셈이다. 그렇기 때문에 때로는 잘 만들어진 허구적 인물들이 진짜 육신을 지닌 우리 친구들보다 오히려 더 생생하게 살아 있는 듯 보이는

---

* 루이스 데 공고라이아르고테. 17세기 초 스페인의 시인.

것이리라. 그들의 이야기는 도무지 한결같지가 않아서 우리가 읽을 때마다 전개가 바뀐다. 그들은 어떤 장면을 드러내고 또 어떤 장면은 감추는가 하면, 우리가 어떻게 해서인지 잊어버렸던 놀라운 에피소드나 이전에는 미처 눈치채지 못했던 세부 사항을 일러주곤 한다. 헤라클레이토스가 시간에 대해 남긴 잠언은 독서가들에게 있어서도 진실이라 하겠다. 즉 누구도 같은 책에 두 번 발을 디딜 수는 없는 것이다.*

　독서가들은 대체로 책을 통해 세상을 발견한다. 『거울 나라의 앨리스』에서 좁은 담장 위에 아슬아슬하게 올라앉은 험프티 덤프티를 만난 앨리스가 그에게 바닥에 내려오면 더 안전할 거라고 생각하지 않느냐고 걱정스럽게 묻자, 험프티는 으르렁거리면서 대꾸한다. "당연히 그렇게 생각하지 않지! 이봐, 만약 내가 정말로 떨어진다면…… 그럴 가능성은 전혀 없지만 말이야, 그래도 만약 그렇게 된다면……" 그는 엄숙하게 침묵하다 이렇게 덧붙인다. "왕께서 내게 약속하셨단 말이다. 그분이 친히 약속하시기를, 뭐라고 하셨냐 하면……" 앨리스는 눈치 없이 말을 가로챈다. "왕의 말과 신하를 전부 보내주시기로 했겠죠." 그러자 험프티는 욱해서 외친다.

* "누구도 같은 강물에 두 번 발을 담글 수 없다"는 헤라클레이토스의 격언에서.

"너 엿듣고 있었구나! 문가에서, 나무 뒤에서, 굴뚝 밑에서…… 그러지 않았으면 그걸 알 리가 없잖아!" 앨리스는 아주 부드럽게 대답한다. "안 그랬어요, 정말이에요! 저는 책에서 봤다고요." 진정한 독서가라면 앨리스의 해명에 놀라워하지 않을 것이다.

전 세계의 독서가들이 셰익스피어와 세르반테스의 동류들에게 존경을 표하지만, 근엄하고도 희망 어린 초상화 속에 영원히 박제된 그 존재들보다는 그들이 창조한 불멸의 피조물이 오히려 더 생생하게 느껴진다. 리어왕과 맥베스 부인, 돈키호테와 둘시네아는 심지어 그들이 등장하는 책을 읽어보지 않은 사람들에게도 실존하는 인물들로 받아들여진다. 우리는 베르길리우스나 몰리에르의 사생활에 대해서는 헤르만 브로흐와 미하일 불가코프의 소설에서 다뤄진 측면 정도만 알 따름이지만, 디도 여왕*이나 돈 후안의 치정에 대해서는 더 훤히 꿰뚫고 있다. 독서가들이라면 다 알다시피, 우리가 현실이라 부르는 세상을 낳은 것은 다름 아닌 허구의 꿈이다.

단테는 이 모든 것을 잘 이해하고 있었다. 「지옥 편」의 제4곡에서 모든 희망을 무너뜨리는 무시무시한 관문들을 통과한 끝에 베

---

* 베르길리우스의 『아이네이스』에 나오는 카르타고의 여왕.

르길리우스는 단테에게 '고귀한 성'을 보여준다. 그곳은 그리스도 탄생 이전에 태어났던 사람들의 영혼이 거주하는 성이었는데, 서글프고 둔한 눈빛의 사람들 사이에서 단테는 아이네이아스, 즉 베르길리우스가 지은 작품 속 영웅을 목격한다. 그러고는 "아이네이아스가 있었다"라는 단 한 마디로 그를 언급한다. 단테는 자신이 『신곡』의 세 주인공 중 한 명으로 내세운 베르길리우스에게 복합적인 사실성을 부여하기 위해서는 베르길리우스에 의해 창조된 인물(아이네이아스)에게 그만큼의 문학적 중요성을 실어줘서는 안 된다는 것을 알았던 듯하다. 아이네이아스는 『신곡』에 등장하긴 하지만 단지 그림자로 스쳐 지나갈 뿐이고, 그 덕분에 베르길리우스는 『아이네이스』의 저자로서만이 아니라 단테와 여행을 함께하는 동반자로서 독자들의 마음속에 자리매김할 수 있었다.

고등학교 시절 어느 괴짜 선생님이 나와 내 급우들에게 에드문트 후설의 현상학에 관한 글을 조금 읽힌 적이 있다. 이상주의자였던 우리는 그 이론에 매혹되었다. 어른들의 세상에서는 대체로 눈에 보이는 것들만 가치 있는 것으로 여겨지는 듯했는데, 반갑게도 후설은 존재하지 않는다고 여겨지는 것들과 우리가 유대를 맺을 수 있다고, 심지어는 깊은 유대 관계도 가능하다고 주장했던 것이다. 우리가 아는 한, 인어나 유니콘의 실체는 증명된 바 없다(비록 중세 중국의 우화집에 따르면 유니콘*들은 성품이 대단히 내성적이어서 사람의 눈에 띄지 않는다고 하지만). 그러나 후설은 인간의 정신을 그 가상의 존재들에게로 향하게끔 유도함으로써 그들과 우리 사이에 "보통의 양자관계"라는, 그다지 시적이지 못한 이름의 관계를 구축할 수 있다고 주장했다. 나는 바로 그런 괴물들 수백 마리와 바로 그런 관계를 맺었다.

하지만 모든 문학 속 인물이 모든 독자의 동반자로 선택되는 것은 아니다. 우리가 가장 사랑하는 인물들만이 오랜 세월 우리와 동행한다. 내 경우에는 『약혼자들』의 렌초와 루치아라든지, 『적과 흑』의 마틸드 드 라 몰과 쥘리앵 소렐이라든지, 『오만과 편견』에서 사회적 지위에 예민한 베넷가 사람들이 겪는 번민이 비록 분명히 가슴 아프기는 하지만 내 것처럼 느껴지지는 않는다. 그보다는 몬테크리스토 백작의 복수심에 찬 분노, 제인 에어의 강직한 자기 확신, 발레리가 창조한 테스트 씨의 이성적 우수에 더 친근감을 느낀다. 그보다 더 친한 동무들도 많다. 체스터턴의 '목요일이었던 남자'는 그 신비한 힘으로 내가 일상의 부조리를 헤쳐나갈 수 있게 도와주고, 프리아모스는 나보다 어린 친구들의 죽음을, 아킬레우스

---

* 여기서는 기린麒麟을 뜻한다.

는 경애하는 어른들의 죽음을 애도하는 법을 가르쳐주며, 빨간 모자와 순례자 단테는 인생 여정을 가로지르는 어두운 숲길에서 나를 안내해주고, 산초의 이웃인 추방자 리코테는 편견이라는 악명 높은 개념에 대한 이해를 밝혀준다. 그 외에도 아주 많다!

　이런 이야기 속 괴물들의 주요한 매력 한 가지를 꼽으라면 그들의 다중적이고 다변적인 정체성이라고 할 수 있을 것 같다. 저마다 고유의 내력을 가진 허구의 인물들은 자기들이 등장하는 책이 아무리 길든 짧든 간에 그 안에만 갇혀 있지 않다. 햄릿은 헬싱외르 성의 기둥과 아치 들 아래에서 이미 청년인 상태로 태어나, 성 안 연회장에 나뒹구는 시체들 사이에서 젊은 나이에 죽음을 맞았지만, 수 세대에 걸친 독자들은 책에 쓰여 있지 않은 어둠 속에서 햄릿의 유년 시절을 프로이트 이론으로 조명한다든지 그의 사후 정치적 이력을 밝혀내기도 한다―예컨대 제3제국 시대 독일에서 햄릿은 무대에 가장 많이 오른 인물이 되었다. 엄지손가락 톰은 몸집이 커졌고, 헬레네는 쪼글쪼글한 노파가 되었으며, 발자크의 라스티냐크는 국제통화기금에서 일하고, 오디세우스는 람페두사* 해안에서 난파당하고, 킴**은 영국 외무성에 채용되며, 피노키오는 텍사스의 아동

* 이탈리아 최남단에 위치한 섬으로 아프리카에서 난민들의 유입이 많은 곳이다.

강제 수용소에서 쇠약해져가고, 클레브 공작 부인은 빈민가에서 일자리를 찾아 헤매는 처지가 되었다. 독자들은 점점 나이가 들고 두 번 다시는 어려질 수 없지만, 허구의 인물들은 우리가 처음 그들의 이야기를 읽었을 때 그대로이면서도 한편으로는 읽을 때마다 달라진다. 허구의 인물들은 모두 포세이돈에게서 변신 능력을 받은 프로테우스처럼 우주 만물 무엇으로든 변할 수 있다. 돈키호테가 모험에 나선 지 얼마 안 됐을 때, 그가 애독하는 기사도 소설에 나오는 가상의 인물들과 스스로를 혼동하지 말라는 한 이웃의 충고에 그는 이렇게 말한다.

"나는 내가 누구인지 아오. 그리고 나는 앞서 언급한 사람들이 될 수 있을 뿐 아니라, 프랑스의 열두 기사가 될 수도, 아홉 위인***이 될 수도 있소. 나는 앞으로 그들 한 명 한 명은 고사하고 그들 전체가 합쳐도 당해낼 수 없을 만큼 뛰어난 업적을 쌓을 테니까 말이오."

돈키호테는 자기 책들 속 등장인물들에게 감정 이입하며 그 수많은 정체성을 자기 것으로 삼은 것이다.

어원 이야기를 더 해보자. 감정 이입empathy은 공감sympathy과 마

** 키플링의 소설 『킴』의 주인공으로, 아일랜드 출신의 인도 주둔 영국군 아버지 밑에서 태어나 영국 첩보요원으로 일하게 된다.

*** Nine Worthies. 중세 유럽에서 기사도의 이상을 이루었다고 여겨진 아홉 명의 영웅.

찬가지로 "견디거나 겪어내다"라는 뜻의 그리스어 pathos에서 파생됐다. "많은 영향을 받다"라는 의미의 단어 empathes는 그리스어 문헌에서 아주 드물게 발견된다. 일례로 아리스토텔레스는 「꿈에 관하여」라는 소론에서 딱 한 번, 어느 겁쟁이가 적들이 쳐들어오는 꿈을 꾸고 느낀 강렬한 공포에 대해 묘사하면서 그 용어를 사용한 적이 있다. 영어에서 empathy는 꽤 최근에야 만들어진 단어다. 1909년 코넬 대학의 심리학자 에드워드 브래드포드 티치너가 독일어 Einfühlung의 번역어로 주창한 것이다. 티치너에 따르면, 무언가 혹은 누군가의 '내부를 느끼'려는 감정적 충동은 (아리스토텔레스가 이야기한 겁쟁이의 꿈에서처럼) 우리의 정신적 갈등에 대한 해결책을 외적 표본에서 찾기 위한 전략이라고 한다. 즉 감정 이입으로 말미암아 자아를 치유한다는 것이다.

데이비드 흄도 일찍이 같은 이야기를 했다. 1738년에 쓴 『인성론』에서 그는 이렇게 말한다.

"우리가 타인들의 정념과 정서에 공감할 때, 이러한 움직임이 처음에는 단순한 생각으로 우리 마음속에 나타나고, 여느 다른 사실들을 떠올릴 때와 마찬가지로 다른 사람에게 귀속되는 것으로 떠오른다는 것은 분명하다. 그런데 타인들의 애정에 대한 생각이 그들이 나타내는 인상 자체로 변환되고, 우리가 형성한 그들의 상에 따라 정념이 일어난다는 것 또한 분명하다."

후설이라면 흄이 말하는 "타인들"이 뼈와 살을 갖춘 인간이 아니어도 된다고 말했을 것이다.

내 경험은 후설의 주장과 상통했다. 사람이 자서전을 쓰는 데에는 여러 방식이 있을 수 있다. 자신이 살았던 곳들, 과거에 꾸었고 지금도 기억나는 꿈들, 잊히지 않는 사람들과의 중요한 만남 등을 바탕으로 쓸 수도 있겠고, 단순히 연대순으로 사건을 나열할 수도 있겠다. 나는 늘 인생을 수많은 책의 책장을 넘기는 행위로 생각했다. 나의 내밀한 경험들은 거의 다 내가 읽은 책들이 만들어준 상상 속 지도로 규정되고, 삶에서 필수적인 것들에 대해 내가 안다고 믿는 지식은 거의 다 특정한 단락이나 문장에서 연원한다.

이러한 책장들은 머나먼 곳들과 오래된 시대를 다루지만 오늘날의 경험까지도 포괄한다. 신산한 우리 시대에 일어나는 강제 이주, 희망에 찬 난민들의 끊임없는 쇄도, 난파한 망명 신청자들이 유럽 해안으로 떠밀려오는 일 등은 모두 오디세우스가 고향으로 되돌아가는 여정에 묘사되어 있다. 1992년 멕시코 과달라하라 대학에서 진행된 연구에 따르면, 한 이주 노동자는 미국으로 건너오려 했던 자신의 경험을 이렇게 이야기했다고 한다.

"북부는 마치 바다 같아요. 불법으로 여행하는 사람은 꼬리를 휘어잡혀 질질 끌려다니는 동물처럼, 쓰레기처럼 다뤄져요. 바다가 쓰레기를 해변으로 밀어 올리는 장면을 상상하며 나는 이렇게 생각했죠. 내가 바다에 있는 거구나. 바다가 나를 자꾸만 뱉어내고 또 뱉어내는구나."

이것은 오디세우스가 비참한 결말을 맞을지도 모른다는 두려움에도 불구하고 칼립소의 곁을 떠나 다시금 이타카로 향했을 때 겪은 일과 같다.

"그가 그렇게 말했을 때 파도가 무시무시한 분노로 덮쳐와 뗏목을 다시금 뒤흔들고 그를 바다 저편으로 내팽개쳤다. 그는 키를 놓쳐버렸고, 폭풍의 어마어마한 힘에 돛대가 부서졌으며, 돛도 돛대도 모두 바다에 흩어지고 말았다. 칼립소가 입혀준 옷가지가 그를 자꾸만 물속으로 끌어 내리는 통에 오디세우스는 한참을 수면 위로 올라가지 못하고 발버둥 쳤다. 그러다 마침내 물 위로 고개를 내밀고 얼굴을 타고 입 안으로 흘러내리는 소금물을 뱉어냈다. 그래도 시야에서 벗어나지 않은 곳에 뗏목이 있었기에, 그는 최대한 빨리 그리로 헤엄쳐 가서 다시 뗏목으로 기어 올라갔다. 그러나 바다는 마치 가을바람이 마른 땅에 떨어진 엉겅퀴 솜털을 이리저리 굴리듯 뗏목을 집어 던졌다."

내가 이 세상의 경험—사랑, 죽음, 우정, 상실, 감사, 혼란, 고통, 공포, 그 모든 것과 나 자신의 변화하는 정체성을 배운 곳은 거울 속의 내 그늘진 얼굴이나 다른 이들의 눈에 비친 내 모습만은 아니었으며, 그보다는 책에서 만난 가상의 인물들의 영향이 훨씬 컸다. T. S. 엘리엇의 『황무지』에는 다음과 같은 구절이 나온다.

나는 너에게 무언가 다른 것을 보여주겠다
아침에 너를 성큼성큼 뒤따르는 그림자도 아니요
저녁에 일어나 너를 맞이하는 그림자도 아니라,
먼지 한 줌에 깃든 공포를 보여주겠다.

나도 딱 이런 기분을 느꼈다.

내가 기억하는 한, 내게 처음으로 공포를 보여줬던 "먼지 한 줌"은 그림 형제 동화에 나오는 잘생긴 도둑 신랑이었다. 약혼녀가 몰래 그의 집에 찾아갔는데, 알고 보니 남자의 정체가 살인범 무리의 우두머리였던 것이다. 술통 뒤에 몸을 숨기고 지켜보는 그녀의 눈앞에서 미래의 신랑과 그 동료들은 울부짖는 처녀 한 명을 질질 끌고 들어오더니 이런 짓을 한다.

"그들은 여자에게 술을 세 잔 가득 따라 먹였다. 한 잔은 흰색, 한 잔은 붉은색, 한 잔은 노란색이었다. 그걸 마신 여자는 심장이 터져 죽고 말았다. 그러자 그들은 그녀의 고급스러운 옷을 찢어 벗기고 몸뚱이를 식탁에 눕힌 뒤 그 아름다운 몸을 토막 내고 소금을 뿌렸다."

물론 동화는 "파렴치한 짓을 저지른" 범죄자들이 벌을 받는 결말로 끝난다. 하지만 내게는 그걸로 끝이 아니었다. 로버트 루이스 스티븐슨은 "특정한 갈색 빛깔"이 나오는 악몽을 되풀이해서 꿨다면서, "깨어 있을 때는 그 색깔이 아무렇지도 않은데 유독 꿈에서는 공포스럽고 징그럽게 느껴졌다"고 술회한 바 있다. 나는 밤마다 세 가지 색깔의 술에 비친 빛이 시체 토막들 위에 반사되는 꿈에 시달리곤 했다.

외교관 아버지 밑에서 자란 나는 어린 시절의 대부분을 이리저리 이사를 다니며 보냈다. 내가 잠드는 방도, 문밖에서 사람들이 주고받는 언어도, 내 주위의 풍경도 끊임없이 변했다. 변함없이 남아 있는 것은 오로지 내가 가진, 그리 많지 않았던 책들뿐이었다. 또다시 낯선 침대에서 잠들어야 할 때, 책을 펼쳐 들고서 예전과 똑같은 이야기와 똑같은 삽화가 실린 익숙한 책장을 보면 마음 깊이 안도감이 들었던 것이 기억난다. 내게 집이란 이야기 속에 있는 곳이었다. 그곳은 손안에 든 물리적 물체이기도 했고, 활자로 인쇄된 말들이기도 했다. 『버드나무에 부는 바람』에서 두더지가 넓은 바깥

세상 여행을 마치고 아담한 집으로 돌아왔을 때, 오래된 자기 방을 둘러보고 그 안의 모든 것이 얼마나 소박하고 평범한지, 자신에게 얼마나 많은 것을 의미하는지 실감하는 장면을 보면서 나는 불현듯 질투심 비슷한 감정에 사로잡혔다. 그에게는 돌아갈 장소가 있었다. "온전히 자신만의 공간과, 그를 기꺼이 반겨주고 언제나 소박한 환영 인사를 건네주리라고 믿을 수 있는 것들" 말이다.

사랑은 내가 여덟 살 되던 무렵, 우리 가족이 부에노스아이레스로 돌아갔을 때 찾아왔다. 내가 책을 보관할 수 있는 나만의 방을 얻었던 때였다. 나는 공포를 처음 맛본 것과 거의 비슷한 순간에, 마찬가지로 그림 형제의 동화 한 편을 통해서 사랑을 맛보았다.「진정한 연인」이라는, 신데렐라 이야기와 비슷하지만 조금 더 교묘한 내용의 동화였다. 그 이야기에서 처음부터 서로가 운명임을 알았던 두 연인은 초자연적인 장애물을 몇 차례 극복하고 함께 영원히 행복하게 산다. 그걸 읽고 나는 얼굴 모를 연인이 틀림없이 어디선가 나를 기다리고 있음을 알았다. 훗날 10대가 되어 성적인 자극을 느끼기 시작했을 때 나는 내 느낌을 터놓고 밝히면 상대방이 불쾌하거나 당혹스러울까 봐 두려워했다. 줄리엣이 로미오에게 했던 말은 내게 작위적으로 수줍어하는 태도를 거두라고 경고해주었다. "당신이 나를 너무 쉽게 손에 넣었다고 생각한다면, 나는 얼굴을 찌푸리고 심통을 부리고 싫다고 말해서 당신이 다시 구애하게 만들겠어요. 하지만 당신이 그러지 않는다면 나도 절대로 그러지 않을게요"라는 조언이었다. 나는 이 충고를 따라서 이런저런 결과를 얻었다.

마침내 진짜 첫사랑에 빠졌을 때, 당혹과 만족과 승리감이 뒤섞였던 스스로의 감정을 이해하려고 애쓰던 내게는 키플링의 『킴』 끝자락에서 라마가 그의 제자에게 자기 감정을 이야기하는 장면에 나온 구절이 명확한 참조가 되었다. "그는 무릎 위에 두 손을 포개고서, 자기 자신과 자기 연인을 모두 구원한 사람이 지을 법한 미소를 지었다." 또한 마르그리트 유르스나르의 동양풍 단편 「왕포는 어떻게 구원되었나」에서 참수당한 제자 링이 스승에게 하는 말에는 사랑에 푹 빠져 온 마음을 바쳤던 나의 심정이 담겨 있다. 왕포가 자신의 앞에 나타난 제자의 유령에게 "자네가 죽은 줄 알았는데"라고 하자, 링은 이렇게 답한다. "당신이 살아 있는데 내가 어떻게 죽을 수 있겠습니까?" 그러게나 말이다.

『눈먼 부엉이』에서 사데크 헤다야트는 "죽음의 손가락은 우리 인생을 통해 우리를 가리킨다"고 단언한다. 『눈먼 부엉이』를 비롯한 여러 이야기들 덕분에 나는 손가락으로 나를 가리키는 그 존재를 만났을 때 최소한 도움이 될 만한 지침서를 상비하게 된 것 같다. 우선 나는 그것이 명사가 아닌 동사임을 안다. 앙드레 말로의

『왕도로 가는 길』의 화자가 고통스러워하는 친구에게 죽음을 언급하자, 그 남자는 분개하며 이렇게 대꾸한다. "죽음이라는 건······ 없어······ 여기에는 오직······ 죽어가는 나······ 나뿐이야." 한편 톨스토이의 이반 일리치는 마지막이 다가오는 느낌을 이렇게 묘사한다. "그에게 일어난 일은 가끔 우리가 기차를 탈 때, 뒤로 가는 줄 알았던 열차가 실은 앞으로 가고 있다는 것을 깨닫고 별안간 진짜 방향을 자각하는 경험과 비슷했다." 나는 그게 무슨 뜻인지 정확히 안다고 믿는다. 하지만 만약 내 죽음을 선택할 수 있다면 프루스트의 대하소설*에 나오는 작가 베르고트처럼 죽고 싶다. "그 애도의 밤 내내 불 켜진 창문들 안에서, 세 권씩 정렬된 그의 책들이 날개 펼친 천사들처럼 경야하고 있었다. 이제 존재하지 않는 그에게는 그 책들이 그의 부활을 상징하는 듯 보였다."

　　망설임의 순간, 고뇌의 순간, 의혹의 순간에는 어두운 숲에 다다른 도로시에게 허수아비가 해준 조언에 담긴 기본적인 상식이 늘 도움이 되었다. "들어가는 길이 있으면 나가는 길도 있지. 에메랄드시가 길의 한쪽 끝에 있으니 우리는 그 길을 따라 어디로든 가는 수밖에 없어." 참으로 그렇다. 그리고 나의 길벗들이 허수아비만

* 『잃어버린 시간을 찾아서』를 뜻함.

큰 힘이 되어주지 못할 때면 후안 룰포의 「너는 개 짖는 소리를 못 들은 거야」에 나오는 늙은 아버지를 떠올린다. 그는 다친 아들 이그나시오를 업고 의사가 있는 먼 마을로 향한다. 가는 길에 이그나시오가 마을의 개들이 짖는 소리가 들린다고 말해준다면 지친 아버지가 기운을 낼 수 있을 텐데, 아들은 그 점을 헤아리지 못하고 아직 안 들린다고만 한다. 마침내 도착했을 때 아버지는 말한다. "그런데 이그나시오, 너 그 소리를 못 들은 거야? 넌 내가 들을 수 있게 도와주지도 않았잖니."

우정, 협력, 다정한 보살핌은 아직 들리지 않고 앞으로도 안 들릴지도 모를 소리를 들을 수 있게끔 도와준다. 버지니아 울프는 『등대로』의 초반에서 이 희망이 좌절된 상황을 묘사한다. 램지 씨가 여섯 살 아들 제임스에게 "만약 내일 날씨가 좋으면" 등대로 나들이 가자고 약속하고는, 거실 창문 앞에 멈춰 서서 이런 말을 덧붙이는 것이다. "하지만 내일 날씨는 안 좋을 거야." 여기서 울프는 이렇게 서술한다. "만약 도끼든 부지깽이든 여기서 당장 아버지의 가슴을 꿰뚫어 죽일 만한 무기가 근처에 있었다면, 제임스는 그걸 붙잡았을 것이다." 나도 제임스와 같은 앙심에 사로잡혀 이 객관주의적이고 가부장적인 세상에 복수하고 싶어지곤 한다. "어떤 복수가 될지는 나도 아직 모르지만, 지상이 공포로 떨 만한 복수를 할 것"이라고 했던 리어왕처럼.

내 가상의 친구들이 도움과 조언을 준 영역은 사랑, 죽음, 복수만이 아니었다. 내 글쓰기에도 때때로 도움이 되었다. 예컨대 탐정 소설 작가 도러시 L. 세이어스의 『화려한 밤』에 나오는 해리엇 베인은 내가 영감이 떨어졌을 때 작업에 착수하는 데에 가장 유용한 충고를 해주었다. 이 시리즈의 전작에서 해리엇은 교수형 당할 위기에 처했다가 귀족 탐정 피터 윔지 경에게 구조되었는데, 이제 그에게서 청혼을 받는다. 그러나 그녀가 목숨을 빚진 상대와 어떻게 균형 잡힌 관계를 맺을 수 있겠는가? 『화려한 밤』에서 해리엇은 윔지에게 그의 조카와 관련된 까다로운 문제에 대해 편지를 쓰려다가 적절한 말을 고르지 못하고 애를 먹는다. 여러 번 실패를 거듭한 끝에 그녀는 이렇게 혼잣말을 한다. "나 왜 이런담? 정해진 주제에 대해 영어로 간단명료한 글 하나 쓰는 걸 왜 못 해?" 그러고는 자리에 앉아 그냥 써버린다. 내가 이 단호한 훈계 덕분에 쓸 수 있었던 글이 얼마나 많은지 헤아릴 수 없다.

이 조언은 훌륭하지만 가끔은 그걸 따르기 어려울 때가 있기는 하다. 그럴 때는 『이상한 나라의 앨리스』에서 왕이 흰 토끼에게 말했던 "처음부터 시작해서, 쓰다가, 끝나면 멈춰라"라는 조언도 소용이 없다. 『작은 아씨들』의 조는 "작업복"을 입고 방에 틀어박혀

온 마음과 영혼을 쏟아부어 글을 쓰는 행위를 "소용돌이에 빠져든다"고 표현하며, 그럴 때는 "글을 끝맺기 전까지는 마음의 평화를 얻을 수 없다"고 한다. 나는 그렇게까지 끈질긴 창작력을 발휘하기가 힘들 때가 많다.

그런 내게 시간이 갈수록 점점 더 확고한 진리의 초석으로 다가오는 말이 있다. 키플링의 단편 「알라의 눈」에서 성서 필사본을 장식하는 화가에게 애벗이 해준 말이다. "영혼의 고통을 치유하는 약은 신의 은총을 제외하면 한 가지밖에 없다. 사람의 기술이나 학식과 같은, 유익한 정신적 작용들이 바로 그것이다." 내 가상의 친구들은 그러한 유익한 작용들을 이끌어내게 도와준다.

에드먼드 고스의 더없이 흥미진진한 자서전 『아버지와 아들』을 보면, 엄격한 칼뱅교도였던 그의 부모님 집안에서 소설은 일절 용납되지 않았다고 한다.

"어린 시절 그 누구도 내게 '옛날 옛날에……'라는 감동적인 서두를 들려주지 않았다. 나는 선교사에 대한 이야기만 들었을 뿐 해적 이야기는 듣지 못했다. 벌새라면 잘 알았지만 요정에 대해서는 문외한이었다. 거인 사냥꾼 잭, 난쟁이, 로빈 후드와도 면식이 없었고, 늑대에 대해서는 아는 바가 있었지만 빨간 모자의 이름은 들어본 적도 없었다. 내가 '전념'할 분야를 마련해주는 데에 있어서, 부모님은 사실을 바라보는 나의 관점에서 상상적 요소들을 제거하려는 오류를 저질렀다고밖에 생각할 수 없다. 부모님은 나를 진실한 사람으로, 긍정적이고도 회의적인 사람으로 키우고 싶으셨던 것이다. 만약 부모님이 나를 초자연적 공상이라는 부드러운 이불로 감싸주셨다면, 부모님이 관습적으로 유지해왔던 무비판적 신앙을 나도 더 오랫동안 기꺼이 따를 수 있었을 것 같다."

우리 세대 사람들이 먼 과거에 초자연적 공상이라는 부드러운 이불에 감싸여 자라던 시절, 우리 놀이 친구들은 말괄량이 삐삐, 피노키오, 해적 산도칸,* 마법사 맨드레이크**였다. 오늘날 아이들의 놀이 친구는 아마 해리 포터와 그 친구들이나, 모리스 센닥의 괴물들***일 것이다. 이 모든 이야기 속 괴물들이 우리에게 바치는 헌신은 실로 절대적이어서 우리의 연약함이나 실패에도 구애받지 않는다. 이제 내 뼈가 너무 약해져서 가장 낮은 책장 선반에도 손을 뻗기 어려운 때가 되니, 산도칸이 다시금 나를 자기 품으로 부르고, 맨드

---

* 19세기 말부터 20세기 초까지 이탈리아 작가 에밀리오 살가리가 발표한 연재소설에 등장하는 주인공.
** 1934년부터 2013년까지 연재된 킹 코믹스사의 만화 『마법사 맨드레이크 Mandrake the Magician』의 주인공.
*** 1963년 출간된 모리스 센닥의 그림책 『괴물들이 사는 나라』를 뜻함.

레이크는 바보들에게 복수하라고 몰아붙이는가 하면, 삐삐는 관습 따위는 아랑곳 말고 내 판단대로 밀고 나가라는 충고를 몇 번이고 되풀이하는 크나큰 참을성을 발휘하고 있으며, 피노키오는 어째서 푸른 요정의 말과는 달리 착하고 정직하게 구는 것만으로 행복해 질 수 없는 거냐는 질문을 끊임없이 던지고 있다. 그리고 나는 먼 옛 날이나 지금이나 그 질문에 적절한 대답을 찾지 못했다.

2019년 1월, 뉴욕에서
알베르토 망겔

보
바
리
씨

01

그는 보바리 부부 중에서도 조역이자, 에마에 비해 평범하고 덜 충동적이며, 특별한 일 없이 체면만 지키는 삶에 만족하는, 플로베르의 공감을 받지 못하는 인물이다. 그는 에마가 불륜을 저지를 빌미를 제공한 장본인이자(비록 그가 에마에게 정절을 요구한 적은 없지만), 정직하고 규칙적인 생활과 부지런한 노동을 통해 평온한 만족을 누리는 것 외에는 아무런 야망도 없는, 의외의 면모라고는 찾아볼 수가 없는 사람이다. 그래, 확실히 매력은 없다. 그 누구도 보바리 씨에게 열렬한 사랑을 느끼지 않을 것이고, 그가 밤중에 건물 발코니를 타고 올라간다든지 설원에서 결투를 하는 장면을 상상하는 사람도 없을 것이다. 그럼에도 보바리 씨는 『보바리 부인』에서 절대로 없어서는 안 될 인물이다. 이 소설의 첫 장을 여는 사람도, 마지막 장을 맺는 사람도 모두 에마가 아닌 보바리 씨라는 점을 기억하자. 그가 없었다면 에마는 아무 의미도 없었을 것이다. 낭만적인 여주인공이 될 수도 없었을 테고, 열정도, 황홀경도 경험할 수 없었으리라. 보바리 씨가 있기 때문에 비로소 보바리 부인이 비극적인 운명을 맞이할 수 있는 것이다.

문제는 샤를 보바리에게 상상력이 부족하다는 점이다. 과히 둔감한 그의 행동거지는 흑백으로 이루어진 단조로운 삶의 산물이다. 소년 시절에도 그는 덜떨어진 편이었다. 소설의 초장에서 플로베르는 그의 유년기를 그리면서 선생님이 자기 이름을 묻는 데 대답도 못 할 만큼 어설프고 소심한 성격으로 묘사한다. 샤를은 타인의 신뢰를 얻지도, 친절을 사지도 못한다. 학교 첫날에 선생님이 그에게 "나는 멍텅구리다"라고 스무 번씩 쓰게 하자 그는 싫다는 말한 마디 못 한다. 그러다 아버지의 결정에 따라 의학을 공부하기로 하고, 어머니가 정해준 곳에서 살림을 꾸리게 된다. 샤를, 그러니까 보바리 씨는 자기가 내려야 할 결정을 다른 사람들에게 내맡기는 사람이다.

그에게는 예술 작품 속의 진실을 이해할 감각이 없다. 에마는 감상적인 소설을 읽으며 자신이 동일시할 대상들을 찾지만, 그는 그런 책들을 '여자들 소설'이라 부르며 무의미하게 여긴다. 보바리 씨에게 허구란 존재하지 않는다. 에마와 함께 오페라 극장에서 〈라메르무어의 루치아〉를 보다가 에드가르도가 여주인공에게 정열적으로 사랑을 토로하는 장면이 나오자, 보바리 씨는 "아니, 저 신사는 어째서 그녀를 괴롭히는 거요?"라고 의아해한다. 에마는 초조하게 대꾸한다. "그게 아니에요. 저 여자 애인이잖아요." 샤를이 여전히 이해가 안 된다고 하자 에마는 쏘아붙인다. "오, 입 다물어요!" 그는 천진하게 변명을 한다. "나는 그냥, 무슨 내용인지 알고 싶어서 말이오." 에마는 오페라를 볼 때에나 현실에서나 사랑의 격정이란 말로 설명할 수 없는 것이라는 이치를 샤를에게 알려줄 재간이 없다. 세상에는 사랑의 격정을 이해할 감이 있는 사람이 있고, 그런 것과는 영원히 동떨어져 살아가는 사람이 있는 법이다. 보바리 씨는 그 방면에 있어서라면 대체로 아웃사이더이다.

루치아의 비극적인 이야기와 도니체티의 음악을 감상하면서 에마는 결혼식 날의 기억을 떠올린다. 무대 위에서 배우들이 펼치는 황홀한 정열과 그 옛날 자신이 느꼈던 기쁨을 견주어보며, 에마는 그것이 "욕망의 가능성이 없기 때문에 상상해냈던 거짓"이었다고 생각한다. 사뭇 흥미로운 견해다. 에마는 예술적 창조가 우리의 욕망이 아니라 도리어 욕망의 결여에서 비롯된다고 보는 것이다. 이러한 입장을 토대로 본다면, 자신의 에로틱한 환상을 실현하며—또는 그러려고 노력하며—평생을 살았던 플로베르 본인에 대해 우리는 무엇을 알 수 있을까? 만약 그가 에마의 견해를 믿었다면, 그의 독자인 우리는 과연 무엇을 믿어야 할까? 그의 욕망? 아니면 그의 작품? 그러고 보면 플로베르는 "보바리 부인은 나 자신이다!"라는 유명한 말을 남기지 않았던가.

문학 속에는 자기주장이 뚜렷한 배우자들도 더러 등장한다. 안드로마케(트로이의 영웅 헥토르 아내), 클리템네스트라(아가멤논의 아내), 맥베스 부인은 그들의 반려자만큼이나 정력적이고 인상 깊은 활약을 보여준다. 반면 아케르바스(디도의 남편), 도나 히메나(엘시드의 아내), 알렉세이 알렉산드로비치 카레닌(안나의 남편) 등은 다소 흐릿하다. 하지만 샤를 보바리만큼 이야기의 균형을 잡는 데 면밀하고도 핵심적인 역할을 하는 배우자 인물은 거의 없는 것 같다.

열정, 상상력, 독창성, 매력…… 보바리 씨는 이 모든 것을 갖추지 못했지만, 그렇다고 사랑을 모르는 사람은 아니다. 보바리 씨는 아내를 사랑한다. 에마가 죽은 뒤 그는 아내를 잊지 않으려 안간힘을 쓰지만, 사랑했던 그녀의 기억은 날이 갈수록 흐려지고 가엾은 보바리 씨는 슬픔에서 헤어나지 못한다. 오로지 꿈속에서만은 예전의 에마를 만날 수 있지만, 밤마다 그녀에게 다가가 끌어안으려 해도 에마는 썩어가는 시체가 되어 부스러질 뿐이다.

문학적 공평성의 모범이라 할 만한 보바리 씨는 에마를 여읜

직후 그녀가 생전에 정사를 벌였던 바로 그 정원 벤치에 앉아서 죽는다. 죽기 전에 그는 아내의 애인을 용서한다. 그에게 악감정은 없다고 단호히 말하며, "이게 다 운명 탓이겠지요!"라는 유언까지 남긴다. 플로베르는 고인을 모욕이라도 하듯 이 불쌍한 남자에게 악의적인 클리셰를 덧입힌 셈이다. 훗날 그가 창조한 부바르와 페퀴셰라는 광대들이 본다면 즐거워할 만한 클리셰다.

그런데 바로 여기에 역설이 있다. 플로베르가 그토록 노골적으로 경멸했던, 그리고 에마에게 크나큰 즐거움을 선사함과 동시에 그녀의 불운에 일조하기도 했던 낭만적이고 진부한 소설들에서 보바리 씨는 에마의 묘비명을 따온다. 에마의 묘비에 새겨진 "amabilem conjugem calcas!", 즉 "당신은 사랑스러운 아내를 밟고 있나니!"라는 말은 감상적이지도, 우스꽝스럽지도 않고 다만 기괴할 따름이다. 그러나 우리의 인생이 비극적이건 행복하건 그 궁극적인 책임은 운명에 있다고 말하는 것이 아무리 뻔한 클리셰라 해도 진실임에는 변함이 없다. 그건 실로 용감한 자만이 받아들일 수 있는, 불변하는 문학적 진실인 것이다.

빨간 모자

02

어떤 인물들의 이름을 보면 그의 피부색(백설 공주)이나 능력(스파이더맨), 체구(엄지 공주)를 알 수 있다. 그런가 하면 이름에 옷차림이 드러나는 경우도 있다. 17세기 말 샤를 페로가 지어낸 모험심 넘치는 소녀를 규정하는 것은 바로 짧은 핏빛 망토다. 그녀에게는 천진난만한 요부와 같은 구석이 있다. 예의 바르면서도 대담한 빨간 모자가 발산하는 매력이 오죽 오묘하면 성인인 찰스 디킨스가 그녀를 두고 자기 첫사랑이라고 했을까. 그는 "만약 내가 빨간 모자와 결혼했다면 완벽한 행복을 누렸을 것"이라고 말한 바 있다.

빨간 모자의 이야기는 익히 잘 알려져 있다. 어머니가 빨간 모자에게 시키는 심부름(대개 편찮은 할머니에게 케이크나 버터를 가져다드리라는 내용이다), 무시무시한 짐승과의 만남(이 부분이 이야기의 중심축이다), 빨간 모자가 딴 데 정신을 파는 장면(도토리를 줍는다든지 나비를 쫓아간다든지), 할머니의 비극적인 최후

(성서의 요나와 『피노키오』의 제페토가 맞는 최후를 상기시킨다), 여자 옷을 입고 할머니인 척하는 늑대에게 빨간 모자가 질문을 던지다 마침내 악당의 정체를 드러내는 결말까지도(민담에 흔히 나오는 교리문답 같은 것이다).

이 이야기의 원조는 『신新에다』*에 감춰져 있다. 천둥의 신 토르가 변장하고 거인 트림의 약혼녀 행세를 하는 장면에서, 협잡꾼 로키는 여성스러움과 극도로 거리가 먼 토르의 면면에 대해 트림에게 해명해야 하는 상황에 놓인다.

"이렇게까지 많이 먹고 마시는 신부는 처음 보는데."

소위 숙녀라는 이가 연어 여덟 마리, 황소 한 마리를 먹어치우는 것을 본 트림이 당혹하며 말하자 로키는 이렇게 대답한다.

"신랑을 만나니 긴장돼서 그런 거겠지요. 여드레 동안이나 아무것도 먹지 않았으니까요."

"그러면 신부의 눈초리가 어째서 저토록 험악한 거요?"

트림은 신부의 베일 너머로 엿보이는, 번갯불처럼 매서운 눈동자를 보고 묻는다. 그러자 로키는 또 이렇게 대답한다.

"신랑을 만나니 긴장돼서 그런 거겠지요. 여드레 동안이나 잠

* 13세기 아이슬란드의 학자 스노리 스툴루손이 쓴 시학서이자 서사시집.

을 자지 못했으니까요."

우리에게 친숙한 이야기들 속에는 다른 성별로 변장하는 인물들이 수두룩하다. 셰익스피어 희곡에서는 로절린드, 포샤, 이모진, 비올라 등 여성 인물이 남장을 하는 일이 흔하고, 포드 부인의 뚱뚱한 이모 행세를 하는 폴스태프*처럼 남성 인물이 여자가 되는 경우도 있다. 허클베리 핀은 세라나 메리라는 이름의 여자아이 행세를 하는가 하면,『제인 에어』의 로체스터 씨는 늙은 집시 점술가로,『버드나무에 부는 바람』의 두꺼비는 늙은 세탁부로 변장한다. 그리고 그들 모두가 관습적인 신원 확인용 '교리문답'을 역이용함으로써 살아남는다.

빨간 모자의 신조는 헨리 데이비드 소로와 마찬가지로 시민불복종이다. 독재자 같은 어머니의 명령은 따르지 않을 수 없으니 따르기는 하되, 그 과정에서 자기만의 달콤한 시간을 추구하는 것이다. A부터 Z까지 한 번에 가는 지름길이라든지 정도正道를 걷는 것은 그녀의 방식이 아니다.『호밀밭의 파수꾼』의 홀든 콜필드라면 빨간 모자를 지지했을 것이다. "나는 누군가가 탈선하는 게 좋아. 그편이 더 재미있고 하여튼 여러모로 낫잖아"라면서. 빨간 모자가

---

* 『윈저의 유쾌한 아낙네들』에 나오는 인물. 유부녀들을 유혹하려고 여장을 한다.

탈선하는 덕분에 숲이 살아 움직이고, 늑대와 나무꾼이 나타나고, 할머니의 낭만적인 모험도 시작된다. 빨간 모자가 탈선적 성향이 아니었더라면 이 이야기는 존재하지 않았을 것이다.

제논*은 이동이란 불가능하다고 주장한 바 있다. 한 장소에서 다른 장소로 이동하려면 우선은 둘 사이의 중간 지점에 이르러야 하는데, 그 중간 지점에 이르려면 또 그 사이의 중간 지점에 이르러야 하고…… 그런 식으로 목적지는 한없이 멀어지기 때문이란다. 그러나 빨간 모자는 제논이 틀렸음을 입증한다. 이동은 바로 그런 중간 지점들 때문에 비로소 가능한 것이다. 산딸기가 잘 익은 곳, 도토리가 많이 떨어진 곳, 꽃들이 꺾기 알맞을 만큼 만개한 곳이 있기 때문에. 늑대의 존재마저도 빨간 모자에게는 할머니 댁으로 가는 길에 거치는 중간 지점들 가운데 하나에 불과하다(언젠가는 결국 할머니 댁에 도착하기는 할 것이다). 어머니의 법에도, 소크라테스 이전 시대의 법에도 반항하는 이 소녀는 어디까지나 자기 의지에 따라 자기가 멈출 장소들을 결정한다. 빨간 모자는 개인의 자유를 상징하는 표상 같은 존재라고 할 수 있다. 프랑스 혁명의 아이

* 고대 그리스 엘레아학파의 철학자. 아킬레우스와 거북이의 경주로 잘 알려진 제논의 역설을 주창했다.

콘인 마리안이 빨간 두건을 쓰고 있는 것도 어쩌면 이런 이유에서 인지도 모른다.

빨간 모자 이야기는 전하는 사람에 따라 내용이 달라진다. 페로의 동화에서는 빨간 모자가 늑대에게 잡아먹히고 끝난다. 이후에 나타난 판본은 더 온정적으로 바뀌어서, 막판에 등장한 나무꾼 영웅이 늑대의 아가리에서 아이를 꺼내주고 일종의 제왕절개 수술을 집도해 할머니까지 구해준다. 페로는 빨간 모자가 가짜 할머니와 동침하는 장면을 묘사하지는 않지만, 이야기의 결말에 나오는 교훈을 보면 페로가 어떤 유형의 늑대를 염두에 두었는지 십분 짐작할 수 있다.

"늑대가 모두 똑같지는 않다. 어떤 교활한 늑대들은 혈기나 악의라고는 전혀 내보이지 않고, 자기 의도를 떠벌리지도 않으며, 어디까지나 태평스럽고 정중하고 지극히 품위 있는 태도로 젊은 숙녀들을 쫓아가 그들의 집까지, 심지어는 침대에까지 침입하기도 한다. 조심하라! 다정해 보이는 그 늑대들이야말로 모든 늑대 중에서도 가장 위험한 존재라는 사실을 그 누가 무시할 수 있으랴?"

늑대와 같은 작전을 구사하는 이들은 우리 생각보다 많다. 페로와 동시대에 살았던 프랑스 슈아시의 어느 악명 높은 사제*는 딱 이렇게 신사답지 못한 행동을 했다. 본인이 쓴 회고록에 따르면 그는 어릴 때부터 여자 옷을 즐겨 입었다고 한다. 부르주에서 여성복 차림으로 짧은 휴가를 보내던 그는 아주 예쁜 막내딸을 둔 가이요 부인을 만나게 되었다. 어느 날 저녁 가이요 부인이 손님에게 자기 딸과 같은 침대에서 자기를 권하자 그는 프릴 달린 나이트가운과 리본 달린 모자를 쓰고서 선뜻 응했다. 잠시 뒤 딸은 "아아, 황홀해라!"라고 외쳤다. 딸의 신음을 들은 어머니가 "너 안 자고 있었니, 애야?" 하고 묻자, 영리한 소녀는 "그냥 추운데 침대에 들어가니까 좋아서 그랬어요. 이제는 따뜻하고 아주, 아주 기분이 좋아요"라고 답했다.

슈아시의 사제가 분별없는 행각을 벌이고 한 세기쯤 뒤, 마르키 드 사드는 빨간 모자 이야기에서 또 다른 해석의 가능성을 발견했다. 샤랑통 정신병원에 감금되어 지내는 동안 그는 "늑대는 먹잇감을 잡기 위해서라면 무슨 악행이라도 고안할 수 있다"고 경고했다. 이 경고가 사실이라면, 즉 빨간 모자가 뭘 어떻게 해도 늑대의 침대에 다다르는 결말을 피하기가 거의 불가능하다면, 빨간 모자에게는 궁극적으로 두 가지의 탈출 방법이 남는다. 첫째, 피해자로서의 상태를 받아들이거나(사드는 이 주제를 『쥐스틴 또는 미덕의

---

* 프랑수아 티몰레온 드 슈아시François-Timoléon de Choisy(1644~1724)를 뜻함.

불행』에서 탐구했다), 둘째, 자기 운명의 주인이 되거나(이 주제는 『쥘리에트 또는 악덕의 번영』에서 탐구했다).

이후로 많은 인물들이 두 전략 가운데 하나를 택했다. 전자를 택한 인물로는 뒤마의 춘희, 페레스갈도스의 마리아넬라, 디킨스의 작은 도릿 등이 있고, 버나드 쇼의 워런 부인, 나보코프의 롤리타, 바르가스요사의 '나쁜 소녀'는 후자의 방법을 따랐다. 그러나 빨간 모자는 두 방법을 한꺼번에 따른다. 유혹당하면서도 유혹하고, 세속적이면서 무구한 그녀는 부정직한 늑대들을 두려워하지 않고 오늘도 자유롭게 숲을 쏘다니고 있다.

드
라
큘
라

03

지금의 루마니아 영토 중 상당 부분에 해당하는 15세기 왈라키아 공국을 다스리던 드라쿨레스티 가문에 블라드라는 이름의 군주가 있었다. 그는 백성들에게 유난히 잔혹했고 죄수들을 뾰족한 장대로 꿰뚫어 고문하기를 즐겼기에 '꼬챙이 블라드'라는 별명이 붙었다. 자그마치 1만 명이 넘는다는 희생자의 숫자도 어마어마하거니와, 인간의 피 냄새를 맡으면 건포도를 곁들인 오리 구이를 먹었을 때보다도 기운이 난다고 말할 만큼이나 타인의 고통을 즐겼던 잔인한 성정도 유명하지만, 사실 그 이전에도 이후에도 그와 유사한 폭군들(헤롯, 네로, 폴 포트, 스탈린 등등)은 늘 있었다. 그럼에도 예술의 여신들은 모든 폭군 중에서도 오스만 제국의 숙적이었던 살육광 블라드에게만 문학의 숙명을 점지해주었다.

1897년, 위대한 배우 헨리 어빙의 비서이자 순회공연 매니저였던 아일랜드인 브램 스토커는 동포 작가인 셰리든 르 파뉴가 쓴 뱀파이어 소설에 영감을 받아서 스스로 글을 쓰고자 하는 충동을 느꼈고, 왈라키아공을 빅토리아 시대에 재탄생시킨 섬뜩한 소설을 출간하기에 이르렀다. 그 소설의 주인공은 희생자를 꼬챙이로 꿰찌르는 대신 이빨로 깨물었다. 고압적인 성격과 제2의 조국인 헝가리인의 정체성을 갖고 다시 태어난, 드라쿨레스티라는 이름에서 첫 세 음절만 따서 드라큘라라고 불리는 이 인물은 그때부터 지금까지 피, 무덤, 밤, 추위, 박쥐, 송곳니, 검은 망토 등 고딕풍 공포를 연상시키는 온갖 요소들의 화신이 되었다. 그중에서도 가장 대표적인 것은 물론 피다.

스토커의 소설은 모든 면에서 피투성이다. 까마득한 세월을 살아온 백작의 혈관에는 귀족의 피가 흐른다고 하고, 그런데 이 괴물이 빈혈에 시달려서 밤마다 피를 마셔야 한대고, 사탄 숭배 의식에서 예수 그리스도의 피를 욕보인다는 암시가 나오는가 하면, 산업혁명 시대에 태어난 중산층 평민의 피를 먹고 사는 권력자의 면모가 드러나기도 한다. 그리고 인간의 몸에는 피하의 혈액이 바깥세상으로 나오는 출구가 있는데, 분수대의 주둥이와도 같은 곳, 생명의 분출구이자 오르가슴의 반향실인 그곳은 다름 아닌 목이다.

『드라큘라』는 곧 목에 대한 이야기이기도 하다. 목은 스토커의 극이 펼쳐지는 무대와도 같다. 반투명한 네글리제 차림으로 걸어 다니는 몽유병 걸린 여자들의 목, 백작과 맞서는 이들의 당당한 목, 그를 추적하는 용감한 이들이 꼿꼿이 세운 목, 그에게 희생되는 무고한 처녀들의 목…… 목이라는 것의 매력이 정확히 무엇이기에? 셰익스피어와 동시대의 시인인 모리스 세브는 창조주가 미의 범위를 얼굴이라는 조그마한 영역에만 한정 짓지 않기 위해 상앗빛 목에까지 확장했다며, 목을 "가지이자, 제단의 기둥이자, 베누스의 서한을 읽기 위한 독서대요, 순결의 서랍장"이라고 불렀다.

하지만 인간의 모든 신체 부위 중에서도 어째서 유독 이 한 군데, 몸통과 머리를 잇는 필수적 통로만이 유혹자의 입술, 암살자의 손, 처형인의 도끼와 괴물의 송곳니를 모두 끌어당기는 것인가? 이 섬세하고 예민한 부위가 무방비하게 노출되는 것이 도대체 무엇을 의미하기에 에로틱한 폭력, 더 나아가 폭력 자체의 대상이 되는 것인가? 어쩌면 목의 살갗 아래에 퍼진 정맥과 은밀한 동맥의 그물망이 다른 신체 부위들보다 잘 도드라지기 때문인지도 모른다. 뱀파이어는 알려지지 않은 경이로운 세계를 누비는 탐험가와도 같이, 우리 존재의 정수로 이어지는 지하 영역을 밝혀내려는 호기심으로 그 복잡하게 뒤얽힌 덤불 식물을 헤치고 어둡고 불가사의한 금단의 영역에 뛰어들 길을 찾는 것이리라. 드라큘라 백작은 우리 모두와 마찬가지로 자신이 죽음의 저주에 걸렸다는 것을 알기에 생명의 근원을 찾고자 하는 것이다.

청소년들의 꿈속에 드라큘라 백작의 음울한 그림자가 맴도는 것도 당연한 일이다. 아이들은 성년에 접어드는 과정에서 어른들의 악행을 자신들도 저지르게 되리라는 것을 고대하고 또 두려워하게 마련이니까. 하지만 노인들의 꿈에도 백작의 그림자는 늘 드리워져 있다. 우리는 인생의 끝자락에 다다르면 돌이킬 수 없는 것들을, 즉 팽팽한 살결, 젊은 입술의 온기, 뜨거운 피의 맥동 같은 것을 그리워하게 마련이므로. 일찍이 장 드 묑은 장미에 대해 쓴 긴 시에서 청춘의 분수대가 뿜어내는 것은 물이 아니라 피라고 말한 바 있다.

피의 사도이자, 밤의 군주이며, 내밀한 침실에서 쉬는 이들의 잠 속에 침입하는 드라큘라 백작은 무덤으로 돌아갈 숙명을 지고 있음에도 죽을 수가 없다. 이 금제 앞에서는 반 헬싱 박사의 작전들도 힘을 잃는다. 작가가 직접 쓴 소설의 결말도 아무 소용이 없다. 십자가와 마늘도, 드라큘라를 두려워하지 않는 척하는 각종 패러디와 우화 들도, 그의 존재를 부정하는 과학 법칙들의 엄정함도 마찬가지다. 드라큘라 백작은 이 모든 수법을 물리치고 반드시 돌아온다. 소설가와 영화 제작자 들이 아무리 드라큘라라는 이름 대신 온갖 가명을 지어내도, 앤 라이스와 스테프니 메이어*가 아무리 새로운 모험을 상상해내도, 막스 슈레크, 벨라 루고시, 톰 크루즈가 그의 외모를 아무리 다양하게 재구성해도 그의 존재는 그대로다. 우리는 드라큘라 백작이 이 암울한 시대에 필수 불가결한 괴물이 되었다는 사실을 인정하지 않을 수 없다.

* 각각 『뱀파이어와의 인터뷰』 저자, '트와일라잇' 시리즈 저자이다.

우리 문학사를 결정지은 기적적인 순간들 중에서도 앨리스의 탄생만큼 기적적인 사례는 찾아보기 어렵다. 1862년 7월 4일 오후, 찰스 럿위지 도지슨 신부는 친구와 함께 크라이스트처치 대학 학장이었던 리델 박사의 세 딸을 데리고 옥스퍼드 근처 템스강으로 뱃놀이를 나갔다. 강줄기를 따라 5킬로미터쯤 배를 젓는 동안 소녀들은 도지슨 신부님에게 재미있는 이야기를 해달라고 했고, 그는 자신과 친한 친구인 일곱 살 소녀 앨리스에 대한 이야기를 지어냈다. 훗날 앨리스 리델은 그때의 일을 이렇게 회상한다. "도지슨 씨는 짓궂게도 이야기를 도중에 멈추고는 '이다음 이야기는 나중에 들려주마' '아, 그런데 이 뒤는 나중에 얘기해야겠다'라며 뜸을 들이곤 했어요. 그러면 우리 셋 다 아우성을 지르며 더 해달라고 졸랐고, 그러고 나서야 이야기는 다시 시작되었지요." 소풍이 끝난 뒤 앨리스는 도지슨 씨에게 자신을 위한 소설을 아예 한 편 써달라고 부탁했다. 그러자 그는 한번 써보겠다고 하고는, 그날 책상 앞에 앉아 밤을 지새워 『앨리스의 땅속 모험*Alice's adventures underground*』이라는 제목의 소설을 완성했다. 그리고 3년 뒤인 1865년에 그 소설은 런던의 맥밀런 출판사를 통해 출간됐다. '루이스 캐럴'이라는 필명과 『이상한 나라의 앨리스*Alice's adventures in Wonderland*』라는 제목을 달고서.

바로 그 앨리스의 모험 이야기가 뱃놀이 도중에 만들어졌다니, 잘 믿기지가 않는다. 앨리스의 그 추락, 그 탐험, 그 만남, 그 발견이, 삼단논법과 언어유희와 지혜로운 농담들이, 그토록 환상적이고 논리정연한 전개가 그렇게 즉흥적으로, 구어로 만들어진 것이라니, 진정으로 기적적인 일이 아닐 수 없다. 하지만 설명 못 할 기적이란 세상에 없듯이, 아이들을 돌보다가 창조된 동화로 유명한 앨리스의 이야기에서도 더 깊은 뿌리를 발견할 수 있을 듯싶다.

'앨리스' 시리즈는 늘 여느 동화책들과 다르게 받아들여졌다. 이 세계는 유토피아나 아르카디아 같은 신화적 장소들처럼 강력한 공명을 일으키는 곳이다. 『신곡』에서 연옥의 산 정상을 지키는 수호령이 단테에게 말하기를, 시인들이 노래하는 황금시대는 실낙원에 대한, 즉 이제는 사라진 지고의 행복에 대한 잠재의식 속 기억이라고 한다. 그렇다면 앨리스의 이상한 나라는 완벽한 이성에 대한, 즉 사회적 문화적 관습의 눈으로 보면 순전한 광기로 보이는 상태에 대한 잠재의식 속 기억인지도 모른다. 앨리스를 따라 토끼 굴로 내려가 붉은 여왕의 미로 같은 왕국을 누비고 더 나아가 거울 속까지 들어가다 보면 우리는 이 경험이 처음이 아니라는 것을 깨닫게 된다. 이상한 나라가 최초로 만들어지는 현장을 목격한 사람은 오로지 리델 자매뿐이라고 할 수 있겠지만, 그들조차도 그곳을 처음 봤을 때 기시감을 느꼈을 것이다. 이상한 나라와 체스 왕국은 창조되자마자 만유萬有의 도서관에 입장했고, 마치 에덴동산처럼 우리가 한 번도 발 디뎌본 적 없어도 그 존재를 익히 아는 곳이 되었다. 앨리스의 세계는 비록 어느 지도에도 나오지 않지만(멜빌은 "진짜 존재하는 장소들은 절대로 지도에 나오지 않는다"고 말한 바 있다) 우리의 꿈속 삶에서 반복적으로 등장하는 풍경이다.

그 이유는 물론 앨리스의 세계가 곧 우리 세계이기 때문이다. 추상적이거나 상징적인 의미에서 그렇다는 게 아니다. 주도면밀하게 구성된 풍자나 디스토피아적인 우화라는 뜻도 아니다. 이상한 나라는 그저 우리가 나날이 살아가는, 천국 같고 지옥 같으면서 연옥 같은 일상이 펼쳐지는, 삶을 헤쳐가려다 보면 반드시 헤쳐나가야 하는 미친 세상, 바로 그곳이다. 앨리스가(그리고 우리가) 이곳을 여행하면서 쓸 수 있는 무기는 단 하나, 언어뿐이다. 체셔 고양이의 숲도, 하트 여왕의 크로켓 경기장도 언어를 이용해 통과한다.

앨리스가 눈에 보이는 것들의 겉모습과 본질 사이의 차이를 발견하는 것도 언어를 통해서다. 우리 세상과 마찬가지로 이상한 나라의 광기 역시 관습적인 예절이라는 얇은 덮개 아래 감춰져 있지만, 앨리스의 질문들이 그 광기를 들춰내고야 만다. 공작 부인이 만사에서 교훈을 찾으려 하듯 우리도 광기 안에서 터무니없는 논리나마 찾으려 노력할 수도 있겠지만, 체셔 고양이가 앨리스에게 한 말마따나, 사실 그 문제에서 우리에게는 선택권이 없다. 우리가 어느 길을 택하든 결국 미친 사람들 틈으로 돌아오게 마련이고, 제정신(이라고 우리가 믿는 것)을 잃지 않기 위해서는 언어를 최대한 활용하는 수밖에 없기 때문이다. 언어는 앨리스와 우리에게 이 혼란스러운 세상에서 유일하게 반박 불가능한 진리를—명백한 합리성의 관점에서 보면 우리는 모두 미쳤다는 진실을 깨우쳐준다. 우리는 앨리스와 마찬가지로 스스로의 눈물 속에 자신과 남들을 모두 익사시킬 위험을 감수한다. 도도와 마찬가지로 자신이 어느 방향으로 달리는지, 얼마나 가망이 없는지 따지지도 않고 우리 모두가 승자가 될 것이고 상을 받아야 한다고 믿는다. 흰 토끼처럼 남들이 우리를 영광스레 받들어야 할 의무라도 있는 양 이리저리 명령을 내리고 다닌다. 애벌레처럼 다른 동족들의 정체를 따져 물으면서 정작 우리 자신의 정체에 대해서는 잘 모르며 심지어는 정체성을 잃을 위기에 처하기까지 한다. 공작 부인처럼 신경에 거슬리는 행동을 하는 젊은이들에게 벌을 주어야 한다고 믿지만 그들의 행동 이면에 어떤 근거가 있는지에는 별 관심이 없다. 모자 장수처럼 여러 사람을 위해 차려진 음식과 음료를 독차지할 권리가 있다고 생각하며, 목마르고 배고픈 사람들에게 갖고 있지도 않은 와인을 마시라고 하거나, 오늘만 빼고 다른 날에만 있는 잼을 권하기도 한다. 하트 여왕 같은 폭군들이 내린 규칙에 따라 우리는 부적절한 기구들(고슴도치처럼 구르는 공과 살아 있는 플라밍고처럼 꿈틀거리는 막대기)로 미친 운동 경기를 해야 할 때도 있고, 그 지시를 따르지 못하면 목이 잘릴 거라는 위협을 당하기도 한다. 그리핀과 가짜 바다거북이 앨리스에게 설명하듯, 우리는 학교에서 향수병에 빠지는 연습을 하거나('웃음과 슬픔'이라는 과목이라든지) 다른 사람들을 위해 봉사하는 훈련을 받는다(바닷가재와 함께 바다에 던져지는 법이라든지). 그리고 우리의 사법 제도가 불가해하며 부당하다는 점은 카프카의 작품보다 훨씬 앞서 『이상한 나라의 앨리스』의 하트 잭이 불려 나오는 재판정 장면에서 여실히 지적되었다. 그러나 소설의 결말에 이르러 앨리스는 할 말을 참지 않고 문자 그대로 벌떡 일어나 유죄 판결에 항거하는 반면, 우리 중에서 그런 용기를 가진 사람은 드물다. 이렇게 대단한 시민 불복종 행위를 함으로써 앨리스는 꿈에서 깨어날 수 있지만, 우리는 물론 그럴 수 없다.

우리의 동료 여행자인 앨리스의 여정에는 우리 삶 속에 상존하는 주제들이 담겨 있다. 꿈의 추구와 상실, 잇따르는 눈물과 고통, 생존 경쟁, 노예와 같은 예속 상태, 정체성 혼란의 악몽, 제 기능을 상실한 가정에서 발생하는 문제들, 터무니없는 중재에 어쩔 수 없이 순응하는 상황, 권력 남용, 왜곡된 교육, 처벌을 면한 범죄들과 부당하게 내려진 처벌들과 그것들을 앎에도 아무것도 할 수 없는 현실, 그리고 불합리에 맞서는 지난한 이성의 투쟁. 이 모든 것과 더불어 만연한 광기의 감각이 바로 '앨리스' 시리즈의 전체 줄거리라고 할 수 있다.

『햄릿』에는 "진정으로 미친 상태를 정의하려면 미쳤다고밖에 달리 뭐라고 할 말이 있겠습니까?"라는 말이 나온다. 앨리스라면 동의할 것이다. 광기는 미치지 않은 모든 것을 제외한 상태를 뜻한다. 그러므로 체셔 고양이의 금언*은 이상한 나라의 모든 존재에게 해당한다. 그러나 앨리스는 햄릿이 아니다. 앨리스는 악몽을 꾸지 않고, 침울히 늘어져 있지도 않으며, 스스로가 유령의 손이 되어 정

---

* 『이상한 나라의 앨리스』에서 체셔 고양이의 대사, "여기 있는 것은 모두 미쳤어"를 뜻한다.

의를 집행한다고 여기지도 않고, 무엇이 어떤 이유로 명확한 진실이라는 증거를 고집스럽게 내세우지도 않는다. 다만 즉각적인 행동을 믿을 뿐이다. 앨리스에게 말이란 단순히 말이 아니라 살아 있는 생명체이고, 생각이란 그 자체만으로는 아무것도 좋게든 나쁘게든 변화시킬 수 없다. 앨리스는 자신의 "튼실한 육신이 녹아내리는 것"은 고사하고 키가 하늘까지 닿게 커지거나 바닥까지 닿게 줄어드는 것도 전혀 원하지 않는다(작은 정원 문을 통과해야 할 때는 "몸을 망원경처럼 접을 수 있다면 좋을 텐데"라고 생각하기는 하지만). 앨리스라면 독이 묻은 칼에 굴복하지 않았을 테고, 햄릿의 어머니처럼 독배를 마시지도 않았을 것이다. 앨리스가 "나를 마셔요"라고 적힌 유리병을 집어 들었을 때 가장 먼저 확인한 것은 '독'이라는 표시가 있는지 없는지였다. "친구들이 가르쳐준 간단한 규칙을 잊은 바람에 불에 데거나 사나운 짐승에게 잡아먹히는 등 이런저런 불쾌한 일을 당한 아이들에 관한 짧고 훌륭한 이야기를 몇 편 읽었"기 때문이다. 덴마크 왕자보다 훨씬 합리적인 인물이라 하지 않을 수 없다.

햄릿처럼 앨리스도 흰 토끼의 비좁은 집에 들어섰을 때 자신이 "자그마한 호두 껍데기 속에 갇힌 신세"가 아닌지 고민했겠지만, "무한한 공간의 왕"이 되는 문제에 관해서는 햄릿처럼 전전긍

궁하지 않는다. 앨리스는 여왕의 칭호를 얻으려고 분투하며, 『거울 나라의 앨리스』에서는 자신에게 약속된 꿈의 왕관을 쟁취하기 위해 열심히 노력한다. 엘리자베스 1세 시대와 달리 느슨하지 않은, 엄격한 사회 규범이 자리 잡은 빅토리아 시대에서 자란 앨리스는 규율과 전통을 믿기에, 투덜거리고 미적거리느라 시간을 낭비하지 않는다. 대신 잘 양육받은 아이답게 시종일관 단순한 논리로 불합리에 맞서며 모험을 이어간다. 관습(현실의 인공적 구조물)은 환상(자연적인 현실) 위에 대비되어 나타난다. 앨리스는 난센스를 이해하고 그 은밀한 규칙을 발견해낼 수단이 논리라는 것을 본능적으로 알며, 웃어른들이나 높은 사람들 사이에서도, 공작 부인이나 모자 장수를 상대할 때도 가차 없이 논리를 들이댄다. 그리고 논쟁해봤자 소용없다는 것이 드러나면 앨리스는 최소한 그 상황이 부당하고 부조리하다는 것을 부득부득 지적하고야 만다. 하트 여왕이 법정에서는 "처형이 먼저고, 평결은 나중"이어야 한다고 주장하자 앨리스는 즉시 "말도 안 돼, 헛소리야!"라고 대꾸한다. 우리 세상에서 일어나는 대부분의 부조리에 걸맞은 유일한 대답이라 하겠다.

그러나 우리 세상은 이상한 나라에서와 같이 명백한 광기가 벌어지는데도 거기에 무언가 의미가 있기는 있을 거라고, '말도 안 되는 헛소리'를 자세히 들여다보면 결국 납득 가능한 해답을 찾을 수 있을 거라고 암시하며 우리를 애태운다. 섬뜩할 만큼의 정확성과 일관성을 토대로 진행되는 앨리스의 모험을 지켜보노라면 우리는 그 모든 난센스 속에 교묘한 합리성이 숨어 있다는 느낌을 점점 더 강하게 받게 된다. 이 소설 전체가 선문답이나 그리스식 역설처럼 의미를 내포하면서도 동시에 설명 불가능한, 진정한 의미가 밝혀지기 직전의 상태에 있다. 앨리스를 따라 토끼 굴에 떨어져 여행을 좇아가면서 우리는 이상한 나라의 광기가 아무 의도 없이 마구잡이로 벌어지는 것은 아니라고 느끼게 된다. 루이스 캐럴이 창조한, 반은 서사시이고 반은 꿈인 이 이야기는 단단한 땅과 요정 나라 사이의 어디께에 있는 필수적인 공간을 우리에게 열어준다. 우주를 그럭저럭 명쾌한 언어로, 이를테면 이야기라는 형식으로 번역된 상태로 볼 수 있는 장소 말이다. 도지슨 신부에게 희열을 선사했던 수학 공식처럼 앨리스의 모험도 명확한 사실이면서 동시에 허황된 공상이기도 하다. 이 모험은 두 가지 차원―우리를 살과 피로 이루어진 현실에 묶어두는 차원과, 현실이라는 것이 이 나뭇가지 저 나뭇가지 위에 당혹스럽게 나타났다가도 기적적인 (그리고 위안이 되는) 미소만 남기고 유령처럼 사라지곤 하는 체셔 고양이처럼 재검토되고 변형되는 차원―에 걸쳐서 존재한다.

파우스트

05

파우스트 박사(또는 파우스투스)는 늙고 향수에 젖어 있다. 후자는 전자의 결과이다. 젊은이의 갈망은 언제나 미래를 향할 뿐 과거를 향하지 않는다. 박사가 추구하는 것은 자신이 청년이었던 먼 과거에 잃어버린 것, 혹은 잃어버렸다고 스스로 믿는 것이다. 이것이 바로 1604년 크리스토퍼 말로가 상상했고 그보다 두 세기 뒤에 괴테가 상상한 이야기다.* 파우스트는 노년의 특권인 지혜를 유지하면서 젊음의 특권인 사랑도 누리고 싶어 한다. 그의 조수 바그너는 이 양면적인 기적을 '깨달음'이라 부른다. 파우스트는 괴테가 그에게 내준 "아름다운 순간이여, 멈추어라!"라는 구절로 그 기적적인 연합을 향해 애원한다. 인류의 과학으로는 그런 에로틱한 지혜를 깨

---

* 말로는 1593년, 당시 29세의 나이에 술집에서 싸움에 휘말려 사망했다. 1604년도는 말로의 희곡 『포스터스 박사의 비극』이 책으로 간행된 해이다.

우치기에 역부족이라는 생각에 그는 마법이라는 과학에서 도움을 구한다. 그리하여 우리가 잘 아는 메피스토펠레스가 나타난다.

메피스토펠레스(괴테가 만든 악마)는 자신이 악을 행하고 싶어 하지만 유감스럽게도 결국에는 선을 행하게 되는 실패자라고 말한다. 절대적으로 사악해지고 싶은데 무언가가 또는 누군가가—그러니까 신이—자신의 사악한 음모와 작전 들이 의도한 효과를 내지 못하게끔 끊임없이 방해한다는 것이다. 이는 메피스토펠레스의 여러 특징 중에서도 가장 독특한 면모다. 우리는 악이 거의 언제나 승리한다고 생각하며, 우리가 일상에서 겪는 크고 작은 고통과 인류 역사에서 공통적으로 나타나는 참상과 타락이 그 증거라고 여긴다. 그러나 메피스토펠레스는 이러한 사실을 알 텐데도 우리와 달리 생각한다. 인간사의 온갖 고통에도 불구하고 마지막에 가서는 선이 이긴다는 것이다. 바버라 카틀랜드*와 마찬가지로 메피스토펠레스는 (자신의 노력을 제외하고) 모든 것이 해피엔드를 맞는다고 믿으며, 희한하게도 그의 믿음은 대체로 들어맞는다. 비록 말로의 『포스터스 박사』에서는 지옥의 불길이 탐욕스러운 박사를 집어삼키지만(이때 박사는 자기가 가진 책들이 자신에게 야욕을

* 빅토리아 시대를 담은 수백 권의 연애소설을 발표한 20세기 영국의 베스트셀러 작가.

불러일으킨 원흉이라는 듯이, 살려만 준다면 책을 불태우겠노라고 비겁하게 간청한다), 괴테의 『파우스트』제1부는 파우스트가 유혹했던 젊은 여자 그레트헨이 구원받으며 끝나고, 제2부의 결말에서는 죄 많은 파우스트마저 구원받는다. 이렇게 실패한 악행들 때문에 메피스토펠레스가 나쁜 평판을 얻은 것이리라. "영웅이 장군으로, 장군이 정치가로, 정치가가 첩보원으로, 그리고 침실이나 욕실 창문 틈새를 들여다보는 자로, 그러다 한 마리 두꺼비로, 종국에는 뱀으로 전락하는 것—이런 것이 사탄의 조화다." 밀턴의 『실낙원』 서문에서 C. S. 루이스는 이렇게 말한 바 있다.

　　그러나 파우스트 박사는 집요하다. 토마스 만이 파우스트에게 아드리안 레버퀸*이라는 가명을 지어주고 다시금 끔찍하고 비효율적인 계약을 맺게끔 했을 때 염두에 둔 것은 바로 그 지점이었다. 맥스 비어봄도 바로 그런 견지에서 실패한 시인 이넉 솜스**라는 인물을 창조해 파우스트의 비극에 냉소적인 영국식 필치를 더했다. 아르헨티나 시인 에스타니슬라오 델 캄포의 시에 등장하는 어느 소몰이는 샤를 구노의 오페라 〈파우스트〉를 보고 그 내용을 우리

* 1947년 토마스 만이 발표한 소설 『파우스트 박사』의 주인공.
** 1916년 맥스 비어봄이 발표한 단편소설의 제목이자 주인공 이름.

에게 전해주기도 했다. 또한 스탈린의 악행이 한창이던 때 미하일 불가코프는 파우스트의 계약을 러시아풍으로 한층 어둡게 해석한 『거장과 마르가리타』를 썼다. 가장 오래된 판본이라면 1587년 독일에서 출판본으로 유통된 『파우스투스 박사 이야기』라는 익명의 원고가 있다. 이후로도 그 이야기는 무수한 형태로 재창조되었고, 어린 시절 그렇게 만들어진 인형극 한 편을 보았던 괴테도 어른이 되어서까지 그 주제의 악몽을 더러 꾸었을 게 틀림없다.

영혼을 파는 행위가 온 세상이 들썩거릴 만큼 중대한 사건이었던 옛날에는 메피스토펠레스가 이기든 지든 간에 그의 업무 자체는 수월했을 것이다. 하지만 오늘날에는 영혼의 인기가 땅에 떨어진 나머지 사람들이 송유관 건설 계약이나 상원 의원석 같은 하찮은 것들을 얻기 위해 매일같이 영혼을 팔고 있으니, 메피스토펠레스의 과업은 역설적이게도 과거보다 훨씬 어려워진 셈이다. 우리가 영혼을 하찮은 것과 맞바꾸다 보면 영혼의 가치도 하찮아지게 마련인데, 천부적 고리대금업자인 메피스토펠레스는 귀중한 것을 원하기 때문이다. 오늘날의 파우스트는 지식이나 사랑이 아니라 금전적 이득, 리얼리티쇼 초대권, 인터넷상에서의 유명세 등을 추구하니, 메피스토펠레스가 이윤을 내는 데 필요한 만큼의 영혼을 사들이려면 열 배는 더 많이 일해야 할 듯싶다.

거
트
루
드

06

그녀는 아들에게 문제가 있다고 생각한다. 아들은 이제 더 이상 버릇없고 팩팩거리고 심술궂고 어른들에게 무례하고 "뚱뚱하고 숨을 헐떡거리는" 소년이 아니다. 이제 아들은 버릇없고 팩팩거리고 심술궂고 어른들에게 무례하고 "뚱뚱하고 숨을 헐떡거리는" 어른이 되었다. 어머니로서 인정하기 어려운 사실이지만 그녀는 아들이 아무래도 정상이 아니라는 생각이 든다. 어렸을 때는 상상 속의 친구들과 놀더니 이제는 유령을 보는가 하면 음흉한 계략과 괴상한 음모를 꿈꾸기까지 한다. 어쩌면 왕궁 생활이 너무 따분해서(덴마크에서는 1년의 절반은 취침 시간이므로) 음모극에 빠지기에 이르렀는지도 모른다. 재미난 철학적 농담도, 독일 대학에서 즐기는, 거품 이는 강한 맥주도 그 애에게는 너무 익숙해서 시시한 모양이다. 걔는 생각을 너무 많이 한다. 그게 문제다. 밖에 나가서 놀아야 한다. 운동도 하고, 바다표범 사냥도 하고, 그 나이대 남자들이 다 그러듯 헬싱외르의 얼음장 같은 바닷물에서 헤엄치기도 하고, 여자들 꽁무니를 쫓아다니기도 해야 한다. 가엾은 오필리어는 걔가 "좋다" "아니다" "생각 좀 해보자" 하는 데에 헷갈려서 미쳐갈 지경이고, 늙은 폴로니어스는 오필리어의 부모로서 다해야 할 의무가 있으니만큼 왕자의 진의가 도대체 무엇인지 묻지 않을 수 없게 되었다. 그 애가 행복할 때라고는, 아니, '행복'은 너무 강한 표현이고 그나마 덜 우울할 때는 다른 젊은 남자들과 같이 있을 때뿐이다. 호레이쇼를 비롯한 패거리라든지, 아니면 차림새가 아주 멀끔하고 품행도 단정한 두 청년, 로젠크란츠와 길든스턴이라든지(햄릿 말에 따르면 그 둘은 아킬레우스와 파트로클로스만큼이나 떼려야 뗄 수 없는 단짝이란다). 그리고 여자 옷을 주워 입고 왕궁 식당에서 좀 아방가르드한 연극을 하는 배우 무리와 어울리는 것도 좋아한다. 아마 게이인 모양이다. 그러면 그놈의 짜증스러운 "사느냐 죽느냐" 하는 고민도 설명이 된다. 이쯤에서 걔가 마음을 확실히 정했으면 좋겠다. 도대체가, 헬싱외르 궁정에서 게이가 자기 하나뿐인 것도 아닌데 말이다.

어머니 노릇은 원래 어려운 법이지만, 그래도 하나뿐인 아들이 허구한 날 죽상으로 돌아다니니 거트루드는 가끔 어딘가 따뜻하고 화창한 곳에서 기나긴 휴가를 보내고 싶다는 생각이 든다. 어째서 그녀는 늘 침울하고 불평 많은 남자들과 엮이는 걸까? 작고한 남편은 아침마다 창백한 얼굴로 일어나 꿍얼거리기부터 했고, 밤에는 호레이쇼의 조심스러운 표현에 따르면 "분노보다는 슬픔에 찬 얼굴"을 하고 깊은 한숨을 쉬며 잠자리에 들기 예사였다. 그다지 재미있는 남자는 아니었다. 그리고 두 번째 남편인 클로디어스는? 햄릿은 그를 일컬어 두꺼비라는 둥, 박쥐라는 둥, "기름때에 전 침대"에서 뒹굴며 "타락에 푹푹 삶긴" 수고양이라는 둥 말한다. 하기야 걔는 클로디어스에게 편견이 있을 만하다. 하지만 그러면서도 그 "곰팡이 핀 이삭" 같은 남자를 헬레나의 사랑을 얻기 위해 살인을 불사한 용맹한 메넬라오스 같은 존재로 상상하기도 하는데, 그건 또 어떻게 되어먹은 사고방식인가? 클로디어스가 용맹하다니? 그게 말이나 되나?

그리고 햄릿 본인은 또 어떻고.

감히 아무도 묻지 않는 질문이 하나 있다. 거트루드가 과연 어머니가 되기를 원했을까? 어쩌면 그녀는 "아기의 물렁한 잇몸 사이에서 젖꼭지를 빼내고 머리통을 박살 낼 각오"가 된 맥베스 부인이나, 남편을 괴롭히기 위해 자기 아이 둘을 스스럼없이 찔러 죽인 메데이아에 가까운 인물일지도 모른다. 아니면 세라 지넷 덩컨의 『인도의 어머니A Mother in India』 주인공처럼 모성의 의무란 남자들이 조장한 개념이라 믿으며, "남자들은 여성에 대한 자기네 철학을 바꾸는 데 너무나 굼뜨다. 특히 어머니와의 관계에 대한 그들의 개념은 그 어떤 고정관념보다 강한 것 같다"라고 말하는 사람이었을 수도 있다. 입센의 『인형의 집』에서 노라의 남편 토르발은 "젊어서부터 잘못된 사람들은 거의 대부분 부정직한 어머니 밑에서 자랐다"고 주장한 바 있다. 그렇다면 햄릿의 밉살스러운 행동은 모두 거트루드의 잘못일까?

도대체 거트루드가 누구인가?

우리는 그녀에 대해 모른다. 물론 그녀가 왕의 딸이고, 왕의 아내이며, 장차 왕의 어머니가 될 것이고 아마도 (햄릿이 자식을 낳기나 한다면 말이지만) 왕의 할머니가 될 여자라는 사실은 안다. 하지만 거트루드가 자기만의 개인적인 욕구에 따라 행동하는 면모는 『햄릿』에 잘 나오지 않는다. 그녀의 역할은 다른 이들에게 의존하는 것, 그들의 보조자로서 존재하는 것이다. 햄릿이 클로디어스로 하여금 살인죄를 실토하게 할 방편으로 상징을 과도하게 넣은 〈쥐덫〉이라는 제목의 연극을 올렸을 때, 클로디어스는 공포에 질려서 (아니면 그냥 공연이 하도 실험주의적이라 못 봐주겠어서) 극을 중지시키지만, 거트루드는 클로디어스를 걱정하는 것 외에 어떤 감정을 느끼는지 우리에게 전혀 보여주지 않는다.

그런데 햄릿이 짐작한 범죄의 내용을 담은 한심한 연극에 대한 반응은 차치하고라도, 망상에 빠진 아들이 마음속에 품은 어머니의 상에 대해 거트루드는 과연 어떤 감정을 느꼈을까? 햄릿의 꿈속 삶은 거트루드가 죽을 때까지 억지로 살아야 하는 현실의 삶과 뒤섞인다. 그것은 그녀가 헬싱외르의 지긋지긋한 낮과 밤을 견디기 위해 발휘했던 인내심도, 그녀의 성별과 계급 때문에 주어진 부당한 처사들을 극복하기 위해 동원했던 작전들도, 살아오면서 여러 고통스러운 일을 극복하고 거두었던 작은 승리들도, 시시각각 재정의되는 희망이 그녀에게 안겨주어야 할 위안도 모두 부정해버린다. 존 로크는 자아란 어둡고 텅 빈 방이며 현실은 그 방의 벽에 난 바늘구멍으로만 들어올 수 있다고 묘사한 바 있다. 그런데 거트루드의 자아에는 그 바늘구멍을 가질 권리조차 주어지지 않는다.

거트루드는 상황이 달라지기를, 자신이 진 의무들이 면제되기를, 게임의 규칙이 바뀌기를 소망한다. 그러나 햄릿이 저지른 살인이 점점 늘어가자(거트루드는 이를 "비통한 일이 꼬리에 꼬리를 무는구나"라고 표현한다), 결백한 사람들이 너무 많이 처형당하고 애매모호한 처형자들이 너무 많아지는 데에 진력이 난 거트루드는 질투심 비슷한 것을 느끼기에 이른다. 마지막에 클로디어스가 독배를 마시지 말라고 애원하는데도 거트루드가 "마실 겁니다, 폐하.

용서해주십시오"라고 말하는 것은 바로 그 때문이다. 이 "용서해주십시오"는 『햄릿』에서 가장 감동적인 대사 중 하나이지만, 안타깝게도 여기저기 사람들이 쓰러지는 소리며 요란하게 거들먹거리는 유언들에 묻혀서 잘 알아들을 수 없다. 그녀의 작별 인사는 역설적이게도 나중에 모든 것이 끝나고 나서야 악취 가득한 공기 속에 흐릿하고 으스스하면서도 집요하게 메아리쳐 울린다. 헬싱외르의 귀신 들린 성에서 단 하나의 진정한 유령을 꼽자면 이론의 여지 없이 거트루드일 것이므로.

07

내가 슈퍼맨을 처음 만난 건 1960년, 열두 살 때였다. 볼티모어에서 보모와 함께 여섯 달간 휴가를 보내면서 나는 경이로운 것을 많이 발견했다. 볼로냐 샌드위치, 바닥이 네모난 갈색 봉투로 뚝딱 만들어내는 핼러윈 가면, 동네 드러그스토어 매대에 놓인 에로틱한 문고판 책들, 선정적인 만화가 그려진 포장지에 든 '바주카' 풍선껌, 심야 시간대에 방송되던 〈보리스 칼로프 프레센츠〉 드라마, 그리고 어느 날 아침 보모의 오빠 손에 이끌려 가서 어리둥절해하며 구경했던 볼티모어 증권거래소까지. 하지만 무엇보다도 재미있었던 것은 미국 만화책들 속 영웅이었다. 배트맨과 그가 친애하는 로빈, 작은 룰루와 뚱뚱한 토비, 『납골당의 미스터리』에 나오는 오싹한 매드 사이언티스트, 가우초 부츠를 신고 은빛 밧줄로 싸우는 원더우먼…… 그리고 물론 '강철의 사내' 슈퍼맨과 그의 애인 로이스 레인, 동료 지미 올슨, 최대의 숙적 렉스 루터를 빼놓을 수 없다.

아르헨티나에서 이 만화책들은 대부분 스페인어로 번역된 멕시코판 잡지로 접할 수 있었다. 외국산 영웅들인 게 너무 뻔히 보이는 그들은 인디오 초인 파토로수라든지, 먼 미래에서 현대의 부에노스아이레스로 건너온 여행자 엘 에테르나우타 같은 우리 고유의 인물들과는 비기려야 비길 수 없었다. 하지만 신비로운 북방에서 찾아온 이국적이고 다채로운 외교관들 같은 매력이 있긴 했다.

나는 슈퍼맨에게 동질감을 느꼈다. 물론 초능력이 친근했던 건 아니지만, 원치 않게 고립됐던 그의 신세와 소외감에 공감했다. 슈퍼맨의 부모는 멸망하는 행성에서 아들을 구하기 위해 그를 우주로 떠나보냈고, 이후 농사꾼 부부가 그를 입양해 키우면서 시민으로서의 도덕심을 마음 깊이 심어주었다. 소심한 신문 기자와 막강한 영웅 사이를 오가며 이중생활을 해나가는 슈퍼맨은, 좀처럼 자신감이라곤 없고 어딘지 죄스럽게 느껴지는 문학적 열정에 휩싸여 있었던 청소년 시절의 나 자신과 닮은 데가 많았다.

먼 옛날부터 우리는 온갖 종류의 슈퍼맨을 상상하며 즐거워했다. 길가메시의 영원한 파트너인 엔키두는 이슈타르의 황소를 죽일 만큼 강력했다. 헤라클레스는 불가능하게만 보이는 임무 열두 개를 완수했다. 노아의 증손주이자 "주님의 강력한 사냥꾼"이었던 니므롯은 주님 휘하 천사들의 군대와 맞서 싸우기 위해 바벨탑을 짓는 데 자기 힘을 발휘했으며, 밀턴의 시구에 따르면 "가자에서 눈이 멀어, 노예들과 방앗간에" 갇혔던 삼손은 은총으로 자기 힘을 회복해 다곤의 신전 기둥들을 무너뜨리고 죽으면서 적들의 목숨도 앗아 갔다(역사에 기록된 가장 오래된 자살 공격 사건에 해당한다). 푸른 황소 베이브를 거느리고 미국 중서부를 배회하는 거인 나무꾼 폴 버니언은 키가 213센티미터였으며 보폭이 약 3미터에 이르렀다고 한다.

20세기 초에 조지 버나드 쇼는 돈 후안에 대한 희곡*에서 자신만의 슈퍼맨을 창조했다. 쇼는 서문에서 이렇게 말한다. "우리가 정치적 역량을 키우지 않는다면 민주주의로 망할 것이다. 민주주의는 더 오래된 대안들이 실패하는 바람에 우리가 어쩔 수 없이 채택하게 된 제도다. 독재주의는 유능하고 자비로운 전제군주가 부족하다는 이유로 실패했다지만, 인구 전체가 유능한 투표자여야 하는 민주주의가 제대로 돌아갈 가능성은 과연 얼마나 되겠는가?" 쇼의 친구이자 적수였던 G. K. 체스터턴은 슈퍼맨에게서 더 깊은 진실을 알아차렸다. 비인간적이고 초자연적인 연약함이 그것이다. 체스터턴은 그 놀라운 생명체를 만나러 가서 슈퍼맨의 부모에게 그가

* 1903년 발표한 4막 희곡 『인간과 초인Man and Superman』을 뜻함.

잘생겼느냐고 묻는다.* 그러자 부모는 이렇게 답한다. "걔는 자기만의 기준을 만들었어요. 그 기준에 따르면 걔는 아폴론보다 더 미남이에요. 물론 우리의 수준 낮은 관점에서 보자면……" "머리카락은 있나요?" 체스터턴이 묻자, 그들은 "걔 관점에서는 모든 게 달라요. 걔한테 있는 건…… 음, 물론 그걸 머리카락이라고 부르진 않지만……"이라고 답한다. 체스터턴은 조급해하며 "아니, 그럼 그게 대체 뭔데요? 머리카락이 아니라면 깃털이라도 되나요?"라고 되묻지만, 돌아오는 대답은 "우리가 아는 그런 깃털은 아니에요"이다. 급기야 체스터턴은 호기심을 억누르지 못하고 그 형용 불가능한 생명체가 있다는 방으로 뛰어 들어간다. 그러자 어둠 속에서 조그맣고 구슬픈 비명이 울려 퍼지고, 그의 부모가 소리를 지른다. "이런 짓을 하다니! 방에 외풍이 들어갔잖아요. 걔는 죽었어요!"

　체스터턴은 쇼의 슈퍼맨을 골골거리는 허약자로 보았다. 다른 초인들도 저마다 약점은 있다. 하지만 숭배자들은 그 약점 때문에 도리어 초인의 힘을 더욱 경탄스럽게 여긴다. 삼손은 힘을 잃지 않으려면 머리털을 자르지 않아야 하고, 아킬레우스는 그 유명한 발꿈치를 보호해야 하며, 헤라클레스는 독이 묻은 네소스의 속옷을

---

* 산문 「내가 어떻게 슈퍼맨을 찾았는가」에 나오는 내용이다.

벗어야 한다. DC 코믹스의 슈퍼맨은 그의 고향 행성이 폭발할 때 방출된 크립토나이트라는 광물 성분에 약하다. 우리 영웅은 크립토나이트의 색깔에 따라 제각기 다른 종류의 지독한 악영향을 받는다. 녹색, 빨간색, 금색이 있는데, 그중에서도 최악은 녹색 크립토나이트다. 그걸 접하면 슈퍼맨은 힘을 모두 빼앗기고 일종의 면역 결핍 상태에 처하게 된다.

니체는 자라투스트라를 통해 슈퍼맨(독일어 초인Übermensch의 엉성한 영어 번역)의 미덕을 격찬한 바 있다. 내세에 대한 희망 없이 지상에서의 인간적 덕목만을 추구하기에 강한 자, 그것이 바로 니체의 슈퍼맨이다. 훗날 DC 코믹스에 등장한 이상주의적, 자유주의적, 정의 추구형 박애주의자 슈퍼맨과는 전혀 다르다. 니체는 "현대의 선한 기독교인 남자들과 니힐리스트들"의 개념에 반대하며, 막강한 남성 개인이라는 개념을 지지한다. 왜냐하면 여성의 의무란 어디까지나 슈퍼맨을 낳는 것으로서, 여성 초인이란 있을 수 없다고 보기 때문이다. 『이 사람을 보라』에서 니체는 이렇게 적는다. "내가 어떤 사람들에게 파르지팔보다는 체사레 보르자를 찾는 편이 나으리라고 속삭이자 그들은 자기 귀를 믿지 못했다." 니체의 슈퍼맨은 강철의 사내보다는 렉스 루터에 더 가깝다.

1938년 4월 18일 제리 시걸과 조 슈스터가 만든 슈퍼맨이 처음으로《액션 코믹스》창간호에 등장했을 때, 과학적 고증에 까다로운 하버드 대학의 독자들은 이 영웅의 경탄스러운 초인적 능력에서 물리적으로 실현 불가능한 점들을 다수 찾아냈다. 예컨대 슈퍼맨의 엑스선 시각을 들 수 있다. 이 심문관들의 주장에 따르면, 그가 정말로 눈에서 엑스선을 쏘아내는 화학 반응을 일으킬 수 있다손 치더라도, 슈퍼맨이 그걸 이용해 영상을 얻으려면 그 광선이 다른 적절한 물체의 표면을 맞고 튕겨 나가 슈퍼맨의 광수용기로 되돌아가야 한단다. 게다가 강철의 사내가 그 시선으로 살아 있는 생물을 투시할 경우엔 엑스선의 이중 노출로 암을 유발할 위험까지 있다고.

상처를 입지 않는 슈퍼맨의 방어력 또한 비웃음을 샀다. 시걸과 슈스터는 슈퍼맨이 아주 얇은 보호막으로 덮여 있어서 돌, 화살, 핵무기 등에 영향을 받지 않으며, 여러 격렬한 모험을 하는 과정에서 망토가 너덜너덜해지기는 해도 옷이 찢어져 섹시한 알몸이 드러날 일은 없다고 설정한 바 있다. 심문관들은 이 보호막이 비뉴턴 유체, 즉 점성粘性에 관한 뉴턴의 법칙을 따르지 않는 커스터드 같은 물질로서 힘을 가하면 액체에 가까워지기도 하고 고체에 가까워지기도 할 것이라며, 이 가설을 입증하기 위해 강철의 사내를 직접 핥아보고 단맛이 나는지 확인할 자원자들을 모집한다고 공고했다.

텔레비전 드라마 〈빅뱅 이론〉의 한 에피소드에서 과학적 사고에 익숙한 인물 셸던은 공중에서 추락하는 사람을 받을 수 있는 슈퍼맨의 능력이 오류라고 주장한다. "로이스 레인이 추락한다고 쳐. 초기 속도는 초속 9.75미터이고 초당 그만큼의 가속도가 붙어. 슈퍼맨이 그녀의 아래로 날아들어 강철 같은 두 팔로 받아 안으려고 할 때쯤엔 그녀는 시속 190킬로미터 정도로 낙하 중이겠지. 그의 팔에 부딪힌 순간 로이스 레인은 정확히 세 동강으로 쪼개질 거야." 그러고는 이렇게 덧붙인다. "슈퍼맨이 그녀를 정말로 사랑한다면 땅에 추락하게 놔둬야 해. 그래야 더 인도적으로 죽을 수 있다고."

슈퍼맨의 설정에는 이처럼 명백한 불가능성이 내재한다. 게다가 요즘 세상에는 더 젊은 영웅들이 속속 나타나 그와 경쟁하고 있으며, 악당들은 전처럼 교묘한 위장을 동원하지 않고 여봐란 듯 악행을 저지른다. 그럼에도 불구하고 슈퍼맨의 매력은 아직까지 퇴색하지 않았다.

몇 년 전 시인 도리언 로는 크립토나이트 암으로 추정되는 병으로 죽어가는 슈퍼맨을 묘사한 애가哀歌를 쓴 바 있다.

2010년이 되어 의사들은 그에게
메트로폴리스에서 보낼 1년을 허락했다. 컨디션이

올라가면 천국에서 1년, 내려간다면

지옥에서 1년.

그의 무릎에서 잡지 한 권이 떨어진다.

《포천》표지에는 행성들을 배경으로 한 로이스,

강철처럼 솟구친 그녀 머리카락에 별빛이 스치네.

돈
후
안

08

쾌락을 체계화하고, 규칙적인 정복 활동의 일환으로 삼고, 애인의 이름을 '할 일 목록'에 넣고 체크 표시를 하기. 애욕을 죽이는 데에는 상당히 효과적인 방법이다. 돈 후안은 연인이라기보다는 유혹자이고, 유혹자라기보다는 수집가이며, 수집가라기보다는 저격수에 가깝다. 돈 후안과 일견 유사해 보이는 다른 바람둥이 인물들은 명확한 목적에 따라 애정 행각을 벌인다. 대개는『위험한 관계』*의 혐오스러운 발몽이라든지 사드의 우화에 나오는 음흉한 주인공들처럼 사악한 목적을 가지고 있다. 그러나 돈 후안은 다르다. 그의 행각에는 동기가 완벽하게 결여되어 있다. 이 유명한 바람둥이가 육체적 쾌락을 누리기는 했는지조차 확실하지 않다. 정복 대상명단에 이름을 하나하나 늘려 갈 만큼의 쾌감을 느끼기야 했겠지

* 1782년에 출판된 피에르 쇼데를로 드 라클로의 서간체 소설.

만, 그게 통계학적 승리감 이상의 감정이라고 볼 만한 근거는 찾을 수 없다. "그러나, 아아, 나는 허공에 / 덧없이 주먹질하는 데에 진력이 나네." 티르소 데 몰리나가 17세기에 쓴 『세비야의 난봉꾼』에 나오는 돈 후안의 대사는 먼 옛날 오난이 했던 불평*을 상기시킨다. 그가 느끼는 것은 숫자를 세며 느끼는 강박적 쾌감이지 에로틱한 쾌감이 아니다. 그는 큐피드가 아니라 메르쿠리우스의 신봉자로서, 마치 주식을 모으듯 여자를 모으고 싶어 한다. 몰리에르의 말마따나 돈 후안에게 "사랑의 기쁨이란 변화를 통해서만 존속 가능하다". 그의 동시대인들이 유니콘의 뿔이나 우황牛黃을 탐냈다면 그는 숙녀들의 이름을 보물 상자에 담아두려 했던 셈이다.

심지어 여자 그 자체를 욕망하는 것도 아니다. 그는 여자의 영혼이나 인격, 내밀한 정체성 따위에는 관심이 없다. 단지 여자의 공적인 자아와 사회적 위치, 유형학적 특성을 원할 뿐이다. 티르소의 희곡에서 돈 후안에게 피해를 입은 여자들을 망라하자면 상류층 숙녀 이사벨라, 어부 티스베아, 귀족 도냐 아나, 시골 처녀 아민타 등이 있다. 모차르트와 다폰테가 쓴 〈돈 조반니〉에서 하인 레포

---

* 『창세기』제38장에 나오는 인물로, 형수를 수태시켜 후손을 잇게 하라는 명령을 어기고 체외에 사정하다 하느님에게 죽임당한다.

렐로가 읽어주는 피해자 명단은 심지어 더욱 길다. 19세기에 호세 소리야는 『돈 후안 테노리오』에서 그의 작전을 명확하게 서술한 바 있다.

나는 웅장한 궁전들에 들어갔고
초라한 오두막들의 열쇠를 쥐었으며
내가 다녀간 곳 어디에나
나에 대한 악명이 남는다네.

'신세계'를 약탈했던 스페인 정복자들의 입에서 나온 말이라 해도 이상하지 않을 것 같다……

하지만 돈 후안의 이야기가 순전히 여자들의 명단으로 요약될 수 있는 것은 아니다. 그가 늘어놓는 허세에도 불구하고, 그의 갈등에는 최대한 많은 여성 표본을 수집하겠다는 따분한 소망 외에 무언가 다른 이유가 있다는 느낌이 든다. "방법이야 어떻든, 승리의 월계관을 쓰는 것은 달콤한 일." 바이런의 시에서 돈 후안은 이렇게 선언했다. 그러나 그를 살아 움직이게 하는 동력은 이보다 더욱 어둡고 심란한 종류의 강박인 듯하다. 돈 후안이 유혹자이자 치밀한 사냥꾼으로 워낙 잘 알려져 있기 때문이겠지만, 우리는 그가 오디세우스나 아이네이아스, 단테와 마찬가지로 유령들과 대화할 수 있고 저승 왕국을 여행하는 모험가이기도 하다는 점을 잊곤 한다.

돈 후안은 계략을 꾸미는 와중에도 자신의 행동이 행복한 결말을 낳지는 않으리라는 것을 알고 있다. 말라르메처럼 "모든 육체는 슬프다"고 확신하는(비록 말라르메와 달리 모든 책을 읽지는 않았겠지만) 그는 어떤 애욕의 대상이든 정복하고 나면 종국에는 늘 불행한 상황이 벌어질 수밖에 없음을 이해한다. 그래서 절대로 배신할 리 없는 유일한 연인과 함께 더 긍정적인 해결책을 모색한다. 여기서 우리는 돈 후안의 모국어가 스페인어라는 것, 그리고 스페인어에서 죽음은 여성형 명사라는 것(프랑스어와 이탈리아어에서도 그렇다. 영어와 독일어는 그렇지 않지만)을 기억할 필요가 있다. 돈 후안이 최후의 만찬에 군대장의 유령을 소환하는 것은 바로 그 때문이다. 그렇게 하면 죽음 또한 만찬에 참여할 테고, 그는 진정한 신사답게 그녀를 집까지 에스코트해줄 수 있을 테니까.

릴리트

09

중세 초기 유대 전설에 따르면, 신은 아담의 갈비뼈로 이브를 만들기 전에 에덴동산에서 아담과 긴 시간을 함께할 여자를 만들었다고 한다. 이브의 원조에 해당하는 그녀에게 신이 붙인 이름은 릴리트다.

릴리트를 가장 즐겁게 하는 것은 자신이 필수 불가결한 존재라는 자각이다. 천지를 창조하려면 그녀를 빼려야 뺄 수 없다. 그녀는 입의 발화를 허락하는 귀이고, 풍경을 비추어줄 눈이며, 태양의 존재를 입증할 그림자요, 일인자에게 의미를 부여하는 이인자다. 릴리트는 모든 탄생에 끝이 내포되어 있고, 모든 주장은 의문을 야기하며, 모든 안정은 붕괴를 요한다는 것을 알고 있다. 창조의 순간부터 정의定意는 곧 분열이고, 따라서 그것은 나머지 반쪽을 향해 외친다. "나는 누구지?" 릴리트는 바로 이 질문에 대답할 준비가 되어 있다. 릴리트의 답변은 조심스러운 변명도, 도도하되 자기 파괴적인 수수께끼도 아닐 것이다. 그녀는 고유명사 뒤에 숨지 않고, "나는 나 자신이다"라는 둥 젠체하지도 않으며 자기가 누구인지를 우리에게 밝힐 것이다.

모든 게 그렇듯 릴리트도 한때는 땅과 바다 속 캄캄한 공허 저 깊이 존재했다. 그러다 성령이 수면 위로 움직이자 릴리트는 자신의 때가 왔음을 알았다. 어둠은 빛을 내보내 자기 존재를 드러냈고, 형체 없던 땅은 생물들을 낳아서 자신의 형체를 발견토록 했으며, 유일신은 자신을 닮은 상像을 만들어 손바닥 위에 놓고 들여다보았다. 신은 다른 모든 것은 말씀으로 만들었으나 자신의 상만은 손으로 빚었고, 그것을 '아담'이라고 불렀다. 또한 신은 균형을 좋아했기에 흙을 한 줌 집어서 아담의 반려를 빚었다. 이렇게 릴리트가 세상에 나왔다. 흙이 한자리에 오래 머물지 않고 바람결에 따라 형태를 바꾸듯, 천성이 변화무쌍한 릴리트는 수많은 얼굴과 몸을 입어보기를 즐겼다. 그래서 릴리트는 결코 하나가 아니다. 그것만큼은 확실하다.

반면 신은 본질적으로 불변하는 존재이기에, 신의 형상대로 지어진 아담은 세계의 영속성을 표상했다. 신의 머리털은 숲 같고, 눈물은 강 같고, 입은 바다 같다. 그 몸의 모든 부위가 세계의 형상을 띤다. 안구는 지구 모양이며, 눈의 흰자는 대륙을 둘러싼 대양과도 같고, 예루살렘은 눈동자이며 성전聖殿은 눈동자 속에 비친 상이다…… 아담은 그렇게 믿었다. 릴리트의 경고에도 불구하고 말이다. "거울을 이리 놨다 저리 놨다 하는 게 세상의 전부는 아니라고요." 릴리트가 이렇게 말하곤 했지만 아담은 그 말에 귀 기울이지도, 왜냐고 묻지도 않았다. 릴리트는 만사에 목적이 있음을 알고 있었다. 바람은 신을, 불은 천사들을, 물은 악마들을 모신다는 것. 땅은 동물들을 먹이고, 동물들은 사람에게 복종한다는 것. "그리고 그 모든 것이 릴리트에게 봉사하지." 릴리트는 마음속으로 이렇게 결론을 내렸다. "아담도 마찬가지야."

아담과 함께 살던 시절 릴리트에 대해서는 『미드라시』*에 나오는 이야기 외에는 알려진 바가 별로 없다. 신은 그들을 위해 특별히 동산을 지어주었다. 마법의 강 네 개가 흐르고 열매가 흐드러지게 맺히는 나무들과 갖가지 신기한 동물들이 사는 동산이었다. 하지만 이곳에서 지켜야 할 규칙이 몇 가지 있었다. 예컨대 강물에 들어가거나 동물을 도륙하는 행위는 금지되었고, 무엇보다도 동산한가운데에서 자라는 생명수의 열매를 먹어서는 안 되었다. 한동안 릴리트는 아담에게서 모험적 행동이나 과감한 도전이나 참신

* 유대교의 성서 해설서.

한 사고방식을 끌어내려고 부추겼다. 그러나 아담은 워낙 불변성을 좋아하는 데다가 릴리트가 이래라저래라 하는 데에 반감을 느껴 그녀의 제안을 거부했다. 아담이 가장 좋아하는 일은 새로 창조된 동물들 사이에 서서 그들에게 이름을 지어주는 것이었다. 아담은 말을 '말'이라고, 개를 '개'라고 불러주었고, 성막聖幕을 치는 데에 쓸 가죽을 대주는 알록달록한 짐승은 타하쉬*라고 불렀으며, 인간과 성교하는 돌고래들은 '바다의 아들'이라고 불렀다. 릴리트는 그들의 형상을 입고서 그 본질을 아담에게 보여주려 했지만, 아담은 그녀에게 신경 쓰기보다는 문자들의 진실에 의존하는 것을 선호했다. 이름에는 그 이름이 가리키는 대상의 진정한 핵심이 드러나기 때문이었다. "문자는 세상이 시작되기도 전부터 있었어." 아담은 릴리트에게 그렇게 말하고 등을 돌리곤 했다.

릴리트는 신이 창조한 동물들의 형상을 입고 지내면서 그들 중 많은 이들과 친해졌다. 모든 존재가 하나의 언어를 쓰던 시절이었기에 릴리트는 그들과 오랜 시간 수다를 떨기도 했다. 그녀는 지혜와 용기를 타고난 동물들을 좋아했고, 판다나 뿔이 긴 소로 변신해 그들과 함께 뛰어놀곤 했다. 하지만 어떤 동물들은 멍청하다거

* 한국어 성경에서는 판본에 따라 해달이나 돌고래로 번역되는 가상의 동물이다.

나 순종적이라는 이유로 그녀의 경멸을 샀다. 훗날 욥의 소와 나귀들을 죽인 자가 바로 릴리트였다는 이야기가 있다.

릴리트가 가장 총애한 동물은 뱀이었다. 신은 피조물 중에서도 유독 뱀에게 아담과 비슷한 특성을 많이 부여했다. 뱀은 아담처럼 두 발로 서서 몸을 낙타만큼 크게 곧추세울 수 있었고, 아담과 같은 고도의 지성과 지적인 문제들을 성찰할 능력을 갖추었을 뿐 아니라, 아담과 마찬가지로 공예가의 재능을 타고났기에 금과 은으로 된 멋진 물건들을 만들 줄 알았고 보석과 진주의 비밀을 꿰고 있었다. 릴리트는 뱀의 형상을 입고 그와 긴 시간을 어울렸다. 대화에 깊이 몰두하기도 하고, 정교한 장신구를 만들기도 했다. 시원한 날 동산을 산책하는 신에게 그 장신구들을 가져가 바치면 신은 아름답다며 기뻐했다.

릴리트와 뱀이 자주 어울리자 아담은 소외감을 느끼기 시작했다. "나는 네가 뱀과 함께 오후를 보내도 된다고 허락한 적 없어." "내 시중을 들 일이 생길 수 있으니 내 곁을 지켜야지." 아담은 누누이 말했지만 릴리트는 그의 명령을 따르지 않았다. 급기야 아담은 신에게 불평했다. "그녀는 고집이 세고, 반항적이고, 도통 가만히 있질 않습니다. 쉼 없이 울리는 종 같습니다. 저러다가 하느님의 금제마저 어길까 두렵습니다. 설령 그런 일이 생기더라도 제 책임은 아닐 것입니다."

아담의 비난에도 불구하고 릴리트는 뱀과 계속 어울렸다. "신이 왜 네가 아담에게 복종하길 바라는지 알아?" 뱀이 물었다. "그리고 어째서 아담에게 생명수의 열매를 못 먹게 하는지 알아? 같은 길드의 공예가들은 서로를 미워하는 법이지(이 구절은 훗날 『탈무드』에 적혔다). 신은 창조와 파괴의 힘을 독차지하고 싶어서 그러는 거야."

릴리트는 아담과 함께하려 노력했지만 결국엔 못 참고 떠나버렸다. 그녀가 워낙 뱀으로 변신하기를 즐겼기에 아담은 한동안 뱀을 릴리트로 착각했다. 나뭇가지 틈새에서 기다란 몸으로 똬리를 틀고 다리를 가지런히 웅크린 뱀을 보며 아담은 '마음대로 하라지. 저렇게 놀다 싫증 나면 다시 여자로 돌아오겠지'라고 생각했다.

한참 뒤에야 진실이 밝혀졌다. 릴리트의 불손한 행동에 격노한 신은 천사 셋을 보내 그녀를 잡으라 했다. 그때쯤 릴리트는 홍해에서 뱀과 간통해 낳은 것으로 추정되는 악마들을 잔뜩 기르고 있었다(『미드라시』의 저자는 이 부분은 불확실하다면서도, 홍해의 물은 절대 마시지 말라고 우리에게 경고한다). 천사들은 릴리트가 당장 자신들과 함께 아담에게 돌아가지 않으면 그녀의 악마 자식들이 날마다 1백 명씩 죽임당할 것이라고 준엄하게 선고했다. 그러자 릴리트는 아담의 노예로 사느니 차라리 벌을 받는 편이 낫겠다고 답했다.

이제 릴리트는 앙갚음 삼아 갓난아기들에게 해코지하고 있다. 그녀의 눈에 들어온 남자아이는 태어난 첫날 밤에, 여자아이는 태어난 지 20일이 되기 전까지 몸이 상하게 된다. 릴리트의 힘은 달이 붉게 변하는 때 최고조로 왕성해진다. 그녀를 물리칠 유일한 방법은 릴리트를 추적하는 천사 셋의 이름을 적어 넣은 부적을 갓난아기의 손목에 매어두는 것이다. 이 지침 역시 『미드라시』에 나와 있는 바이다.

방랑하는
유대인

The
Wandering
Jew

10

피투성이 어깨에 나무 십자가를 진 채로 로마 병사들에게 채찍질을, 군중에게 조롱과 야유를 당하며 고난의 길을 오르던 예수는 마른 목을 축이려고 어느 분수대 앞에 멈춰 섰다. 그러자 한 유대인 노인이 그를 밀치며 어서 가라고 재촉했다. "알겠소. 하지만 그대는 내가 돌아올 때까지 기다려야 할 거요." 예수는 이렇게 답하고 골고다 언덕으로 마저 발길을 옮겼다. 이것이 바로 중세의 '방랑하는 유대인' 전설이 태어난 기원이다. 신의 아들을 불쾌하게 한 대죄를 저지른 그는 세상이 끝날 때까지 방랑해야 하는 벌을 받았다. 성서에 의하면 예수는 심판의 날이 오기 전까진 돌아오지 않을 것이므로.

『요한복음』(제18장 20~22절)에 따르면 로마 군사들이 예수를 체포하러 들이닥쳤을 때 그중 한 명이 예수의 얼굴을 후려쳤다고 한다. 방랑하는 유대인 전설은 어쩌면 이 장면에서 파생되었는지도 모르겠다. 물론 성경학적 근거가 있는 가설은 아니지만. 어쨌

든 그 전설은 1천 2백여 년의 세월에 걸쳐 진화해나갔고, 그 과정에서 익명의 유대인에게는 갖가지 이름이 붙었다. 카르타필루스Cartaphilus라든지 아하스베루스Ahasverus 같은 정체불명의 이름도 있고, 부타데우스Buttadeus("신을 밀치다"라는 뜻의 포르투갈어)나 후안 에스페라 엔 디오스Juan-Espera-en-Dios("신을 기다리는 후안"이라는 뜻의 스페인어)처럼 명확한 뜻을 가진 이름도 있다. 17세기 예수회 수도사였던 발타사르 그라시안은 후안 데 파라 시엠프레Juan-de-Para-Siempre, 즉 "영원한 후안"이라는 명확한 의미의 이름을 지어주기도 했다.

13세기 초, 이 전설을 뒷받침하는 목격자들이 하나둘씩 나타났다. 13세기 볼로냐의 한 연대기 작가는 1223년에 프리드리히 2세의 어전에 나온 어느 순례자 부부의 이야기를 적었는데, 그 부부는 예수가 영원한 방랑자의 운명을 지워준 바로 그 유대인을 아르메니아에서 만났더라고 했다. 잉글랜드 역사가인 '웬도버의 로저'가 1228년에 쓴 연대기에 따르면 아르메니아의 대주교 역시 그 유대인을 만나 면담을 가졌으며, 그가 먼 옛날 본디오 빌라도 밑에서 일했다고 고백했다고 한다. 수십 년 뒤 매슈 패리스가 쓴 『히스토리아 마조르Chronica Major』에도 이 이야기가 실려 있는데, 유대인이 이제는 참회했고 하느님의 자비를 믿고 있다는 말도 덧붙여져 있다. 『아하스베루스라는 이름의 유대인에 대한 짧은 설명과 이야기』를 쓴 익명의 저자는 자신이 1564년 6월 9일에 슐레스비히에서 방랑하는 유대인을 직접 만났다고 단언했다. 그의 묘사에 따르면 유대인은 키가 크고 머리가 길었으며, 굳은살 박인 발바닥은 5센티미터에 이를 만큼 두꺼웠고, 한동안 마드리드에서 살았기에 스페인어를 유창하게 할 줄 알더라고 한다. 이런 목격담들 중에는 그가 아내와 자식 몇을 데리고 여행하고 있었다는 설도 있다.

근대에 이르러 방랑하는 유대인 전설은 수십 명의 작가들 손에 더욱 진화했다. 가장 잘 알려진 작품들로는 외젠 쉬(유대인을 예수회의 음모에 결부시킨 이야기), 페르 라게르크비스트(유대인을 인정받지 못한 선지자로 본 이야기), 마크 트웨인(유대인을 그저 평범한 관광객으로 본 이야기), 호르헤 루이스 보르헤스(유대인 이야기를 불멸의 호메로스와 엮은 이야기)의 것이 있겠다.* 제임스 조이스는 유대인에게 레오폴드 블룸이라는 이름을 주고 영원한 하루 동안 더블린 시내를 방랑하게 만들었다.** 문필업자이자 출판업

---

* 각각 외젠 쉬의 『방랑하는 유대인』(1844), 페르 라게르크비스트의 『아하스베루스의 죽음』(1960), 마크 트웨인의 『철부지의 해외 여행기』(1869), 호르헤 루이스 보르헤스의 단편 「죽지 않는 사람」(1947)을 뜻함.
** 『율리시스』(1922)를 뜻함.

자로 협업한 카를로 프루테로와 프란코 루체티니는 세상에 영원한 도시라는 것이 있다면 틀림없이 베네치아일 것이라며, 방랑하는 유대인은 베네치아에서 관광 가이드로 일하며 일정한 거처 없이 떠도는 중년의 사내일 거라고 보았다.

　방랑하는 유대인 전설은 명백한 반유대주의에 기반하지만, 그 점을 차치하고 보면 징벌로서의 여행이라는 개념 자체는 흥미롭다. 이런 개념을 다루는 이야기가 더 없는 것은 아니다. 예컨대 '방랑하는 네덜란드선船' 전설 속 선장도 악마와 결탁하고 끝없이 바다를 떠돌아야 하는 저주를 받은 것으로 전한다. 월터 스콧 경은 방랑하는 네덜란드선을 "어마어마한 금은보화를 싣고, 끔찍한 살인과 음모를 저지르고 다닌 해적선"으로 생각했다. 반면 로버트 루이스 스티븐슨이라면 네덜란드선이나 유대인의 끝없는 여행이 징벌이라는 시각에 동의하지 않았을 것이다. 오늘날 공항 수속과 보안 절차를 둘러싼 히스테리에 대해서라곤 상상도 못 했을 그는 "희망을 갖고 여행하는 것이 목적지에 도착하는 것보다 낫다"고 주장한 바 있다. 세계를 여행하고, 이국의 풍경을 보고, 색다른 사람들과 풍습을 발견하는 것은 매혹적인 모험이기도 하지만, 무엇보다도 최고의 교육으로서 예로부터 늘 권장되었다. 여행의 교육적 기능은 호화 크루즈선 여행 애호가에게도, 위험을 감수하더라도 저렴

한 여행을 선호하는 에어비앤비 이용자에게도 마찬가지일 것이다.

그러나 스티븐슨식 여행관에는 어두운 측면이 존재한다. 예수가 유대인에게 벌을 주기로 마음먹었을 때 염두에 둔 것도 바로 그 점이었을지 모른다. 그 관점에서 보자면 유대인이 받은 저주는 여행이 아니라 도주가 된다. 그는 집단 학살이나, 굶주림이나, 실직난을 피하기 위해 집을 떠나야 한다. 강제 수용소, 굴라크, 용병, 다국적 석유 회사, 삼림 남벌 업자, 가뭄과 홍수, 군사적 또는 종교적 독재 정권으로부터 도망쳐야 한다. 그래서 광막한 사막과 거대한 산맥을 건너고, 그리스도의 십자가를 어깨에 진 채 바다에 뛰어들고, 경찰의 채찍질과 군중의 조롱을 당해야 한다. 저 바깥 어딘가에 있을 자비로운 사람들이 자신을 환영해주고, 인간다운 삶을 허락해주고, 자신이 저지르지도 않았는데 떠맡았던 죄를 마침내 면제해줄 것이라고 애써 상상하면서, 프랑스 북부나 이탈리아 남부의 난민 수용소에서, 또는 중앙아메리카나 시리아의 폭력 사태로부터 필사적으로 달아나는 카라반 안에서 그는 구세주가 약속대로 도착하기만을 기다리고 있다. 간절히 그려온 심판의 날을 알리는 나팔 소리가 혹시라도 저 멀리에서 들리지는 않나 귀를 기울이면서.

잠자는 숲속의 공주

그녀의 이야기는 시간에 관한 것이다. 잃어버린 시간, 지체된 시간, 기다리는 시간, 꿈꾸는 시간, 경험 못 한 시간. 첫 단추부터 잘못 끼워졌다. 공주의 탄생을 축하하러 모인 요정들 사이에서 딱 한 명, 왕이 깜빡 잊고 초대하지 않았던 요정이 공주에게 독 묻은 물레 바늘에 찔려 죽으라는 저주를 건 것이다. 그 원한의 힘은 너무 강력해서 왕의 명령으로도, 착한 요정들의 마법으로도 흩트릴 수 없다. 성 안에 물레 바늘을 일절 들이지 말라고 금지하거나, 공주에게 닥칠 죽음의 잠을 끝없는 꿈으로 약화시킬 수는 있지만, 끔찍한 저주를 아예 없애는 것은 불가능하다. 어른들이 해결책을 찾는 데 실패를 거듭하는 동안 아이는 자라서 여자가 되고, 물레 바늘을 만지고, 결국은 깊은 잠에 빠져든다. 그와 동시에 성 안의 모든 사람이 잠들어 버린다. 언젠가 진정한 사랑의 키스가 그들 모두를 깨울 수 있으리라 기대하면서, 잠자는 공주의 세계 속 시간은 그렇게 멈춘다.

몇몇 작가들이 이와 유사한 서사적 목적으로 잠자는 공주의 방법을 모방했다. 세상을 한 순간 속에 보존하기 위해, 먼지투성이 성이나 매몰된 폼페이 유적 안에 살아 숨 쉬는 상태 그대로 얼려두기 위해. 워싱턴 어빙의 「립 밴 윙클」 이야기에서도, 제임스 힐턴이 『잃어버린 지평선』에서 묘사한 샹그릴라의 수도원에서도, 아돌포 비오이 카사레스의 「눈雪의 위증」에서도, 바그너의 〈니벨룽겐의 반지〉에서 보탄이 브륀힐데를 잠재울 때에도, 애거사 크리스티의 『버트럼 호텔에서』에서도 같은 일이 벌어졌다. 니콜라에 차우셰스쿠 정권하의 루마니아 국민들, 1960년대 스페인 국민들, 그리고 오늘날 미국의 극우 티파티 정치인들을 배출한 주의 시민들은 '잠자는 숲속의 공주'처럼 잠드는 것이 죽는 것과 거의 분간되지 않는 문학적 예시들을 부지불식간에 떠올렸을지도 모른다.

공주의 잠. 그것 때문에 왕자가 그녀에게 매료되는 것일까? 미동 없이 조용히 눈을 감고 누운 채, 저항하지도, 반응하지도 못하는 처지라서? 파블로 네루다가 젊은 시절에 쓴 연시戀詩 스무 편 중 하나에는 이 오래된 남성적 판타지가 단순한 시구로 표현되어 있다.

나는 그대가 조용할 때가 좋아, 마치 그 자리에 없는 듯해서
그대는 멀리서 귀를 기울이고 내 목소리는 닿지 않네,

그대 눈이 날아가서 이제 내 곁에 없는 듯이
그대 입이 키스의 감각으로 가로막힌 듯이

에드거 앨런 포는 이렇게까지 돌려 말하지도 않았다. 『글쓰기
의 철학 The Philosophy of Composition』에서 그는 아름다운 죽은 여자야말
로 "세상에서 가장 시적인 주제임에 의문의 여지가 없다"고 썼다.
죽음보다 더 조용한 상태는 없으니 말이다.

문학사상 가장 먼 옛날부터 죽음과 잠은 곧잘 뒤섞였다. 40세
기도 더 전에 『길가메시 서사시』를 쓴 시인은 잠이 죽음의 형제라
고 했다. 무시무시하면서도 위안이 되는 이 발상은 그때부터 지금
까지 쭉 우리의 곁을 그림자처럼 맴돈다. 성 안셀무스가 천국의 풍
습에 대해 우리에게 전해준 이야기에 따르면, 죽음의 잠 속에서는
시간이 멈추는 반면, 지상에서 밤잠을 자는 사람들에게는 시간이
흐르긴 하지만 깨어난 뒤에 닥쳐올 순간을 꼼짝없이 기다려야 한
다. 알폰소 10세의 『칠부법전』에는 천국에서 시간이 어떻게 흐르
는지 알고 싶어 했던 한 수도사의 이야기가 나온다. 어느 날 아침 그
는 창밖에서 지저귀는 새소리를 듣고 노래를 더 가까이에서 들으
려 뜰로 나가는데, 그때 "이것은 천상의 시간으로는 한 순간에 불
과하노니"라는 속삭임이 들려온다. 환희에 북받쳐 수도원으로 돌

아간 그는 자기 형제 수도사가 오래전에 죽었고 새가 지저귀는 짧은 순간 동안 3백 년이 흘렀다는 사실을 알게 된다. 천국에서의 시간에는(신학자들의 말에 따르면) 지속성이라는 개념이 없다고 한다. 한 순간마다 그곳에서 가능한 모든 것이 주어지기 때문이다. 반면 지옥의 시간은 영원히 지속되는데, 그곳에서는 아무 일도 일어나지 않기 때문이다. 희망이 없는 세계에서는 기약 없는 기다림 외에는 아무것도 일어날 수 없다. 카를 구스타프 융이 회고하기를, 언젠가 길거리에서 마주친 삼촌이 자기를 멈춰 세우며 "신이 죄인들을 어떻게 고문하는지 알아?"라고 묻기에 고개를 저었더니, "기다리게 만드는 거야"라고 답하고는 갈 길을 갔다고 한다.

공주의 잠. 그것은 천국에서의 잠일까, 지옥에서의 잠일까? 그녀의 성에서는 시간이 흐르지 않으니 전자일 듯싶기도 하지만, 그녀의 잠은 끝없는 기다림이므로 후자인 것도 같다. 만약 천국에서 잠들어 있다면 그녀는 아름답고도 한없이 순수한 공주로서 푸른 옷을 입은 왕자들에게 한없는 갈망의 대상이 되며 행복할 테고, 그 끊임없는 현재를 중단하고 깨어날 일은 결코 없을 것이다. 반면 지옥이라면 공주는 순수가 끝나기 직전의 순간 속에 잠들어 있는 셈이다. 곧 왕자가 도착해 공주를 깨워 시간의 굴레로 밀어 넣으면, 그녀는 그동안 바깥세상에서 흐른 세월을 단숨에 따라잡아야 할 것이다. 눈을 뜨자마자 피부가 쭈글쭈글해지고, 시야가 침침해지고, 진줏빛 치아는 잇몸에서 빠져나가고, 황금빛 머리칼은 잿빛으로 바랠 것이며, 별안간 공주의 손주나 증손주뻘이 되어버린 왕자는 그녀를 바라보며 공포에 질릴 것이다. 결국 왕자의 등장으로 인한 해피엔드는 불가능한 셈이다.

왕에게 초대받지 못했던 요정의 저주는 사실 바로 이런 의미였는지도 모른다. 공주가 우아하게 늙어가지도, 지식과 경험을 천천히 쌓아가지도, 계절의 변화를 누리지도 못하게 하는 것. 그녀가 잠들었을 때 왕자가 보았던 미녀의 모습을 유지하고 싶다면 성형수술과 보톡스와 유방 확대술과 원숭이 분비선 혈청 주사에 의지하는 수밖에 없으리라.

그러나 공주에게는 다른 선택지도 있다. 저주도, 축복도 거부하고, 잠든 궁정 대신들도, 부모님이 저지른 결례도 거부하고, 끝없이 찾아오는 왕자마저도 거부하는 것. 그리고 입센의 노라나 카르멘 라포레의 안드레아*(잠자는 숲속의 공주의 현대판 후예들이라고 할 수 있다)처럼, 마법의 성문을 열어젖히고 크게 뜬 두 눈으로 세상을 맞닥뜨리는 것 말이다.

* 카르멘 라포레의 첫 소설이자 나다르상 수상작 『무*Nada*』(1945)의 주인공.

피
비

12

피비는『호밀밭의 파수꾼』에 나오는 콜필드가의 네 남매 중 막내다. 가장 총명하고, 이기적이지 않고, 이해심과 직관력이 뛰어난 소녀. 피비의 바로 위 오빠인 앨리는 누구에게도 화내지 않는 성품이었고 어렸을 때 백혈병으로 죽었다. 홀든은 그 손위이고, 맏이인 D. B.는 할리우드로 떠나 재규어를 몰고 다니며 (홀든의 표현에 따르면) 자신의 "글재주를 팔아넘기는 매춘부"가 되어 지낸다. 콜필드가는 문학 애호가 집안이다. D. B.는 할리우드에서 매춘에 나서기 전에만 해도『비밀 금붕어』라는 제목의 "기막힌" 소설집을 펴낸 바 있다. 앨리는 손가락에 온통 녹색 잉크를 묻혀가며 시를 썼고, "타석에 아직 선수가 안 나온 동안 외야에서 무언가 읽을거리가 필요"하다는 이유로 야구 글러브 주머니에도 시를 적어두었다. 독서가인 홀든은 이 세상에 없는 조리條理를 찾고 싶을 때 자신이 좋아하는 책들에 의지한다. 그가 좋아하는 작가들의 목록은 인상적이다. 디킨스, 이자

크 디네센, 링 라드너, 서머싯 몸(주의할 점이 몇 가지 있지만), 토머스 하디, 셰익스피어, 루퍼트 브룩, 에밀리 디킨슨, F. 스콧 피츠제럴드, 헤밍웨이. 그리고 피비는 헤이즐 웨더필드라는 소녀 탐정이 나오는 소설을 쓴다. 대개 그렇듯 완결은 좀처럼 못 내지만.

홀든에 따르면 피비는 "아이치고는 아주 감정적"이지만, "당신도 그 애를 좋아하게 될 것"이라고 한다. "피비 녀석한테 무슨 말이든 해봐라. 걔는 그게 무슨 뜻인지 척척 알아듣는다. 아니면 어딘가로 데려가봐도 좋다. 만약 영화관에 데려가 후진 영화를 보여주면, 걔는 그게 후진 영화라는 걸 알 거다. 반대로 꽤 괜찮은 영화를 보여주면 걔는 그게 꽤 괜찮은 영화라는 걸 안다."

피비는 앨리와 마찬가지로 붉은 머리인데, 여름 동안에는 머리를 아주 짧게 잘라서 예쁜 귀 뒤로 넘기고 다닌다. 홀든은 이렇게 말한다. "하지만 겨울에는 머리가 꽤 길어진다. 가끔 엄마가 땋아줄 때도 있다. 안 땋을 때도 있지만, 아무튼 멋지다. 피비는 아직 열 살밖에 안 됐다. 나처럼 깡마른 체격이긴 한데 멋있게 깡말랐다." 홀든이 혹시 성경의 『아가서』에 나오는 "우리 작은 누이 젖가슴도 없는데, 누가 말을 걸어오면 어떻게 할까?"*라는 구절을 읽어본 적이

---

* 제8장 8절. 누이가 청혼을 받는 날을 뜻함.

있는지 모르겠다. 홀든은 그렇게 멀리까지 생각하지는 않지만.

D. B.가 할리우드로 떠난 사이에 깡마른 피비는 커다란 침대와 커다란 책상이 있는 큰오빠의 방을 차지하고서 "두 발 쭉 뻗고" 지낸다. 그리고 홀든이 자기에게 주려고 샀다가 실수로 부서뜨린 레코드판 조각들을 버리지 않고 간직한다. 피비는 세상에 질서를 세우는 것을 좋아하고, 홀든이 자기처럼 못 하는 걸 속상해하기 때문이다. 피비에게는 알뜰한 면모도 있다. 크리스마스에 쓰려고 모아 둔 돈으로 홀든에게 물질적인 원조를 제안하기도 한다. "8달러하고 85센트 있어. 아니, 65센트다. 좀 썼거든." 피비는 이렇게 설명한다.

무엇보다도 피비는 홀든의 존재론적 고뇌의 근본을 정확히 짚어낼 줄 안다. "오빠는 사사건건 다 마음에 안 들어 해." 피비의 말대로 홀든은 그 무엇에서도 즐거움을 찾지 못하는 듯하다. 단테라면 홀든을 "햇살로 행복해진 달콤한 공기 속에서도 불퉁거리는" 사람들로 가득한 분노 지옥에 넣었을 것이다. 반면 피비는 세상을, 그리고 세상이 자신에게 걸어오는 도전을 즐기며 무슨 일에든 용감하게 나선다. 그래서 홀든이 서부로 떠나겠다고 하자 피비는 자기도 따라가겠다며 선뜻 짐을 꾸린다. 홀든 자신은 미처 인지하지도, 이해하지도 못하는 사이에 피비는 그의 앞길에 도사린 위험을 살피는 눈과 같은 역할을 한다. 홀든이 위험을 맞닥뜨렸을 때 그의 곁에 있어주고 싶다는 담대한 마음 때문이다.

기원전 5세기 중반쯤 에우리피데스가 쓴 안티고네에 대한 희곡이 있다. 오늘날에는 일부 내용만 단편적으로 전하는데, 여기서 안티고네는 애정 어린 손길로 오빠 폴리네이케스의 시신을 씻어주고 제례용 와인으로 적셔주며, 왕의 명령을 거역하고 그의 장례를 제대로 치르기로 결심한다. 전하는 내용 중 이런 구절이 있다. "그래도 나는 오빠를 묻어줄 거야. 이 일로 만약 내가 죽는다면 이 범죄는 신성한 것이라고 말하겠어. 나는 오빠 곁에 누워서 죽을 테고, 오빠가 나에게 소중한 만큼 나도 오빠에게 소중한 사람이 될 거야." 홀든은 자신이 폐렴에 걸려 죽는다면 피비가 어떤 기분일까 상상하는데, 피비라면 아마 안티고네와 비슷한 생각을 했을 것 같다.

그런데 피비의 그 모든 사랑과 헌신, 지각과 꿋꿋함, 용기와 지성이 다 언제 사라지는 것일까? 여기서 피비와 거울처럼 닮은 옛이야기 속 인물을 하나 꼽자면 그림 형제의 「여섯 마리 백조」에 나오는 주인공 소녀를 들 수 있을 것 같다. 이 소녀는 마녀의 저주에 걸려 백조로 변해버린 오빠들을 구하기 위해 맨손으로 쐐기풀 윗옷을 여섯 벌 만들어 입혀주어야 하고, 6년 내리 말을 한 마디도 해서는 안 된다. 그렇게 6년을 거의 채워가던 어느 날, 한 왕자가 소녀를 보고 첫눈에 반해 청혼한다. 하지만 소녀가 아무 말도 하지 않으니 궁정 대신들은 그녀가 마녀이므로 화형시켜야 한다고 왕자를 설득한다. 화형식 전날 밤 쐐기풀 실꾸러미를 가지고 감옥에 갇힌 소녀는 간신히 여섯 벌째 윗옷을 소매 한 짝이 없는 상태로나마 완성하고, 그 옷들을 여섯 백조 오빠에게 던져준다. 그러자 인간의 몸으로 돌아온 오빠들(단, 막내 오빠의 몸에는 날개 한쪽이 남았다)은 여동생이 용감하게 침묵했던 이유를 왕자에게 털어놓는다.

이 동화는 결국 다 잘 풀린다. 그러나 피비의 이야기는 과연 잘 풀린다고 할 수 있나? 『호밀밭의 파수꾼』 마지막 장에서 홀든은 양동이에 떨어지는 빗줄기 사이로 회전목마에 앉아 있는 여동생을 지켜보며 거의 난생처음으로 행복감을 느낀다. "왠지 모르겠다. 그냥 걔가 그러고 있는 게 끝내주게 멋져 보였다. 푸른 코트를 입고 빙글빙글 돌고 있는 그 모습이 말이다." 홀든은 이렇게 적는다.

피비가 끝내 매듭짓지 못하는 헤이즐 웨더필드 소설과 마찬가지로, 피비라는 인물 역시 『호밀밭의 파수꾼』 전체에 걸쳐 흐리멍덩한 눈을 한 오빠들 사이를 맴돌며 반짝이기만 할 뿐 자기만의 궤도를 좇아가거나 자기만의 결말에 다다르지는 못한다. 두 번 다시 만나지 못할 오빠를 애도하면서, 고향을 떠난 탕아 같은 장남이 썼던 방을 차지하고 지내며, 넋 나간 홀든을 보호하고, 안내하고, 더 나아가 벼랑 끝 호밀밭에서 뛰노는 아이들을 잡아주고 싶다는 홀든의 몽상을 바로잡아주기까지 하지만("'잡아주는' 게 아니라 '마주치는' 거겠지"라고 피비는 지적한다), 정작 피비 자신은〈그대 눈에 연기가 스미네Smoke Gets in Your Eyes〉의 선율에 맞추어 "푸른 코트를 입고 빙글빙글 돌고" 있을 뿐이다.

보통 동화 속 주인공에게 주어지는 임무는 세 가지다. 우딘 아타르의 『새들의 회의*The Conference of the Birds*』에서는 새들이 자기네 왕을 찾으러 일곱 개의 골짜기 또는 바다를 건너는데, 그중 여섯 번째 것의 이름은 '현기증'이고 마지막 것은 '멸절'이다. 이집트 파라오가 이스라엘 민족을 해방시키기 전에 시달렸던 역병은 열 가지였다고 전하며, 단테의 「연옥 편」에서도 죄인들은 총 열 단계(두 개의 예비 단계와 최고층의 에덴동산까지 포함하면)를 거쳐 죄를 씻고, 헤라클레스가 감당하는 노역의 경우는 열두 가지다. 이처럼 인간들이 거치는 시련은 그 강도나 가짓수에 있어 천차만별이다.

대부분 역사가들의 견해에 따르면 17세기의 저명한 학자 김만중이 지었다고 하는 한국 고전소설 『구운몽』에서, 성진이라는 이름의 파계승이 죗값을 청산하는 데에는 총 여덟 단계가 필요하다. 각 단계에서 그는 아름다운 선녀 한 명 한 명과 성교해야 하는데 딱히 그의 의사에 반하는 일은 아니다. 서양인들의 저속한 귀로 듣기에 그 선녀들의 이름은 마치 컨트리 음악 가수 같다. 무지갯빛 불사조(채봉彩鳳), 달빛(섬월蟾月), 겁먹은 기러기(경홍驚鴻), 옥 조개 꽃(경패瓊貝), 봄 구름(춘운春雲), 피리 조화 난초(소화簫和),* 올빼미 연기(요연梟煙), 흰 물결(능파凌波).**

성진(性眞 : '진정한 본성' 또는 '육욕'을 뜻한다)은 연화봉 법굴의 주인인 육관 대사의 제자로서 계율을 거슬러 벌을 받는다. 용왕이 권하는 술을 마시고 정신이 혼몽해진 상태에서 팔선녀를 즐겁게 해주려고 자신의 신통력을 이용해 꽃송이들을 보석으로 바꾸어준 것이 문제였다. 이 죄로 성진은 희한하게도 속세 최고의 영웅으로 환생해, 육욕적 세계에서의 『천로역정』이라 할 만한 여정을 거친다. 양소유(小游 : '작은 거류자'를 뜻한다)라는 이름으로 가난한 농부 집안에서 다시 태어난 그는 홀어머니 밑에서 자라다 과거 시험에서 장원 급제하고 한림학사가 되어 황제를 보필한다. 이후 그는 시인, 음악가, 외교관, 군인으로서 일취월장해 권세를 얻고 황제의 매부가 되기에 이른다.

* '쓸쓸하고 조화롭다'는 뜻으로, 저자의 뜻풀이에 착오가 있었던 것으로 보인다.
** '물결을 건너듯' 아름다운 미인의 걸음걸이를 뜻하는 말로, 저자의 뜻풀이에 착오가 있었던 것으로 보인다.

중국이 국제 문화의 중심지로 황금기를 구가했던 9세기 당나라 시대를 배경으로 하는 『구운몽』은 전기傳奇적 성장소설이자 유교, 도교, 불교의 진리를 설파하는 교육소설이기도 하다. "만남이 있으면 헤어짐이 있고, 헤어짐이 있으면 만남이 있으니, 이것이 세상의 이치라." 불교의 어느 현자는 양소유의 수행과 삶을 이렇게 요약한다. 양소유는 『역경易經』에 의거해 군사를 배치함으로써 토번족의 난을 정벌할뿐더러 자신과 맺어진 여덟 명의 처녀와 동침(심지어 일곱 번째 처녀의 경우에는 전란의 한가운데였는데도)하는 데에도 성공한다. 칼날의 번뜩임은 혼례식의 촛불이 되고, 군대의 징 소리는 거문고의 선율을 대체한다. 수많은 업적을 이룬 끝에 양소유는 별안간 어느 늙은 승려를 대면하는데, 그는 자신이 양소유의 옛 스승이었음을 밝히고는 인간으로서 그의 삶에서 벌어진 모든 일이 찰나의 꿈에 불과했음을, 한평생에 걸친 사랑과 전쟁이 잠깐의 깊은 명상 속에서 경험한 일이었음을 알려준다. 이 깨우침으로 말미암아 (성진으로 되돌아온) 양소유는 깨달음을 얻고 그때부터 중생에게 온전한 불도를 가르치는 데에 헌신한다. 이윽고 그는 연화봉 법굴의 주지승 자리를 이어받고, 신과 용, 인간과 혼령을 아울러 모든 존재가 과거 성진의 옛 스승을 대하듯 그를 공경하게 된다. 팔선녀 역시 세속적 욕망을 버리고 도를 추구하는 참된 보살이 되어, 열반에 다다를 수 있음에도 그 경지를 미루며 다른 이들을 번 뇌에서 구하기 위해 자비를 베푼다. 그러다 마침내 성진과 선녀들 은 처음부터 정해졌던 섭리대로 손에 손을 맞잡고 극락세계로 들 어간다.

이 치정 모험극을 읽다 보면 우리가 현실 세계라고 생각했던 곳이 도리어 꿈같음을 암시하는 단서들이 많이 나온다. "눈은 두 귀 보다 더 많은 진실을 봅니다." 양소유는 누군가에게서 이런 말을 들 은 직후 귀신 행세를 하는 어느 미녀에게 속아 넘어간다. 그 미녀는 나중에 진짜 사람이었음이 밝혀지지만, 무엇을 무엇으로 속인 것 인지는 여기서 중요하지 않다. 아가씨가 귀신인지, 귀신이 아가씨 인지 말이다. 이후 그녀가 양소유에게 설명하기를, "사람과 귀신의 길은 각각 다르지만 사랑은 그 둘을 합칠 수 있지요"라고 한다. 궁 극적으로 중요한 진실은, 감각적 세계는 비실재적이고 영혼의 세 계야말로 실재적이라는 것, 전자는 환상에 지나지 않으며 오로지 후자야말로 의미 있는 현실이라는 것이다.

다른 누구도 아닌 공상 속의 인물들이 우리더러 우리 삶을 꿈 이라고 말할 때면 참 놀랍다. 칼데론 데라바르카의 희곡 『인생은 꿈』에서 세기스문도가 불평하기를, 우리의 기묘한 세상에서 산다 는 것은 곧 꿈꾸는 경험일 뿐이며, 이를 경험하노라면 산 사람은 누구나 자기 자신에 대한 꿈을 꾸다가 깨게 마련임을 알 수 있다. 『템페스트』의 프로스페로는 우리가 꿈과 같은 물질로 만들어져 있으며 우리의 작은 삶은 잠으로 둘러싸여 있다고 말한 바 있다. 트위들디와 트위들덤은 앨리스가 붉은 왕의 꿈에 나오는 존재에 불과하다면서, 왕이 깨어나면 앨리스는 "촛불처럼 훅, 꺼져버릴 거야!"라고 한다.

성진과 동시대 사람이었던 요크셔 출신의 선원 로빈슨 크루소는 무인도에 홀로 조난되고 몇 달 뒤 무시무시한 꿈을 꾼다. 꿈속에서 그는 은신처 담장 밖의 맨바닥에 앉아 있는데, 별안간 거대한 먹구름 너머에서 환한 불길에 휩싸인 한 남자가 내려온다. 남자는 땅에 내려서자마자 손에 든 긴 창을 들어 크루소를 죽일 듯 다가오더니 공포스러운 목소리로 이렇게 말한다. "이 모든 일을 겪고도 참회할 줄 모르다니, 이제 너를 죽여야겠다." 크루소는 잠에서 깨어나 그것이 꿈이었음을 깨닫고 나서도 한동안 잔상을 마음속에서 떨치지 못하며, 그 느낌을 설명할 말을 도저히 찾지 못한다. 크루소에게는 무인도에서의 힘겨운 조난 생활이야말로 끔찍한 현실이고 꿈은 경고일 뿐이다. 반면 성진에게는 사랑과 전투로 점철된 파란만장한 인생 그 자체가 경고의 뜻이 담긴 꿈이었음이 드러난다.

(양소유의 거죽을 입은) 성진이 화려한 무공과 애정 편력을

펼침으로써 속세에서의 여정을 완수해야 한다면, 그런데 그 모든 성취가 한낱 그림자의 그림자에 지나지 않는다면, 책장 속 그림자의 그림자를 읽는 그림자인 우리, 독자들은 도대체 무엇이란 말인가? 플라톤의 『국가』에서 소크라테스가 들려주는 우화에 따르면 우리에게 지각되는 현실은 우리가 사는 동굴 벽에 비친 세상의 그림자일 뿐이며, 소크라테스 자신도 (그리고 플라톤도) 그 그림자를 보고 진짜인 줄 알 따름이다. 17세기 한국 사람들에게는 성진의 모험담 속 배경인 9세기 중국이 광대한 그림자로 늘 드리워져 있었으리라. 위협적이면서도 매혹적인, 그러나 언젠가는 깨어나고 싶은 다면적이고 어수선하고 심란한 꿈처럼 말이다.

"그렇다면 무엇이 진정으로 존재하는 것이고 무엇이 존재하지 않는 것인지 누가 알 수 있으랴?" 소설의 막바지에 이르러 양소유는 이렇게 말한다. "부처는 사람의 육신이란 수면에 인 거품이나 바람에 흩날리는 꽃잎처럼 덧없는 환영이라 하였거늘."

짐   Jim

14

짐은 테네시 윌리엄스가 '도망자'라고 부른 부류에 속한다. 『레 미제라블』의 장 발장, 아르헨티나의 서사시 『마르틴 피에로』에 등장하는 탈영병 가우초 마르틴 피에로, 얼어붙은 북방으로 탈주한 프랑켄슈타인의 괴물, 『위대한 유산』의 죄수 아벨 맥위치처럼. 이 세상에서 짐은 스스로가 아는 자기 자신으로 규정되지 못하고, 해리성 둔주 환자처럼 이런저런 가상의 신분을 지어내며 "꽁지 빠지게" 도망쳐야 하는 신세로 내몰린다. 그러면 어떻게 해야 하나? 짐은 허클베리 핀에게 이렇게 설명한다. "생각해 봐요. 만약 걸어서 도망친다면 개들이 쫓아올 거 아녜요. 그렇다고 쪽배를 훔쳐 타고 강을 건너면 배가 없어진 게 탄로 날 테고, 제가 강 건너편의 어디에 내렸는지, 어디서부터 나를 뒤쫓아야 하는지도 뻔히 드러나겠죠." 백인 어른들의 고질적인 편견과 백인 청소년들의 무책임한 놀이 사이에 갇힌 짐은 평등권이 존재하는 유토피아 같은 곳으로 떠나고자 한다. 마크 트웨인의 소설에서는 자유주가 바로 그런 곳이고, 미국 역사에서는 노예들을 캐나다로 탈출시켜주는 '지하 철도' 조직도 그런 역할을 했으며, 흑인들은 "날아 내려오는 주님의 멋진 전차"*를 타면 그런 나라로 갈 수 있으리라는 기독교적 상상을 공유하기도 했다. 하지만 다른 도망자 동료들과 마찬가지로 짐도 결코 그곳에 다다르지 못할 것이다. 그가 아무리 자신의 정체성을 마술처럼 지어낸다 해도 결국 그는 자기 자신이 아닌 '해방 노예'로만 인식될 테니까.

백인들의 세상은 짐을 위한 계획을 다 세워두었다. 폴리 이모, 사일러스 이모부, 샐리 이모는 충성스러운 애완동물을 다루듯 그의 "착한 행동"에 상을 주고 "먹고 싶다는 것은 다 먹이고 편안히 지내게 해주고 아무 일도 시키지 않"으려고 "한바탕 난리법석"을 피운다. 톰 소여는 자기가 읽은 모험소설들에서 영감을 받아 모종의 작전을 세우고는(결국 실패로 끝나지만), 헉과 자신의 계획이 성공하고 나면 짐을 "거창하게 증기선에 태워 고향으로 데려가서 지금까지 수고한 시간에 대한 보상을 해주고, 미리 전갈을 보내 마을 인근의 검둥이들을 모조리 불러내서 햇불 행렬과 악대를 동원해 춤

---

* 흑인 영가 〈Swing Low, Sweet Chariot〉에서 인용한 것.

을 추며 짐을 맞아들이도록" 하겠다는 상상을 한다. 마치 예수가 예루살렘에 입성하는 장면과 서커스 무대에서 곰이 춤추는 장면을 혼합한 것만 같다. 톰 소여가 읽은 책들 중 하나인 『돈키호테』에서 부당함에 맞서 싸우는 자세를 배울 법도 하건만, 그는 그 책벌레 기사의 광기에서 단순히 해적선 모험담 같은 스릴과 황홀한 동화의 매력만을 읽어낼 뿐이다. 만약 짐이 『돈키호테』를 읽었다면 톰과는 다르게 해석했을 것이다.

그러나 노예들은 읽는 법을 배우지 못했다. 1660년대에 찰스 2세는 개신교 신앙, 즉 개개인이 하느님의 말씀을 직접 읽을 수 있느냐 없느냐에 따라 영혼의 구원이 달려 있다고 설파한 루터의 교리를 따르겠노라고 선포했다. 이에 따라 왕은 식민지의 원주민, 하인, 노예 들에게도 기독교 계율을 가르치라고 해외 식민지 평의회에 칙령을 내렸다. 그러나 노예 주인들은 탐탁지 않아 했다. 노예가 성경을 읽는 법을 배운다면 노예제 폐지론 책자를 읽을 수도 있고, 성서 속 모세와 파라오의 이야기를 구실 삼아 반란을 일으킬 수도 있으리라고 우려했기 때문이다. 찰스 2세의 칙령은 아메리카 식민지들에서 강한 반대에 부딪혔다. 그중에서도 가장 반대가 심했던 사우스캐롤라이나주에서는 거의 한 세기 뒤에 노예든 자유인이든 흑인은 무조건 글을 배울 수 없도록 엄격히 금지하는 법안이 발효

되었다. 이 법은 마크 트웨인의 시대에까지도 유효했다. 이 법을 위반한 노예는 초범일 경우 소가죽 채찍으로, 재범은 아홉 가닥짜리 채찍으로 매를 맞았고, 삼범은 둘째 손가락 첫 마디가 잘리는 벌을 받았다. 글을 익힌 노예가 다른 노예들에게 읽는 법을 가르쳐서 교수형까지 당한 사례들도 있다.

짐은 물론 글을 몰랐다. 프레더릭 더글러스*의 자서전에 따르면 그는 "나를 무지한 상태로 두려는" 주인의 의지 때문에 도리어 글을 배워야겠다는 결심이 굳어졌다는데, 만약 짐도 그처럼 글을 배웠다면 노예제를 정당화하는 아리스토텔레스의 책도 읽게 되었을지도 모르겠다. "어떤 이들은 다스리고 어떤 이들은 다스림받는 것은 불가피할 뿐 아니라 편리하기도 하다." 질서에 집착한 철학자 아리스토텔레스는 『정치학』에서 이렇게 적는다. "태어나는 순간부터 복종하도록 정해지는 이들이 있고, 지배하도록 정해지는 이들이 있다. (……) 그리고 노예와 가축의 사용처는 사실 별로 다르지 않다. 삶의 욕구를 충족하기 위해 그들의 육체를 사용한다는 점에서 말이다." 아리스토텔레스는 그가 말하는 "욕구"가 자신과 같은 계층에 속한 사람들의 욕구만을 뜻한다는 것을 굳이 설명할 필요

* 19세기 미국 노예제의 폐지를 이끈 흑인 운동가.

도 느끼지 않았다.

토마스 아퀴나스는 방대한 저작 『신학대전』에서 주인과 노예의 관계를 아버지와 아들의 관계에 등치시키며, 아들도 노예도 특정한 권리들을 누려야 한다고 주장했다. "아들은 일반적으로 제 아버지에게 속하며, 노예는 일반적으로 제 주인에게 속한다. 그러나 그들은 사람으로서 개별적으로 존재하며 타인들과 구별된다. 그러므로 그들이 사람인 이상 그들에게도 특정한 종류의 공정성이 있고, 이에 따라 아버지와 아들, 주인과 노예 간의 관계를 규제하는 특정한 법률도 존재한다. 그러나 한쪽이 다른 한쪽에 속하는 한, 완벽한 '올바름'이나 '공정'이라는 개념은 부족할 수밖에 없다." 아퀴나스 스스로도 분명히 알았겠지만 이것은 결론이 전제에 이미 함축되어 있는 안일한 삼단논법이다. 왜냐하면 노예든 아이든 개든 일단 누군가의 소유물인 이상, 그들은 자기 소유주가 요구하는 권리나 공정을 똑같이 요구할 수 없기 때문이다. 헉의 아버지는 아퀴나스와 생각이 같다. 그는 아들을 기른 아버지로서 아들이 "아비를 위해 뭔가를 해줄" 것이라 기대하는 게 마땅하며, 교양 있는 백인 시민이라면 "흰 셔츠 입고 어슬렁거리며 도둑질이나 하는, 재수 없는 자유인 검둥이"보다 더 많은 권리를 누려야 한다고 믿는다.

아리스토텔레스 시대에서부터, 아니 그보다 이전부터, 노예 개념을 정당하다고 인정한 사회들은 모두 다음의 두 가지 추정을 근거로 그것을 옹호했다. 우월하다고 여겨지는(스스로를 우월하다고 여기는) 사람들이 열등하다고 여겨지는 사람들에게 절대적인 힘을 행사하는 것이 옳다는 것, 그리고 노예 본인들도 노예 상태를 긍정한다는 것. "이건 다 너를 위한 거야"와 "너한테 이렇게 하는 내가 너보다 더 아파"는 '매를 아끼면 자식을 망친다'고 믿는 부모들이 흔히 쓰는 양대 궤변이다.

사도마조히즘을 다룬 고전 『O 이야기』의 서문에 실린 문학가 장 폴랑의 「노예됨의 기쁨」이라는 글에는 1838년 바베이도스에서 일어났던 노예 해방 이야기가 나온다. 그 이야기에 따르면 해방된 여자와 남자 2백여 명이 그레넬그 씨라는 옛 주인에게로 돌아가 다시 받아들여달라고 애원했는데, 그레넬그는 노예제 반대법을 존중하는 뜻에서였는지 거절했다고 한다. 그러자 옛 노예들은 점점 더 폭력적으로 항의했고 급기야는 그레넬그와 그의 일가족을 학살하기에 이르렀으며, 그런 다음에는 자기네 오두막으로 돌아가 관습적인 노동을 재개했다고 한다. 만약 이 일화가 사실이라면 미국 남부에 남아 있던 노예 소유주들 사이에서 "거봐, 내가 뭐랬어"라는 말과 함께 회자됐을 것 같다.

그러나 그 바베이도스 노예들과 달리 짐은 자기 상태에 만족하지 않았다. 짐이 만약 자유항에 다다랐다면 거기서 발길을 돌리지는 않았을 것이다. 짐은 솔로몬의 판결에 야유를 퍼붓는가 하면 루이 16세의 아들이 수감 생활을 했다는 이야기에 동정을 표하기도 하는 도덕관념을 지녔고, 마법의 힘, 망자를 존중할 의무, 예지몽을 신봉하며, 자주권을 지닌 자유인이 되어 가족을 되찾고 싶다는 의지가 굳건한 사람이라는 것은 소설 속에 익히 나와 있는 바다("짐은 자유주에 도착하면 돈을 한 푼도 쓰지 않고 저금하고, 돈이 충분히 모이면 왓슨 아주머니 댁 근처 농장에서 노예살이를 하고 있는 마누라를 사 온 다음, 둘이 같이 일해서 아이 둘도 되살 거라고 한다. 만약 주인이 팔려고 하지 않으면 노예 폐지론자한테 애들을 훔쳐달라고 부탁하기라도 할 거란다").

내가 헉과 비슷한 나이에 『허클베리 핀의 모험』을 처음 읽었을 때 가장 감동적이었던 부분은 깊어져가는 헉과 짐의 관계였다. 내가 보기에 짐은 헉에게 아버지 같은 존재였다. 폭력적이고 편협한 친아버지와는 정반대인, 넓고도 악한 세상에서 살아남기 위해 헉을 필요로 하는 아버지, 헉이라는 이름의 안티고네에게 오이디푸스와도 같은 존재. 헉에게 짐이 필요한 만큼 짐에게도 헉이 필요하다는 점에서 나는 헉이 부러웠다.

짐에 대한 실마리가 소설 곳곳에 흩어져 있고 그의 개성이 조금씩 드러나기는 하지만 짐은 여전히 노예라는 신분에만 초점이 맞춰져 읽힌다. 토니 모리슨은 짐의 묘사를 두고 "옷 속의 사람을 미처 감춰주지 못하는 조잡한 광대 옷차림 같다"고 평가하며, 소설의 결말에서 마크 트웨인이 "인종주의자 독자층"을 포섭하기 위해 짐을 "완전히 어릿광대"로 만들어버렸다고 보았다. 소포클레스의 『오이디푸스왕』에서 예언자 테이레시아스는 오이디푸스를 "불쌍한 어릿광대"라 부른 바 있다.

모리슨이 지적한 인종주의자 독자층은 오늘날 『허클베리 핀의 모험』을 읽는 독자들에게도 적용된다. 특히 미국 사회에서 인종주의는 그야말로 모든 것을 물들이고 있기 때문이다. '물들이다'라는 동사는 무섭도록 적절하다. 흑인과 백인 사이의 사회적 계급 형성이 노예제를 촉진한 것인지, 아니면 사회가 노예제를 정당화하기 위해 백인과 흑인 사이의 계급 차이를 만든 것인지는 끝없이 논쟁할 수도 있을 법한 문제다.

그런데 이 모든 것이 짐에게 무슨 의미인가?

'신세계'에서 노예제는 식민 정부가 세워진 초창기부터 실시되었다. 1776년 미국 독립 선언 당시에도 노예제는 열세 개 식민지를 통틀어 모두 합법이었다. 노예제가 국가적으로 폐지된 것은 거의 한 세기 뒤인 1865년, 수정헌법 제13조가 통과되어 켄터키와 델

라웨어의 마지막 노예 4만 명이 해방되었을 때였다. 그보다 수십 년 전 알렉시 드 토크빌은 미국에서 노예제 없는 다민족 사회는 성립 불가능하다고 본다며, 흑인들이 더 많은 권리를 얻는다면 흑인에 대한 뿌리 깊은 편견이 더욱 강화될 것이라고 확언했다. 바꿔 말하자면, 고통의 원인을 찾지 말고 치료를 절제하라는 거다. 그러면 증상을 악화시키지는 않을 테니까.

이런 태도는 오늘날까지도 미국 사회의 표층 바로 아래에서 꿈틀거리고 있다. 편견에 반대하는 담론을 정부 당국이 희석시키려는 자세를 보이자마자 헉의 아버지나 할 법한 말들이 공론장에 쏟아져 나오기 시작했다. 2018년 평등고용기회 위원회에 접수된 신고 건수는 전년보다 17퍼센트 증가했으며, FBI 통계에 따르면 2017년 혐오 범죄는 거의 1천 건 증가했고, 미국에서 저질러진 혐오 범죄 중에서 흑인이 피해자인 사건의 비중은 50퍼센트를 살짝 밑도는 수치라고 한다. 미국에서 살해당한 흑인 남성 65명 가운데 1명은 경찰 손에 죽었고, 이 피해자들 가운데 약 25퍼센트는 비무장 상태였다. 짐은 아직도 도주 중이다.

《포브스》 잡지는 2018년 세계에서 가장 많은 억만장자가 사는 나라로 미국을 꼽았다. 그들 대부분은 행복하게 사는 것으로 추정된다. 그보다 45년 전인 1973년 어슐러 K. 르 귄은 「오멜라스를 떠나는 사람들」이라는 단편소설을 발표한 바 있다. 오멜라스라는 도시에서는 모든 사람이 완벽하게 행복한 삶을 누린다. 단, 이 공통의 행복에는 하나의 조건이 따르는데, 여름 축제 때 모든 시민이 시내에서 특히 아름다운 건물 한 곳의 작은 지하실 안에 갇혀 있는 아이 앞을 줄지어 지나가야 한다는 것이다. 아이는 벌거벗은 채(르 귄은 아이의 성별이나 피부색은 명시하지 않았다) 제 배설물을 깔고 앉아 지낸다. 하지만 태어나면서부터 그 방에서 살았던 것은 아니어서 바깥의 햇빛도, 엄마의 목소리도 기억하고 있다. "제가 잘할게요. 절 내보내주세요. 잘할게요!" 아이는 이렇게 말한다.

르 귄은 가끔 그 아이를 보러 갔다가 마음 편히 집에 돌아가지 못하는 사람들이 있다고 덧붙인다. 어떤 이들은 길거리로 나간 다음 그대로 쭉 걸어서 도시 밖으로 아예 떠나버린다는 것이다. 르 귄은 그 사람들이 어디로 갔는지는 모르지만, 오멜라스를 떠난 사람들이 있다는 것만은 알고 있다고 말한다.

키
마
이
라

15

캐나다 앨버타에 있는 로열 티럴 박물관은 공룡 관련 소장품으로 유명하고 또 그럴 만하다. 하지만 그곳에서 가장 기묘한 볼거리를 꼽자면 인류가 존재하지 않던 시절 지상을 배회한 짐승들의 거대한 해골이 아니라, 지금으로부터 3억 년 전, 장대한 선사시대 중에서도 아주 짧은 세월 동안에만 생존했던 해양 미생물들을 확대해 재현한 전시물인 것 같다. 아크릴 창으로 된 음울한 바닷속에 하얗게 반짝이는 투명한 형체들이 둥둥 떠 있는데, 실제보다 몇 배는 더 크게 그려진—그러나 실제를 재현하는 데 실패한—이 스케치들은 비전문가가 보기에는 악몽 속에나 나올 듯 비틀리고 뒤틀어진, 생명체의 원래 모습을 대충 얼버무려 묘사한 그림처럼 보인다. 마치 화가가 눈을 감고 낙서를 끼적였다가 자신이 무엇을 그렸는지 깨닫고 지워버린 흔적 같다고 할까. 절대로 완성되지 못할 이 유령들 주위에는 세상 그 어떤 괴물보다도 무시무시하게 생긴, 메두사나

바실리스크 따위는 단조롭다 못해 시시해 보일 정도의 괴물 형상들이 자리 잡고 있다. 지구에 처음 나타난 생명체들은 괴물이었다. 지금 우리에게 친숙하고 흔한 종들과는 전혀 다른.

monster(괴물)라는 단어는 "경고하다"라는 뜻의 라틴어 동사인 monere에서 유래했다. 괴물은 천재, 괴짜, 특이한 것, 예기치 못한 것, 거의 또는 전혀 드러나지 않은 무언가를 뜻한다. 호라티우스는 도저히 있을 수 없는 괴이한 무언가를 가리켜 '검은 백조'에 빗댔는데, (보르헤스가 지적했다시피) 그는 자신이 그렇게 말하는 바로 그 순간에도 실존하는 검은 백조 무리가 오스트레일리아 하늘을 뒤덮고 있었음을 까맣게 몰랐던 것이다.* 우리가 있을 수 없는 괴물이라 부르는 무언가가 바로 지금도 우주의 어느 후미진 구석에 웅크리고 있을 가능성은 설령 작은 확률이라 할지라도 반드시 존재한다.

단테의 말마따나 "코끼리와 고래를 만든 것을 후회하지 않는" 자연에 비해 우리는 독창성이 부족하기에, 우리가 상상하는 괴물이라고 해봤자 자연이 이미 생각해낸 동물을 크기만 늘리거나 줄

---

* '모든 백조는 하얗다'는 서구인들의 믿음은 18세기 오스트레일리아로 진출한 탐험가들이 실제로 검은 백조를 발견하면서 깨졌다.

인 것이거나, 동물원에서 볼 수 있는 것들을 이리저리 짜깁기한 것에 불과하다. 물고기, 새, 사자를 인간 여자와 합친다든지, 말, 황소, 도마뱀을 인간 남자와 합친다든지, 수말이나 뱀에게 비행 능력을 준다든지, 팔이 여럿 달린 시바나 세 개의 인격을 가진 성 삼위일체와 같은 신학적 발명을 한다든지, 머리가 1천 개 달린 용이나 머리가 없는 인간을 만든다든지…… 우리 공상 속 동물들의 그림은 허세를 약간 부려 만든 '카다브르 엑스키cadavre exquis'와 별반 다르지 않다. 카다브르 엑스키란 초현실주의자들이 고안한 게임으로, 종이 한 장을 여러 번 접은 다음 게임 참가자들이 그 종이 위에 아무 신체 부위나 그려 넣되 다른 참가자의 그림은 보지 않는 방식으로 그림을 완성해나가는 것이다. 결과물은 터무니없거나 우스꽝스러운 경우가 많지만, 드물게 기린이나 오리너구리처럼 경탄스러운 그림이 만들어질 때도 있다. 신은 욥에게 약간의 허풍을 실어서 이렇게 말한 바 있다. "네가 공작에게 멋진 날개를 주었느냐? 혹은 타조에게 날개와 깃을 주었느냐?"*

괴물에 대한 우리의 믿음은 참으로 뿌리 깊어서, 크리스토퍼 콜럼버스는 오리노코강 어귀에서 바다소 세 마리를 목격하고는 바

* 『욥기』 제39장 13절. 흠정역에서 인용했다.

다에서 헤엄치는 인어 셋을 보았다고 일지에 기록했다. "보고된 바와 달리 그다지 아름답지는 않더라"는 부연도 세심하게 덧붙였지만. 괴물들은 우리가 존재하기를 원하기에 비로소 존재한다. 아마도 그들의 존재가 우리에게 필요하기 때문이리라.

키마이라는 합성 괴물의 원형이다. 호메로스는 키마이라를 "인간이 아닌, 불멸성을 가진 것 / 앞은 사자이고 뒤는 뱀이고 가운데는 염소이며 / 환한 섬광을 무시무시하게 내뿜는 것"이라고 묘사했다. 헤시오도스는 그녀(키마이라는 여성이다)가 반은 뱀이고 반은 인간 여자인 괴물 에키드나의 딸이라며, 거대하고 날쌔고 강인하고, 저승의 입구를 지키는 개 케르베로스처럼 머리가 셋 달린 무시무시한 존재라고 말한다. "머리 하나는 사자, 다른 하나는 용, 마지막 하나는 염소처럼 생겼다." 또 다른 시인들의 글에 따르면 오이디푸스에게 패배한 스핑크스, 헤라클레스에게 죽임당한 네메아의 사자가 모두 키마이라의 자식이라고도 한다. 키마이라 자신도 천마 페가수스를 탄 영웅 벨레로폰에게 처치당했다. 우리 상상 속 괴물들은 늘 불운한 결말을 맞는 것 같다.

그래도 우리 선조들이 상상한 괴물들 중 몇몇은 회복력을 발휘해 오랜 세월을 살아남았다. 키마이라와 달리 켄타우로스, 인어, 용, 그리핀, 거인, 사티로스 등은 여전히 우리 세계를 배회하고 있다. 반면 키마이라는 생명체라기보다는 상징이 되었다. 로버트 그레이브스에 따르면 키마이라는 그리스인들이 한 해를 세 계절로 나누는 달력에 사용하던 상징으로, "사자, 염소, 뱀이 각각의 계절을 뜻했다"고 한다. 우리 시대에 키마이라는 있을 수 없는 것의 표상, 상상만 할 뿐 결코 성취할 수 없는 무언가(고통 없는 삶이라든지, 모두에게 공정한 사회 같은 것)를 일컫는 이름으로 통한다.

　　오늘날 우리에게 괴물은 누구일까? 우리가 차마 같은 인간이라는 분류에 포함할 수 없는, "비인간적인" 행동으로 반면교사 삼는 사람들이 있겠다. 히틀러, 스탈린, 피노체트, 바샤르 알아사드, 연쇄살인마, 강간범 등이 모두 우리가 인간으로서는 할 수 없는 짓이라고 믿고 싶은 행동을 했다는 이유로 괴물이라 불린다. 고대인들은 우리보다 더 현명했다. 그들의 신과 괴물 들은 초자연적 장점과 결함을 갖추긴 했지만 보통 인간의 장점과 결함 또한 갖고 있었다. 폴리페모스*는 어수룩했고, 케르베로스는 탐욕스러웠으며, 켄타우로스는 현명했고, 뤼지냥의 용 아가씨는 유혹적이었고,** 페가수스는 자신의 속도를, 히드라는 미모를 뽐냈다. 이 괴물들은 우리

* 그리스 신화에 나오는 외눈박이 거인족인 키클롭스의 수령.
** 하반신은 뱀, 상반신은 인간 여자의 모습이며 날개가 달린 멜루진이라는 요괴가 프랑스의 뤼지냥 가문을 세웠다는 전설이 있다.

인간과 마찬가지로 자부심, 증오, 욕망 그리고 질투와 권태까지도 느낄 수 있고, 그래서 우리에게 공포를 불러일으키면서도 한편으로는 우리처럼 타인의 친절을 원하고 또 우리처럼 고통에 시달리는, 이 세상에서 함께 살아가는 동료 생명체로서 존중받기 때문에 그토록 오래 기억되는 것이다. 장 콕토는 스핑크스가 오이디푸스를 사랑해서 수수께끼의 답을 직접 속삭여줬기 때문에 파국을 맞았으리라는 설을 제시하기도 했다.

우리 선조들의 시대와 달리 이 시대는 순진하면서도 의심이 많다. 우리는 합리주의와 과학을 신봉한다 자처하면서도, 외계에서 작은 초록 인간들이 날아온다고 믿거나(플로리다주에 있는 알타몬티의 세인트로렌스 보험회사는 외계인 납치에 대비한 보험 상품을 제공한다), 설인이라든지 네스호의 괴물(혹시 목격할 수도 있으리라는 명목하에 관광 프로그램도 운영된다), 혹은 뱀파이어의 존재까지 믿곤 한다(루마니아에서 페트레라는 성을 쓰는 어느 가문 사람들이 죽은 친척 하나가 뱀파이어가 되었다고 믿고, 무덤에서 시체를 꺼내 심장을 뜯어내고 태운 다음 그 재를 물에 타 마신 사건이 극히 최근, 그러니까 무려 2004년 2월에 일어났다). 고대인들은 괴물들과 교제했을 뿐 아니라 그들의 존재에 책임감을 느꼈다. 미노타우로스는 파시파에의 욕정 때문에 태어났고, 인어들은 뱃사람들이 금단의 영역을 넘어가지 못하게 막으려고 생겨났다. 역사학자 폴 벤느는 "당연히 고대인들은 신화를 믿었다!"고 말하면서도, 그렇다고 그들이 신화를 진실이라고 생각했느냐는 질문에는 이렇게 답한다. "진실이란 권력을 향한 의지로부터 우리를 갈라놓는 얇은 막 같은 집단적 자기만족이다."

오늘날 우리는 괴물을 믿지만 괴물에 대한 책임감은 외면하고 싶어 한다. 이제 키마이라 같은 괴물의 존재는 우리에게 진실이냐 아니냐의 문제가 아니라, 진실을 회피하느냐 마느냐의 문제가 되었다. 우리 한 사람 한 사람 모두가 지극히 위대한 행동도 할 수 있고 극도로 혐오스러운 범죄도 저지를 수 있다는 진실 말이다.

로빈슨 크루소

16

무인도에 도착하면 누구든 그곳을 간절히 벗어나고 싶어지게 마련이다. 육지에 묶여 있을 때 우리는 배를 타고 수평선 저 너머 어딘가 야생이 살아 있는 해안으로 떠나서 우리 입맛에 맞는 세상을 건설하고 싶다는, 나만의 조그마한 우주를 다스리는 독재자가 되고 싶다는 꿈에 젖곤 한다. 하지만 막상 그런 섬에 도착해 추위, 굶주림, 공포, 권태, 절망에 시달리고 보면 그곳에서 벗어날 방법 외에 다른 생각은 못 하게 된다. 무인도로 가져갈 책 한 권을 꼽는다면 무엇이겠느냐는 질문에 G. K. 체스터턴은 "토머스의 『실용적인 조선술 안내서』"라고 답하기도 했다.

그렇다면 실존하지 않는 섬들을 바다에 띄우고 그 섬들을 둘러싼 신비로운 지리와 짜릿한 이야기를 창조한 사람들이 다름 아닌 섬 거주민이라는 사실은 놀랍지도 않다. 대륙인들은 다른 땅을 창조할 필요가 별로 없다. 저 산, 숲, 골짜기만 넘어가면 틀림없이 다른 사람들이 살고 있을 테고, 그들이 자신의 모습을 비춰 보여주고 자신의 이야기에 반향하는 이야기를 들려줄 것임을 알기 때문이다. 반면 섬 안에는 '다른 땅'이라는 것이 없다. 섬에서는 모든 게 즉각적으로 지각 가능하고, 감춰진 것은 아무것도 없다. 바로 그래서 앵글로색슨족이 자신들과는 다른 존재 방식을 상상하기 위해 전인미답의 섬들을 창조한 것이다. 수평선 바로 너머에 언제나 있었던, 언젠가는 실제로 발견될 수도 있겠지만 꼭 물리적 현존이 밝혀지지 않더라도 얼마든지 존재한다고 할 수 있는 섬들. 그런 가상의 지도 제작은 그리스, 중국, 아랍 문화권에서도 전례가 있긴 했지만, 모든 가상의 '섬'은 순전히 그레이트브리튼이라는 섬 사람들이 겨우 두 세기도 안 되는 세월에 걸쳐 지어내고 규정한 세 가지의 근본적 범주에 예외 없이 귀속된다. 그 세 가지의 범주는 다음과 같다. 토머스 모어의 유토피아, 레뮤얼 걸리버 선장이 방문한 섬나라들, 그리고 로빈슨 크루소의 섬.

1719년 4월 25일, 『요크 출신 뱃사람 로빈슨 크루소의 삶과 기이하고도 놀라운 모험』이라는 제목의 두 권짜리 8절판 책이 "본인이 직접 쓴" 실화라는 문구를 달고 런던 서점가에 출현했다. 책은 출간 즉시 성공을 거두었다. 비밀리에 책을 썼던 저자 대니얼 디포에 따르면 그 소설이 허구는 아니었다고 한다. 다만 헤로도토스가 절연했던 옛 역사가들의 전통에 따라 진실한 연대기를 썼을 뿐이란다.* 책 소개와는 달리 신뢰할 만한 증언은 아니었음에도 불구하고, 독자들은 그 충격적인 줄거리를 즉각적으로 접하는 것만으로도 내용의 정확성을 납득해버렸다. 독자들은 비록 책의 서술자는 가상의 인물일지 몰라도 서술된 사건들은 진실이라고 주장했다.

과연 그랬다. 책이 출간되기 15년 전인 1704년, 알렉산더 셀커크라는 선원이 알려지지 않은 이유로 자기 선장에게 버림받아 칠레 해안에 가까운 후안페르난데스 제도의 한 무인도에 조난됐다가 5년 뒤인 1709년 구조된 일이 있었다. 디포는 셀커크의 이야기에서 영감을 받아 그것을 부풀리고 발전시켜서, 그의 유명하고도 열성적인 애독자 카를 마르크스의 표현을 따르자면 "경제 이론이 어떻게 작용하는지 보여주는" 원시사회 생성 연대기를 쓰기에 이른 것이다. 크루소는 호모 프리무스Homo primus, 즉 인류의 모든 예술과 기술을 첫 단계부터 개진하는 아담과도 같다. 크루소의 섬은 모든 종류의 인간 활동을 전개할 배경의 표본이 되며, 그 독특한 발전 양상은 잠재적으로 실현 가능한 사회의 여러 가능성을 보여준다. 크

---

* 헤로도토스는 역사를 실증적 학문이 아닌 신화처럼 다루는 기존 그리스 역사가들의 방식을 비난했다.

루소는 완전히 새로운 세상의 가능성을 철학적으로 상상할 수 있는 것이다. 왜냐하면 (독일 학자 한스 블루멘베르크의 말마따나) "생존자의 눈에 비친 난파 사고란 원시 상태의 철학적 경험의 구현"이기 때문이다.

소설의 결말에서 로빈슨 크루소는 비록 모국으로 돌아가지만, 그가 세상의 주인이자 자기 영토의 군주로 살았던 섬을 진정으로 버리지는 못한다는 것을 그의 독자들은 알고 있다. 그 섬 이외의 다른 곳에서 크루소는 여느 잉글랜드인들 중 한 명에 불과하다. 셀커크가 무엇을 바랐든 간에 로빈슨 크루소는 구출될 수 없다. 보르헤스는 1964년 작 소네트 「알렉산더 셀커크」에서 크루소의 원조라 할 수 있는 셀커크가 잉글랜드에 도착했을 때의 심경을 이렇게 표현한다.

영원히 바다를, 그 깊고 황량한 평원을
바라보던 그 남자는 더 이상 내가 아니라네
그러나 내가 여기에, 안전히, 내 동류와 함께 있음을
바다가 알게 해주려면 어떻게 해야 할까?

크루소의 독자들이라면 알겠지만 어떤 무인도에든 처음으로 발을 디디는 것은 불가능하다. 어느 특정한 모래밭에는 이제껏 아무도 발을 디딘 적이 없다고 믿을 수도 있겠지만, 상륙의 행위는 이미 우리의 문학적 기억 속에 각인되어 있다. 1659년 10월, 크루소가 약간의 희망을 품고 그 섬에 상륙했던 날 아침 이후로 우리는 그의 원초적인 몸짓을 끊임없이 되풀이하고 있는 셈이다. 『스위스 로빈슨 가족』, 드라마 〈길리건스 아일랜드〉에서 영영 난파당한 처지에 놓인 사람들, 파리 대왕의 추종자들, 리얼리티 쇼 프로그램의 처량맞은 참가자들, 달이라는 섬에 열띤 마음으로 착륙했던 닐 암스트롱에 이르기까지, 모두 대니얼 디포가 창조한 가엾은 잉글랜드 신사, 즉 로빈슨 크루소에게 주어졌던 안무를 따라 움직인다. 그나저나 크루소가 신사인 것은 확실한 사실이다. 그는 영국 국교회를 믿으며(난파선에 가톨릭 서적이 몇 권 남아 있었지만 챙기지 않았다고 한다), 자신과 비슷하게 생기지 않은 사람은 모두 야만인이라고(아니면 식인종이나 흑인이라고) 굳게 믿고, 제국의 국경 밖 황무지에 문명을 개척하는 임무를 자신만만하게 떠맡는다(그 황무지가 기껏해야 바람에 닳아빠진 바위 무더기에 지나지 않는데도). 그는 온갖 일을 어떻게 해야 하는지도 알고 있다. 집을 짓고, 담장을 세우고, 낯선 땅의 지도를 그리고, 염소 가죽을 무두질하고, 옷을 만들고, 밀을 심고, 점토 그릇을 굽고, 요리하는 법까지. 실로 너무나 많은 일을 영국 왕실의 이름으로 해내는데, 그의 노고에 경탄해줄 사람은 아무도 없다!

그래서 디포는 크루소에게 프라이데이라는 수하를 붙여준다. 프라이데이, 그 미개한 원시인이 없다면, 크루소의 업적은 그에 걸맞은 청중을 끝내 찾지 못한 서글픈 비밀로 남았을 것이다. 프라이데이라는 그림자(결국 프라이데이는 크루소 자신이 아닌가? 그보다 침울하고 순박하다는 차이는 있지만, 외롭고 불행하기는 마찬가지다)가 없다면 크루소는 사라지고 말 것이다. 이 섬 저 섬 떠돈 끝에야 귀향할 수 있었던 그리스인 선조*와 마찬가지로 크루소도 별 볼 일 없는 사람이 되어버릴 것이다. 아니, 별 볼 일 없는 사람조차도 못 된다. 프라이데이가 나타나기 전까지 크루소는 누구라고 할 수조차 없는 존재였다. 그에게는 질문자가 없었으니까. 즉 대화 상대가 없었다는 뜻이고, 다시 말해 언어 활용의 가능성이 없었다는 뜻이며, 이는 곧 생산적인 사고의 가능성도 없었다는 뜻이다. 크루소가 관찰한 것들을 적은 일지가 있긴 하지만 그것만으로는 그에게 정체성을 부여할 수 없다. 우리가 익히 알다시피 문학은 쌍방 간에 이루어지는 예술이므로, 작가의 말들이 생명을 얻으려면 반

---

* 오디세우스를 뜻함.

드시 독자가 있어야 한다. 개, 고양이, 염소, 앵무새가 크루소의 삶에 잇따라 등장하지만 그런 동물들로는 부족하다. 그들은 좋은 반려동물은 될 수 있을지언정 대화 상대가 되지는 못하기 때문이다. 기껏해야 그의 독백을 들어줄 가짜 청중 역할을 할 수 있을 따름이다. 그러나 프라이데이는 언어적 재능을 타고났다. 그의 재능은 심지어 크루소보다 우월해서, 크루소가 기독교 교리를 가르치기 위해 사용하는 셰익스피어의 언어를 배우기까지 한다. 반면 크루소는 프라이데이의 언어를 배우지 않고, 프라이데이가 가르쳐줄 수도 있었을 근사한 신앙 체계도 영영 알지 못한다. 요컨대 프라이데이의 존재는 크루소가 존재하기 위해 필수적이다. 1819년 괴테가 펴낸 『서동시집』에는 한 면만 있는 것처럼 보이지만 사실상 양면을 지닌 은행나무 잎사귀에 대한 시가 나온다.

동쪽으로 여행한 이 작은 잎사귀
이제 내 정원에 놓여서
현자를 위한 지혜를 지닌
풍성하고 비밀스러운 의미를 내놓네.

둘로 쪼개졌는데도 하나로 온전한

살아 있는 초록색 생명체인가?
원래 둘이었는데 이제는 합쳐져
하나의 영혼이 된 것인가?

이 질문들의 정답은
누구나 찾을 수 있으리.
나 또한 둘이면서 하나라는 것을
이 시에서 알 수 있지 않은가?

크루소가 헐의 부두를 떠나기 전부터 프라이데이는 이미 그의 상상 속에 있었다. 모래밭에서 프라이데이의 발자국을 발견하기도 한참 전부터 크루소는 영국인도, 기독교인도, 백인도 아닌, 따라서 그 모든 존경스러운 속성을 지닌 신사인 자신에게 봉사할 운명을 타고난 야만인을 염두에 두고 있었다. 프라이데이에게, 그리고 프라이데이의 후예들에게 한 세기 뒤 프랑스에서 발표된 인권선언 따위는 아무런 의미도 없다. 노예제는 물론 폐지되겠지만 다른 형태의 예속으로 대체될 뿐이다. 아동노동, 저임금, 토지 수용, 성매매, 집단 학살, 천연자원 파괴, 산업적으로 초래된 기근, 피난, 강제 추방 등등. 프라이데이가 노예가 되지 않는다 해도 크루소보다

늘 모자란 존재로 남는 것이 그의 운명인 셈이다. 그의 역할은 밭이나 공장이나 사무실이나 저임금 사업장에서 일하도록, 주인을 위해 봉사하도록, 겸손하고 비굴해지도록 훈련받는 것이다. 루소가 에밀이 밤마다 읽을 책으로 『로빈슨 크루소』를 선택한 것은 어쩌면 바로 이러한 불공정의 기술을 가르치기 위함이었는지도 모른다.

퀴
퀘
그

17

단 하나의 진정한 외계는 우리 몸이다. 다른 공간은 모두 탐험이 가능하다. 아무리 먼 별도, 아무리 깊은 바닷속 골짜기도 인간의 호기심 앞에 열려 있는 데 반해, 소위 우리 것이라는 몸은 순전히 믿음에 맡김으로써만 우리 것일 수 있다. 거울을 통해 우리 얼굴을 확인할 수는 있지만 그나마도 좌우가 뒤바뀐 모습만 볼 수 있고, 우리 뒷모습은 달의 뒷면만큼이나 미지의 영역이다(이제는 달의 그 은밀한 구역마저도 중국인들이 주의 깊게 탐사하고 있지만). 성인 인간의 피부는 약 1.5제곱미터에서 1.9제곱미터 면적이라는데, 우리가 자기 자신의 피부에서 볼 수 있는 부분은 3분의 1도 채 안 된다. 존 던은 「병중에 하느님, 나의 하느님께 바치는 찬송」이라는 시에서 "내 의사들은 그들의 사랑으로 / 우주 지리학자가 되고, 나는 그들의 지도가 되네"라고 말한다. 의사들은 이 지도를 우리 자신보다 훨씬 더 정밀하게 탐구할 수 있다. 마치 우리 피부가 남들만 읽을 수 있는 책

158

인 것 같다고나 할까.

구텐베르크가 인쇄기를 발명하고 5세기쯤 뒤 카프카는 「유형지에서」라는 단편소설에서 극악무도한 처형기계를 등장시켰다. 기계는 세 부분으로 이루어져 있는데, 사형수를 눕히는 아랫부분은 침대라 불리고, 윗부분은 제도기, 가운데에 움직이는 부분은 써레라고 한다. 써레에는 길고 짧은 두 종류의 바늘들이 여러 줄로 박혀 있다. 긴 바늘은 죄수의 피부에 그가 위반한 법률 조항들을 새겨 넣고, 짧은 바늘은 물을 분사해 피를 씻어내고 글자를 깨끗하게 유지한다. 요컨대 이 장치는 자동 글쓰기 기계로, 구텐베르크의 발명품을 괴기스럽게 패러디한 결과물이다. 역사학자 엘리자베스 아이젠슈타인은 인쇄기가 "신의 말씀을 더 다양한 형태로 나타내고 신의 작품을 더 균일하게 만들었다"고 한다. 카프카가 고안한 기계가 공포스러운 까닭은 사형수가 자신에게 새겨지는 글이 무엇인지 알 수 없다는 데에 있다.

『모비 딕』에 나오는 작살잡이 퀴퀘그의 몸에는 상형문자로 된 문신들이 새겨져 있다. 문신들은 그의 고향인 코코보코섬의 선지자이자 예언자였던 사람이 사망하기 전에 새겨준 것으로, 하늘과 땅에 관한 완전한 이론과, 진리에 도달하는 기술에 대한 신비로운 논문이 담겨 있다고 한다. 이스마엘의 설명에 따르면 퀴퀘그는 그

스스로가 "풀리기를 기다리는 수수께끼이자, 한 권으로 된 경이로운 책으로서, 살아 있는 그의 심장이 그 수수께끼 속에서 펄떡이고 있음에도 퀴퀘그 자신은 그것을 읽어낼 수 없다"고 한다. 이 수수께끼는 "그러므로 그것이 새겨진 살아 있는 양피지와 함께 썩어 사라져버릴, 그래서 마지막까지 풀리지 않을 운명이었다". 어느 날 아침 에이해브가 그 문신투성이 남자를 살펴보고 "오, 신들이 악마처럼 감질나게 구네!"라고 벌컥 소리 질렀던 것은 바로 그래서였으리라고 이스마엘은 생각한다.

이스마엘에게도 문신들이 있다. 그건 그가 야생을 떠돌며 수집한 이런저런 사실과 수치 들을 기록한 수첩으로, "정보를 보존하기에 그보다 확실한 방법이 없기 때문"에 그랬다고 한다. 그는 바닷가로 떠밀려온 고래들에 대한 통계를 오른팔에 새겼고, 다른 신체부위들은 "당시 쓰고 있던 시"를 새기려고 남겨두었다. 퀴퀘그의 문신들은 마력이 깃든 필경사의 기록이요, 우주적인 기록이다. 반면 이스마엘의 문신은 스스로 끼적인 것에 불과하다. 훗날 존 휴스턴 감독의 영화 〈모비 딕〉 각본을 쓴 레이 브래드버리는 필시 퀴퀘그를 염두에 두고 『일러스트레이티드 맨』을 착상했을 것이다.

퀴퀘그는 글을 못 읽는다. 책을 집어 들면 그는 찬찬히 규칙적으로 쪽수를 헤아리다가, 50쪽마다 멈추고 멍하니 주위를 두리번

거리며 아연히 휘파람을 불고는 또 다음 50쪽을 넘긴다. 이스마엘은 그에게 인쇄술의 목적과 책 속 삽화의 뜻을 설명하려 애쓴다. 그가 퀴퀘그와 침대에 같이 누워서 이러한 교육적 행위를 하는 동안 둘 사이에 유대감이 형성되는 듯하다. 글을 읽을 수는 있지만 불안정한 인생을 살며 자살하는 심정으로 항해에 나서는 남자와, 글을 못 읽지만 스스로와 함께하는 삶에 만족하며, 철학적으로 살거나 노력하는 것을 지나치게 의식하지 않는다는 점에서 진정한 철학자다운 남자. 이 둘은 "수줍고 다정한 한 쌍"을 이룬다.

이스마엘은 바다가 자신의 자손들에게 악마처럼 군다며, "부드럽고 지극히 유순한 초록색 육지"와는 사뭇 달리 "자기가 초대한 손님들을 죽여버리는 페르시아인"보다 악독하다고 표현한다. 이스마엘은 독자에게 이렇게 요구한다. "바다와 육지, 둘을 비교해보라. 당신 안에 있는 무언가와 묘하게 비슷하지 않은가? 저 소름 끼치는 바다가 파릇파릇한 땅을 둘러싸고 있듯, 인간의 영혼 속에도 평화와 기쁨으로 가득한 타히티섬 하나가 있지만 그것은 절반밖에 알려지지 않은 삶의 온갖 공포로 에워싸여 있다." 그러고는 독자와 자기 자신에게 경고한다. "절대로 그 섬에서 떠나지 말라, 그대 다시는 돌아오지 못하리니!"

퀴퀘그는 자기가 모르는 것이나 읽지 못하는 것 때문에 불안해하지 않는다. 그의 피부 위 문신들과 같은 징후들이 존재하기에, 그것만으로 그는 편안히 세상을 받아들이며 행복하게 지낼 수 있다. "어느 자오선에서 봐도 사악"하다고 생각되는 이 세상에서 그는 차라리 "이교도로 살다 죽겠다"고 결심하고 작은 나무 신상 '요조'의 마법에 순종하며 살아간다.

그러나 이스마엘은 이등 항해사인 스터브처럼 눈에 보이는 모든 물체는 "판지로 만들어진 가면"이며 "매번 알려지지 않은, 그러나 합리적인 무언가의 이목구비 형상이 그 비합리적인 가면 뒤에서 튀어나온다"고 믿는 종족이다. 스터브는 "나는 바로 그 불가해한 것을 무엇보다도 증오해"라고 덧붙이는데, 퀘퀘그는 증오가 무엇인지 모르는 듯하다.

퀘퀘그가 병에 걸려 앓아누웠을 때, 죽음이 목전에 닥쳤다고 판단한 그는 자기 시신이 추접스러운 물건처럼 해먹에 감싸여 죽음을 집어삼키는 상어들의 아가리 앞에 던져지는 것은 싫다며, 관처럼 만들어진 카누에 들어가고 싶다고 한다. 그러자 같은 배에 탄 목수가 락샤드위프 제도의 원시림에서 베어 온 "관 같은 빛깔의 이교도풍 목재"로 그런 카누를 만들어준다. 퀘퀘그는 그 관에 자신의 작살과 함께 건빵 몇 개, 민물 한 병, 나무껍질이 섞인 흙 한 자루, 그리고 베개 삼을 범포 두루마리를 집어넣는다. 그러고는 별안간, 아무 전조도 없이 퀴퀘그는 원기를 회복한다. (소크라테스처럼) 뭍에서 아직 보수를 받지 못한 일이 있다는 것을 떠올리고는 (소크라테스와는 달리) 죽음에 대한 마음을 고쳐먹은 것이다. 퀴퀘그는 살고자 마음먹은 사람을 병 따위가 죽일 수는 없다고 믿는다. "고래나 돌풍, 아니면 그 비슷하게 통제 불가능하고 무지한 파괴자가 아니고서야 그 무엇도" 자신에게 죽음을 선고할 수는 없다고 한다. 퀴퀘그가 사용하지 않고 남겨둔 관 카누는 마지막에 이스마엘의 구명정 노릇을 한다. 그들이 탄 배가 바다의 장막 속으로 휘감겨 들어갈 때, 관 카누가 구명부표처럼 수면 위로 솟아올라 그의 옆까지 부드럽게 흘러온다. 그로부터 하루 밤낮이 지난 뒤 이스마엘은 실종자들을 찾아 나선 레이철호에 의해 구조된다.

이스마엘은 이렇게 말한다. "지상의 모든 것에 대한 의심, 천상의 어떤 것들에 대한 직감. 이 두 가지를 겸비한 사람은 신자도 불신자도 아닌, 양쪽 모두를 대등하게 바라보는 사람이 된다." 퀴퀘그가 바로 그런 사람이다.

폭군 반데라스

Tyrant

Banderas

18

플라톤의 『국가』 제9권에서 소크라테스는 청중에게 이렇게 말한다. "폭정은 좀도둑질과 폭력 행위의 문제가 아니다. 신성하면서도 불경한, 사적이면서도 공적인 대규모 약탈의 문제다. 그러나 영혼을 관찰할 줄 아는 사람이라면 누구나 알다시피, 진짜 폭군은 비굴한 자세와 노예 신세에 누구보다도 강하게 얽매여 있고, 인간 중에서도 가장 비열한 자에게 아첨하는 사람이며, 자기 욕망을 충족할 방법을 찾을 일말의 가망도 없어 대부분의 것이 궁한 처지인, 진정으로 불쌍한 인간이다. 그는 평생토록 공포에 빠져 살며 발작과 고통에 시달린다. 사실상 그는 자기가 다스리는 도시를 닮았고, 더 나아가 그 도시의 살아 움직이는 像이다." 그리고 이렇게 결론을 내린다. "폭군이 다스리는 도시만큼 비참한 곳도 없다."

소크라테스가 정의한 폭군은 어느 시대 어느 나라에나 있는 보편적인 인간 유형을 뜻하지만, 라틴아메리카는 특히 그의 주장에 잘 들어맞는 사례들을 보여주는 것 같다. 최근의 아프리카 대륙과 베를린 장벽 붕괴 이전의 소비에트 연방도 만만치는 않지만 말이다. 어째서 유독 한 군데의 으리으리한 땅덩어리에서 거의 두 세기 가깝게 그토록 파란만장한 악행이 벌어져야만 했던 것인지는 아무도 답할 수 없을 듯하다. 1830년 독립운동가 시몬 볼리바르는 이 사태를 미리 내다보았고, 그것에 대해 설명하지는 않았지만 편지에 다만 이렇게 적었다. "아메리카는(볼리바르는 라틴아메리카를 아메리카 대륙 전체의 이름으로 불렀다) 우리 힘으로 통제할 수 없다. 혁명을 추종하는 자들은 바다에서 쟁기질을 하고 있다. 아메리카에서 할 일은 다만 이주하는 것뿐이다. 이 땅은 거의 알아차리기도 힘들 만큼 보잘것없고 용렬한 폭군들과 온갖 인종과 민족으로 이루어진 난폭한 무리의 손에 떨어지고야 말 것이 틀림없다."

그로부터 한 세기하고도 절반이 채 지나지 않았을 때, 볼리바르의 예언이 실현되는 것을 지켜본 카를로스 푸엔테스는 라틴아메리카 작가 친구들에게 각자 자기 나라의 폭군에 대한 소설을 쓰고 '조국의 아버지들'이라는 제목의 시리즈로 엮자고 제안했다. 푸엔테스는 라틴아메리카의 27개국 모두가 최소한 한 명의 폭군을 뽐낼(이 표현이 적절한지는 몰라도) 수 있고 그중 몇은 심지어 둘 이상도 내세울 수 있다는 것을 깨달았다. 유감스럽게도 이 기획은 끝내 성사되지 못했지만 추진 과정에서 여러 권의 걸작이 태어났다. 콜롬비아에서는 가브리엘 가르시아 마르케스의 『족장의 가을』, 과테말라에서는 미겔 아스투리아스의 『대통령 각하』, 파라과이에서는 아우구스토 로아 바스토스의 『나, 지존Yo el Supremo』, 페루에서는 (작중 배경은 도미니카 공화국이지만) 마리오 바르가스요사의 『염소의 축제』가 나왔다. 푸엔테스 자신도 1962년 『아르테미오 크루스의 죽음』을 출간했다. 이 소설들에는 모두 소크라테스의 정의에 부합하는 주인공이 등장한다.

라틴아메리카 폭군의 어두운 그림자는 유럽 작가들의 이목도 끌어당겼다. 조지프 콘래드의 『노스트로모』에서부터 시작해, 허버트 리드의 『초록색 아이The Green Child』, 그레이엄 그린의 『명예영사』, 그보다 최근에 나온 다니엘 페낙의 『독재자와 해먹』과 같은 작품이 보여주다시피, 유럽 작가들은 바다 건너 폭군들을 자기네와 가까운 폭군들의 이국적인 모습으로 표현했다. 그중에서도 가장 복잡하고 당황스러운 인물은 라몬 델 바예인클란의 『폭군 반데라스』의 주인공일 것 같다.

1866년 갈리시아 시골의 극빈 지역에서 태어난 바예인클란은 산티아고 데 콤포스텔라 대학에 간신히 입학했고 졸업 후에는 마드리드에서 기자로 일했다. 모더니스트 시인들(특히 당시 스페인에 살았던 루벤 다리오)의 영향을 받았던 그의 초기작들을 두고 한 비평가는 "서정적인 악취"가 풍긴다고 평가했다. 당시만 해도 그는 세계를 인간의 쾌락을 위해 만들어진 곳이자 인간 의지에 달려 있는 곳으로 묘사했고, 그의 주인공은 니체의 초인과 티르소 데 몰리나의 돈 후안을 합친 듯한, 군인이자 난봉꾼 같은 사람이었다. 그러던 바예인클란이 전쟁과 폭력에 대한 관점을 극적으로 바꾼 것은 아마도 1916년 종군 기자로 프랑스에 다녀오면서였던 것 같다. 1910년 의회에 우익 후보로 출마했을 정도로(결국 낙마했지만) 귀족적 보수주의에 기울어 있던 그는 50세 때 좌파로 완전히 전향해 이번에는 좌익 후보로 출마했다(또 낙마했지만). 그리고 그가 달리 보게 된 세상을 그대로 그리기 위해 냉혹하고 무미건조한 산문체를 활용해 자신의 대표작으로 꼽히는 희곡과 장편소설 들을 써냈다. 그는 이 작품들을 '에스페르펜토esperpentos', 즉 '기괴하고 끔찍한 것'이라고 불렀는데, 유럽 문학의 전통적인 주제들을 기형적으로 비춰 보여준다는 의미에서였다. 이 에스페르펜토 소설들 가운데 첫 번째이자 최고라고 할 만한 작품이 바로 『폭군 반데라스』다.

『폭군 반데라스』의 무대는 남아메리카의 산타페 데 티에라 피르메라는 가상의 국가로, 바예인클란이 스물네 살의 신인 작가였던 1892년에 처음 방문했고 이후 1921년 명망 있는 작가로서 다시 방문한 바 있는 멕시코에서의 경험을 바탕으로 구상한 곳이다. 1923년부터 1930년까지 스페인을 통치했던 독재자 프리모 데 리베라의 검열에 시달렸던—반反리베라적 견해를 발표한 일로 잠깐 투옥되기도 했다—그는 멕시코의 포르피리오 디아스 독재 정권의 요소들을 차용하면서 한편으로는 기록문학의 제약에 구속받지 않기 위해, 더 소란스럽고 자신에게도 낯설지 않은 라틴아메리카의 풍광을 배경으로 리베라의 독재를 묘사했던 것이다. 하지만 산토스 반데라스라는 인물을 만들기까지는 프리모 데 리베라와 포르피리오 디아스 이외의 사람들에게서도 영감을 받았다. 바예인클란이 학자 알폰소 레예스에게 보내는 편지에서 설명하기를, 『폭군 반데라스』의 폭군은 "호세 가스파르 로드리게스 프란시아, 후안 마누엘 데 로사스, 마리아노 멜가레호, 카를로스 안토니오 로페스, 포르피리오 디아스" 등, 그야말로 모든 라틴아메리카 독재자들의 속성을 반영한 것이라고 한다. 영감의 원천이 무엇이었든 간에 그의 실험은 대성공을 거두었다. "내가 『폭군 반데라스』 이전에 쓴 글은 졸문이었다. 이 소설이야말로 내 첫 작품이다. 내 작업은 이제부터 시작이다." 바예인클란이 한 인터뷰에서 이렇게 선언했을 때 그의 나이는 예순이었다.

산토스 반데라스라는 폭군의 일대기는 이런저런 대화 토막이며 짤막한 사건이 담긴 장면 등의 파편들로 이루어져 있다. 그러나 이 조각보는 탄탄한 수학적 구조에 따라 짜였다. 바예인클란이 젊은 시절 읽고 경탄해 마지않았다는 단테의 『신곡』과 마찬가지로 반데라스의 일생도 3과 7이라는 숫자로 구획된다. 소설은 프롤로그와 에필로그를 제외하면 총 7부로 구성되어 있는데, 가운데의 한 부는 7장으로 나뉘고 나머지 여섯 부는 각각 3장으로 나뉜다. 그렇게 해서 소설의 장들은 총 27장(3 곱하기 3 곱하기 3의 값)이 된다. 게다가 소설의 시간적 배경은 사흘이고, 이야기가 진행되는 동안 세 번의 결정적인 사건이 주어진다. 첫 번째는 프롤로그에, 두 번째는 소설 중반에, 세 번째는 제3부의 3장에 나온다.

오컬트 이론에 따르면 7과 3이라는 숫자는 특별히 신비로운 기운을 지니는데, 숫자에 집착하는 『폭군 반데라스』의 구성도 바예인클란이 오컬트에 매료됐던 데에서 기인한 듯하다. 또한 이 소설의 주요 인물들은 초능력을 지닌 것으로 나타난다. 특히 반데라스는 파우스트처럼 악마와 계약을 맺은 상태로서, 잠을 자지 못하고, 친한 친구도 없으며, 터무니없이 불가사의한 일들을 해낼 줄 안다. 그와 대립하는 인물인 돈 레케 세페다 역시 신비로운 기운을 지녔지만, 그의 경우에는 신지학('탐구자'가 눈에 보이는 것과 보이지 않는 것의 조화를 깨우치고 귀신들과 소통할 수 있다고 믿는 오래된 사상)을 연구함으로써 비술을 터득한 것이다. 이 소설 전체에는 환상적인 분위기가 깔려 있다. 명시적으로 언급되지는 않지만, 지역적 미신, 원주민들의 이야기, 풍경 묘사 자체를 통해 으스스하고 비현실적인 무언가가 끊임없이 암시된다.

반데라스는 거의 완전한 인디오 혈통이지만 스페인 피가 아주 조금 섞였다. 난폭하고 잔인한 성정을 타고났고, 소문을 신뢰하고, 적들을 이간질하며, 한편으로는 청교도적인 구석도 있어서 간통과 성매매를 혐오한다고 공언한다. 말수가 적고 눈에 잘 띄지 않게 슬그머니 움직이는 편이며 늘 사제처럼 시커먼 옷을 입고 다닌다. 꿰뚫어 보는 듯 매서운 눈빛에서는 속내가 좀처럼 드러나질 않고, 그의 연설은 격식만 잘 차렸을 뿐 기만적이며, 그의 웃음소리는 귀를 찌르듯 날카롭다. 라틴아메리카 폭군들이 많이 그러듯(로사스, 스트로에스네르, 호르헤 비델라를 생각해보라) 반데라스도 스스로를 애국자라 생각하지만 실상은 절대적 권력을 탐닉할 뿐이다. 어쩌면 이것이 바로 라틴아메리카 폭군들의 공통점인지도 모르겠다. 그들은 볼리바르가 혐오했던 '통제 불가능성' 때문에 들고 일어나는데, 장대한 바로크풍 미사여구의 쇼에 지나지 않는 듯한 공식 헌법과 법체계는 그들을 가로막지 못한다.

폭군 반데라스는 실로 바로크풍에 어울리는 오페라의 한 장면

같은 결말을 맞는다. 그의 희생자들이 하나같이 바랐을 무언의 꿈을 이뤄주는 듯한 결말이라고 할까. 산마르틴 데 로스몬테세스의 수도원에서 적들에게 둘러싸인 반데라스는 자신이 끝장났다는 것을 깨닫는다. 총알 세례 속에 숨지기 전에 그가 한 최후의 행동은, 자기 딸이 적들의 손에 굴러떨어지지 않게 막으려고 단검을 꺼내 딸을 직접 찌른 것이다. 적들은 그의 머리를 잘라 사흘간 광장에 내걸고, 나머지 몸뚱이는 네 토막을 내서 산타페 데 티에라 피르메의 주요 도시 네 군데로 각각 보낸다.

산토스 반데라스를 포위하는 이들도 복잡하고 입체적인 인물들이지만, 여기서 누구보다도 강력하게 생동하는 존재들은 반데라스 주위로 떼 지어 몰려드는 익명의 군중이다. 군인, 원주민, 매춘부, 하인, 죄수, 소작농, 외교관, 정치인 들이 하나가 되어 폭군 곁에 항상 존재하는 유기적인 괴물을 형성한다. 21세기에 들어 우리의 경험으로 알 수 있는 사실은, 트위터로든 육성으로든 사람들을 윽박질러 힘을 거머쥐는 폭군 밑에는 반드시 그를 경솔하게 떠받들어주는 자기희생적 지지층이 존재한다는 것이다.

시
데
아
메
테
베
넹
헬
리

Cide

Hamete

Benengeli

19

그는 스페인 문학의 기나긴 역사에서도 손에 꼽을 만큼 위대한 작가다. 그는 카스티야어가 아닌 알하미아어, 즉 스페인에 정착하고 기독교로 개종한 아랍인들의 로망스어로 글을 썼다. 아랍어와 카스티야어가 혼합된 알하미아어는 아랍 문화권 시절의 스페인에서 화려하게 번성했다가 1609년 아랍인들이 추방되면서 명맥이 끊어졌다. 북아프리카로 추방된 스페인계 유대인들이 쓰던 라디노어가 그랬듯이 말이다. 이 작가를 유명하게 만들어준 소설도 이때 유실될 수도 있었다. 만약 그랬다면 사라져버린 다른 위대한 책들과 마찬가지로 우리 도서관을 떠도는 고명한 유령이 되었을 것이다. 아리스토텔레스가 "모든 희극의 어버이"라 칭한 호메로스의 희극적 서사시 『마르기테스』나, 움베르토 에코의 『장미의 이름』 속 살인범의 동기가 되었던 아리스토텔레스의 『시학』 둘째 권처럼. 그러나 미겔 데 세르반테스 사베드라라는 문학 애호가 군인 덕분에 그 명

작은 오늘날까지 살아남았다.

　(세르반테스 자신의 말에 따르면) 그때 그는 어느 스페인 도시에서 살았던, 이름이 기억나지 않는 한 늙은 기사에 대한 이야기를 쓰고 있었다고 한다. 세르반테스는 본인이 저지르지 않았다고 주장하는 범죄 혐의를 쓰고 감옥살이를 하던 중이었다. 어쩌면 이 부당한 투옥 생활 때문에 자신보다 어리석고도 용감한 남자, 모든 역경에 결연히 맞서고 세상의 일상적인 불의에 대항하는 남자를 상상하기 시작했던 것인지도 모르겠다. 사면을 둘러싼 축축한 벽 안에서, "온갖 불편이 자리 잡고 세상의 온갖 슬픈 소음이 둥지를 트는 곳에서" 지내면서 그는 필시 예전에 아프리카 북부 해안에서 더 장기간 억류되어 지냈던 경험을 되새겼을 것이고,* 세상의 기만적인 관습에 타협하지 않는, 스스로 선택한 윤리 규범 이외에는 그 무엇도 따르지 않는 남자를 창조하기에 이르렀을 것이다. 시민들에게 자기 신념을 숨기고 겉모습만으로 살아가라 요구하는 사회의 위선에 대해, 그가 창조한 인물 돈키호테는 자기만의 도덕률을 선택하고 그것을 인정하지 않는 자들의 면전에 대고 과시할 수 있는

---

* 세르반테스는 1575년 레판토 해전에 참전했다가 귀국하던 중 해적의 습격을 받아 알제리에서 5년간 노예살이를 했다.

절대적 자유의 진리를 내세운다.

그러나 (역시 세르반테스 자신의 말에 따르면) 자기 영웅의 경탄스러운 연대기를 8장까지 썼을 때 그만 영감이 떨어져버린 세르반테스는 이 흥미진진한 활극 모험담을 도중에 멈추고 말았다. 더 이상 글을 잇지 못하고 톨레도의 시장을 어슬렁거리던 어느 날, 한 상인의 좌판에 놓여 있던 너덜너덜한 아랍어 원고 뭉치를 발견했다. 무엇이든 닥치는 대로 읽는, 심지어 길거리에서 주운 종잇조각도 읽어치우는 부류의 독서가였던 세르반테스는 그 원고가 무슨 내용일지 궁금했기에 결국 사들였고 번역가를 찾아 나섰다. 톨레도는 오래전부터 유럽 내 번역의 중심지로 유명한 곳이었기에, 아랍인 추방령이 내려졌음에도 불구하고 톨레도 시내 장터 거리에서 아랍어와 히브리어 번역가를 구하기는 쉬운 일이었다. 세르반테스는 수월히 번역가를 고용해 자기 집에 머물게 했고, 한 달하고도 절반의 시간이 흐른 뒤 건포도 22.5킬로그램의 보수를 치르고(번역료는 그 옛날부터 지금까지 별로 오르지 않았다) 돈키호테 모험 이야기의 스페인어판을 손에 넣었다. 원작 소설의 저자 서명은 시데 아메테 베넹헬리라고 되어 있었다.

세르반테스는 자신이 이 책의 아버지는 아니고 의붓아버지쯤 된다고 명확하게 말한다. 자신은 이야기를 받아들인 사람이지 만든 사람은 아니라는 것이다. 그러나 세월이 지나는 동안 독자들은 그의 말을 믿지 않기로 결정했다. 세르반테스가 시데 아메테 베넹헬리라는 작가의 원고를 발견했다는 이야기보다는 감옥에서 소설을 썼으리라는 가정이 더 그럴듯하기 때문이다. 그러나 이 두 가지 설은 둘 다 허구이면서 동시에 진실이다. 세르반테스의 세계는 (오늘날 우리 세계도 그렇듯이) 만들어진 역할에 따라 가면을 쓰고 살아가는 곳이었으니까.

세르반테스의 시대에는 스페인 인구 중 3분의 2를 차지했던 무슬림과 유대인 들이 이베리아 반도에서 추방당했고 기독교로 개종하거나 개종한 척한 사람들만 남을 수 있었다. 이들을 '새로운 그리스도인'이라 불렀는데, 개종한 무슬림은 모리스코스, 개종한 유대인은 마라노 또는 콘베르소라고 했다. 1492년 그라나다를 정복한 가톨릭 왕국은 종교의 자유를 보장하겠다는 조건부 항복 조약을 맺었지만 그로부터 7년 뒤 조약을 폐기했다. 그리고 1605년(『돈키호테』의 제1부가 출간된 해)과 1615년(제2부가 출간된 해) 사이에 스페인 왕실은 새로운 그리스도인들의 신앙이 거짓되거나 가식적이라는 이유로 그들마저도 추방하기로 결정했다. 이런 세상에서는 겉모습이 본질보다, 사실보다 인식이 중요하게 여겨진다.

편견은 복잡성을 외면하게 마련이므로, 아랍어를 구사하는 다양한 계통의 사람들—알안달루스,* 튀니지, 알제리, 모로코, 터키, 중동의 다양한 국가 출신의 사람들—이 모두 '무어인'이라는 명칭으로 축소되었다. 스페인의 '옛 그리스도인'**이 무엇인가 하는 정의와 상관없이, 무어인들은 추방된 지 오래됐든 얼마 안 됐든, 기존의 종교를 따르든 기독교로 개종했든 무조건 적으로 간주되었다. 그렇다면 도대체 어째서 스페인 작가가 자기 작품의 저자로 다른 사람을, 더구나 자기 나라에서 추방당해 "다른 해안"으로 떠난 부류에 속하는 인물을 지목했을까? 당시 스페인 사람들은 무어인들이 기독교인에게 복수하려고 그들의 도시를 약탈하고 스페인 배를 습격한다고 흔히 상상했고, 세르반테스 자신도 알제리 해적들에게 5년이라는 긴 세월 동안 포로로 붙잡힌 전적이 있었다.

이런 불확실성은 시데 아메테의 세계에서 끊임없이 나타난다. 그의 소설은 기억의 비일관성을 전제로 한다. 라만차의 명소 이름은 의도적으로 망각되고, 인물들의 성은 정확하게 나오지 않고(노신사 알론소의 성은 키하다인가, 케사다인가, 키하나인가? 산초의 성은 판사인가, 산카스인가?), 돈키호테와 산초가 바르셀로나의

* 8세기에서 15세기까지 이베리아 반도를 통치한 이슬람 국가.
** 이교도와의 혼혈이 아닌 조상 대대로 기독교인인 이들을 뜻함.

인쇄소에서 자신들이 등장하는 책을 읽음으로써 책 밖에 실재하는 독자들의 정체성을 찬탈하는 장면은 소설의 관습을 뒤엎는다. 게다가 세르반테스는 모험을 겨우 여덟 장 전개하다가 중단하고는, 이런저런 이야기, 에세이, 시를 도중에 삽입하다가 시점을 기사의 고향으로 되돌려서 처음부터 다시 여정을 시작하는데, 이 과정에서 아리스토텔레스식 문학이 요하는 직선적 서사는 (시데 아메테 본인의 표현에 따르자면) "헝클어지고 비틀리고 해어진 올"이 되고 만다. 현실은 근사치와 파편들의 연속으로, 즉 광인(돈키호테) 또는 사회가 광인이라 여기는 사람(알론소 키하노)의 세계관을 펼쳐 보이기도 했다가 부인하기도 하는 이야기로서 충실히 그려진다. 그러므로 이런 현실을 우리에게 제시하는 저자의 존재마저 파편화되고 근사치로 표현되는 것은 적절할 뿐만 아니라 불가피한 일이라 하겠다. 『돈키호테』의 저자는 말로 표현할 수 없는 것을 표현하기 위해 추방자의 초상을 자신의 자화상으로 선택한 것이다. 왜냐하면 이방인을 배척한 사회에 내재하는 것들을 가장 잘 지각할 수 있는 사람은 다름 아닌 이방인이기 때문이다. 『돈키호테』는 무엇보다도 여러 쌍의 그림자들이 벌이는 연극이라고 정의할 수 있다. 알론소 키하노와 돈키호테, 돈키호테와 산초, 알돈사 로렌소와 둘시네아, 산초와 알론소 키하노…… 보르헤스는 여기에 궁극적인 짝을 하나 더 추가한다. 이들을 모두 흡수하면서 동시에 이들 모두와 대항할 수 있는 존재, 21세기판 『돈키호테』의 작가 피에르 메나르가 그것이다.*

우리는 시데 아메테의 소설을 번역판으로 읽고 있다는 사실을 쉽게 잊곤 한다. 한 문학 작품이 번역됐다는 것은 그것이 쓰인 언어가 아닌 다른 언어로도 읽혀야 할 가치, 즉 더 넓은 독자층과 더 높은 명망을 얻을 가치가 있다고 판단됐다는 뜻이다. 15~16세기 스페인에서는 어떤 책이 번역됐다고 하면 그만큼 지적 선망의 대상이 되었다. 『돈키호테』 역시 훌륭한 작품으로 인정받았고, 어떤 결과가 따르더라도 올바르게 행동하는 영웅이 되라고 종용하는 중세 기사도 규범을 조롱하면서도 동시에 칭송하는 의미로 받아들여졌다. 그러나 이미 부당한 현실이 확립된 것으로 보이는 세상에서 올바르게 행동해봤자 그 현실에 대립하는 이상을 세우는 것 이상의 무언가를 이뤄낼 수 없다면, 그런 올바름에 대한 글을 쓰는 것 자체가 용감한 행위가 된다. 선에 대한 상상을 실행에 옮김으로써 감히 신의 세계를 바로잡으려 드는 시도이니 말이다.

기사도 규범 자체가 돈키호테가 따르는 윤리 규범인 것은 아

---

* 보르헤스의 「피에르 메나르, 『돈키호테』의 저자」라는 단편소설에서.

니다. 그의 윤리가 이 세상에서 기사도라는 형태를 띠고 수행되는 것뿐이다. 그러나 돈키호테의 우주에서는 스스로의 윤리를 따르는 것만으로 신 행세를 할 수는 없다. 우리의 윤리적 행동이 윤리적 결과로 이어지기 위해서는, 신의 도구에 불과한 우리로서는 보지 못하는, 오로지 신만이 헤아릴 수 있는 무언가가 달성되어야 한다. 자발적으로 정의로운 행동을 한다고 해서 반드시 정의가 구현되지는 않는다. 정의 구현은 순전히 신의 권한이다. 여기서 우리는 기독교 전통보다는 코란의 영역에 있다. "원하는 자 누구든지 주님으로 이르는 길을 따르도록 하라. 그러나 너희가 원하는 것 하느님의 의지 없이는 아니 되나니."* 돈키호테는 하느님의 의지에 따라 정의를 믿게 되었을지 모르지만, 그렇다고 해서 돈키호테의 행동이 불러일으키는 결과까지 보장되는 것은 아니다. 욥이 자기 고통을 있는 그대로 신에게 보여주기 위해 인내하도록 허락받았듯이, 돈키호테는 신의 정의를 있는 그대로 신에게 보여준다.

그런데 오늘날에도 과연 그런가? 우리 시대 사람들은 이 작가가 영웅 내지는 스타이기를 바란다. 우리는 세르반테스에게 변절자 역할을, 또는 억지로 개종했을 무어인의 아들 역할을 기대한다.

* 제76장 29~30절.

그가 알제리 감옥에서 포로 생활을 하다 스톡홀름 신드롬에 걸린 나머지 무어인 억류자들을, 그리고 본토에서 배척당했던 알안달루스 문화까지도 사랑하게 된 것이기를 기대한다. 우리는 그가 과거사의 복원 또는 응징의 의미에서 시데 아메테 베넹헬리라는 작가를 원저자로 내세운 것이고, 때때로 아랍 문화에 대해 존경의 표시를 하는 것 역시 저항의 행위라든지 잊지 않겠다는 거부의 표현이라고 여기고 싶어 한다. 책에 나오는 무어인에 대한 비방은 인물을 사실주의적으로 묘사하기 위한 장치라고 읽고 싶어 한다.『어둠의 심장*Heart of Darkness*』에 나오는 인종주의 발언이나,『베니스의 상인』에 나오는 반유대주의 발언처럼 말이다. 우리는 편견, 폭군의 야욕, 배제적 정치의 한가운데에 선 예술가가 항의의 목소리를 내고 독자들을 향해 인도주의의 깃발을 흔들 방법을 찾아낼 것임을 세르반테스가 우리에게 증명해주기를 원하며, 이 책의 저자가 우리의 양심을 깨끗하게 해주기를, 시데 아메테가 우리를 구원해주기를 원한다.

유감스럽게도 이런 생각은 희망사항에 불과할 가능성이 높다. 세르반테스가『돈키호테』의 원저자로 시데 아메테를 내세운 것은 별 상징적 의미 없이, 마치 탐정소설 작가가 가장 범인일 성싶지 않은 인물을 범인으로 설정하듯 극적 효과를 노린 교묘한 문학적 장치에 지나지 않았을 것이다. 무어인 문제에 관해 전문적인 식견이 없는 평범한 사람들이 다 그렇듯 세르반테스도 혼란스럽고 모순적인 입장을 갖고 있었을 테고, 그가 정치 논설이나 역사 해설을 쓰는 것은 아니었으니만큼 이야기가 잘 진행되기만 한다면야 그 주제에 관해 자기 견해가 애매모호하더라도 개의치 않았을 것이다. 먼 미래의 독자들이 소설 자체만이 아니라 작가가 자기 사회에 대해 어떤 의견을 갖고 있는지도 알고 싶어 하리라고는 상상도 못 했을 것이다. 우리 시대에서 진실이란 어떤 이야기에 든 내밀한 지혜가 아니라, 문서상의 증거들로 뒷받침된 통계의 틀 안에서 연대순으로 나열된 사실들을 의미하지만, 세르반테스로서는 이 또한 짐작도 할 수 없는 일이었을 것이다. 오늘날의 작가들은 음식에서부터 패션, 윤리, 성 정치에 이르기까지 온갖 사안에 대한 견해를 표명할 것을 요구받는다고 불평하곤 한다. 심지어 죽은 지 한참 된 작가들에게도 이런 요구가 쏟아진다. 우리는 호메로스에게 전쟁에 관해, 소포클레스에게 여성에 관해, 셰익스피어에게 유대인에 관해, 볼테르에게 시민 의무에 관해 묻고, 그들이 이 모든 주제에 관해 우리에게 가르침을 전하기 위해 작품을 남겼다고 믿는다. 소설이란 설명도, 학설도, 메시지나 교리문답을 전하는 글도 아니라는 것은 잊히기 일쑤다. 그러나 소설은 오히려 애매모호함, 날것이거나 설익은 견해 그리고 암시, 직관, 감정을 토대로 꽃피는 법이다.

물론 시데 아메테가 현대의 우리에게 말을 하게끔 만들 수는 있다. 중세 독자들이 베르길리우스의 책을 펴고 아무 시행이나 택해 자기 문제의 해답을 찾는 '베르길리우스의 점'을 쳤듯이, 우리도 시데 아메테의 글에서 답을 구할 수도 있겠다. 책과 대화하고, 책에서 깨우침을 얻고, 책을 통해 선견지명을 발휘하고 반역을 일으키는 대리만족을 얻고, 책이 그 시대의 어둠과 용감무쌍하게 맞서게끔 일으켜 세울 수도 있다. 가엾은 시데 아메테가 그 사실을 안다면 깜짝 놀라겠지만.

우리 모두 알다시피 인간의 천재성이 정의의 편에서 발휘되는 일은 드물다. 위대한 예술이 선과 결부되는 까닭은 단지 우리가 위대한 예술가라면 선하고 고결한 사람이리라고 상상하기 때문이다. 세르반테스가 누구였든, 스페인과 정치에 관해 어떤 생각을 갖고 있었든 궁극적으로는 중요하지 않다. 오늘날 『돈키호테』의 독자들에게 더 중요한 것은 따로 있다. 배제된 문화는 결코 쉽사리 침묵하지 않는다는 것, 역사 속에서 부재는 현존만큼이나 견고하다는 것, 그리고 때로 문학이란 세상 그 어떤 지혜로운 문학가보다도 더 지혜롭다는 사실을 시데 아메테의 압도적인 존재감이 우리에게 알려주고 있다.

20

그는 도대체 무엇을 기다리고 있는 것인가?

성경에 따르면 그는 신을 공경하고 악을 삼가는 완벽하고 올곧은 사내였다고 한다. 결혼해서 아들 일곱, 딸 셋을 두었고, 양 7천 마리, 낙타 3천 마리, 황소 5백 쌍, 암나귀 5백 마리가 있었으며 종도 아주 많이 거느렸다. 그야말로 동방에서 제일가는 사람이었다. 파리 한 마리 못 해칠 만큼 선량한 성품이었는데도, 행여나 자식들이 죄를 지어서 하느님을 욕보였을까 봐 매일 아침 일찍 일어나 자기 식솔들의 수만큼 번제를 드렸다. "나중에 후회하느니 미리 조심하는 편이 낫지." 욥은 말하곤 했다. 그렇게 가족과 가축에 둘러싸여, 나날이 즐거운 잔치를 벌이고 감사의 마음으로 제물을 바치며, 욥은 하루하루 만족스러운 노년을 보냈다.

그처럼 선한 행동이 사탄의 심기를 거슬렀다. 신이 자꾸만 "나의 종 욥"을 언급하며 인간이 신에게 헌신한다는 증거로 삼았기에 더더욱 그랬다. 그래서 사탄은 이렇게 말했다. "뭐, 그야 당연하죠. 그가 원하는 걸 당신이 다 주었으니 고마워할 수밖에요. 멋진 집, 맛있는 음식, 번지르르한 낙타들, 순종적인 아이들, 충직한 하인들…… 그렇게 풍족하게 살면 누구나 착해지게 마련이에요. 과연 당신이 그런 것들을 허락하지 않는대도 똑같이 할 수 있을지 두고 봅시다."

신은 도발을 거절할 수 없었고, 어중간하게 넘어가는 법도 없었다. 신은 사탄에게 욥의 몸을 제외하고 무엇이든 마음대로 해보라고 허락했다. 다음 날 스바(사바)* 사람들이 쳐들어와 욥의 황소와 암나귀를 약탈하고, 벼락이 떨어져 양 떼를 불태우고, 칼데아** 사람들이 낙타들마저 빼앗고, 황야에서 돌풍이 불어와 한창 먹고 마시던 욥의 자식들이 목숨을 잃었다. 이 모든 끔찍한 소식을 들은 욥은 신의 이름을 찬양하고, 옷을 찢어발기고 머리를 깎고는 꿇어앉아, 신에게 원망 한 마디 않고 운명을 받아들였다.

신은 심히 기뻐하며 사탄에게 욥의 모범적인 태도를 자랑했다. "내가 욥에게서 모든 것을 빼앗았는데도 얼마나 바람직하게 행

* 아라비아반도 남서부에 세워졌던 고대 왕국.
** 신바빌로니아 제국을 뜻함.

동하는지 보았느냐? 원망도 않고, 비난도 않더구나." 그러자 사탄은 말했다. "그렇더군요. 하지만 제 몸이 괴롭지 않으니 그런 거겠지요. 이제 당신이 손을 뻗어 그의 뼈와 살을 친다면 그는 당신의 면전에 대고 욕을 할 겁니다." 욥의 진실함을 믿었던 신은 그의 발바닥부터 정수리까지 온통 부스럼이 나게 했다. 그래도 욥은 불평 한마디 않고, 딱지가 앉아 가려운 부위를 깨진 도자기 조각으로 긁으며 잿더미에 앉아 버렸다. 욥의 아내는 더 이상 참을 수 없었다. "뭐라도 좀 해요, 이 한심한 양반!" 그녀가 소리를 질렀지만 욥은 여전히 침묵했다.

욥의 친구들은 그에게 닥친 신성한 저주에는 무언가 합리적인 이유가 있을 것이라고, 이런 일이 아무 까닭 없이 일어나지는 않는다고, 그가 겉보기처럼 흠 잡을 데 없이 행동하지는 못했던 것이 아니겠느냐고 타일렀다(친구란 원래 이런 역할을 하는 존재이므로). 그러나 욥은 완강히 되물었다. 자신은 늘 올바르게 행동했지만, 한낱 인간이 전지전능하신 분의 뜻을 어찌 헤아릴 수 있겠느냐며.

마이모니데스가 『방황하는 자들을 위한 안내서』에서 설명하기를, 철학자들(정확히는 아리스토텔레스)에 따르면 신은 인간의 영역에서 일어나는 사소한 일 하나하나를 알지 못하며 알 수도 없다고 한다. 여기에는 몇 가지 이유가 있는데, 우선 세부적인 것의 지식은 감각으로 습득되고(신은 몸이 없으니 육체적 감각도 없다), 세부적인 것의 수는 무한하며(무한이란 그 정의상 신조차 알 수 없는 것이다), 세부적인 것이란 시간의 산물이라 시시각각 변화하기에 그것에 대한 신의 지식 역시 변해야 하기 때문이다(그러나 신은 변화하는 존재가 아니다). 마이모니데스는 아리스토텔레스가 신의 불공정이나 무력함보다는 다만 무지함을 탓하고 있다고 말한다. 욥의 신은 그가 당하는 고통의 세부를 모르며, 그의 자식을 하나하나 셀 수도, 낙타 한 마리 한 마리를 검사할 수도 없기 때문에 그런 고통을 주었다는 것이다.

이 시점에서 마이모니데스는 자기 관점을 제시한다. 오로지 인간에게만은 신의 거룩한 섭리가 적용된다고. "독특하게도 이 종의 경우에는 개별자들의 모든 경험과 그들에게 닥치는 선과 악이 합당한 이치에 따라 주어진다. 그러나 그 밖의 모든 동물의 경우에는 나 역시 아리스토텔레스의 견해가 타당하다고 생각한다. 그들에게 닥치는 모든 일은 순전한 우연에 따른 것 같다." 즉 신은 욥의 아들들에게는 신경을 썼고 자신만이 아는 어떤 이유로 그들에게도 벌을 주었으나, 낙타들의 운명은 알 바가 아니었다는 뜻이다.

많은 독자에게 욥은 완벽한 시민의 모범으로 여겨진다. 만사형통할 때도 감사하고, 그렇지 않을 때도 감사한다. 그는 거의 불평

하지 않고, 그 무엇도 요구하지 않으며, 더 나아가 주께서 원하시는 무엇이든 하십사고 받아들인다. 욥에게는 노조도, 길드도 없고, 노령 연금 협회도 없고, 관계된 시민단체도 없으며, 국제사면위원회도 없다. 그가 부패한 칼데아 변호사 때문에 재산을 잃었나? 사바의 부동산 중개인이 공사 예산 중 거금을 착복하는 바람에 집이 무너졌나? 병원에서 그가 든 보험으로는 그의 병에 필요한 치료가 보장되지 않는다고 했던가? 그가 직장에서 착취당하거나, 그의 자식들이 비밀경찰(그다지 비밀도 아니지만)에게 붙들려 사라졌는가? 욥은 고개를 조아리며 한낱 인간이 전능하신 분의 뜻을 이해할 수는 없으며, 주님을 감히 비난할 수 없다는 고리타분한 말을 유순히 되풀이할 따름이다.

성경에서 욥은 끝에 가서는 이긴다. 신학자 잭 마일스는 이러니저러니 해도 결국 욥이 신을 침묵시키는 데 성공한 셈이라고 해석한다. 『욥기』에서 신은 아무 말도 하지 않게 된다. 다분히 계획적으로 주어졌던 역경을 욥이 모두 이겨냈음을 인정한 신은 자기 종의 지대한 헌신에 보상을 해주어야겠다고 묵묵히 마음먹고, 욥에게서 거두었던 것을 두 배로 되돌려준다. 이렇게 이야기는 해피엔드로 끝난다.

그러나 현실에서는 좀 다르다. 욥은 눈에 보이는 보상도 없이 끝없는 고통만을 당하고 있다. 여기서 우리는 묻지 않을 수 없다. 욥이 대체 언제까지 견뎌야 하는가? 얼마나 더 많은 것을 빼앗기고 나서야 욥은 이 모든 불공정이 결단코 용납 불가능한 일이었음을 인지할까? 언제쯤에야 욥은 로마인 재판관*처럼 "쿠이 보노Cui Bono"라고, 즉 이 모든 일에서 누가 이익을 얻느냐고 물을 것인가? 그의 가축, 땅, 노동의 결실을 누가 소유하는가? 그의 자녀들은 누구 때문에 죽었는가? 사람은 언제쯤 권력자의 독단적 결정에 맞서 자신을 변호할 의무가 생기는가? 얼마나 더 많은 권리를 빼앗기고 나서야 욥은 "이만하면 충분해"라고 말할 것인가?

사탄의 내기는 아직도 계속되고 있다.

---

* 기원전 127년에 집정관을 지내고 기원전 125년에 호구감찰관을 지낸 루시우스 카시우스 롱기누스 라빌라를 뜻함. 지혜롭고 진실된 재판관으로 명망이 높았다.

카
지
모
도

24

1930년대 아르헨티나의 어느 부유한 귀부인이 부에노스아이레스 시내의 팔레르모 공원을 산책하다가 한 거지 노파를 마주쳤다. 그 공원의 명소는 장미 정원으로, 매일 아침 그곳을 거닐며 꽃 색깔과 향기에 감탄하는 것이 귀부인의 낙이었다. 거지의 무사마귀투성이 얼굴과 누리끼리한 치아, 주먹코가 비위에 거슬린 부인은 그 흉측한 모습을 다시 보지 않으려고 거지에게 이 우아한 정원에 들어오지 않는 대가로 매주 급료를 주겠다고 했다. 이 희한한 자선가는 자기 행동을 자랑스러워하며 "아름다움을 지키기 위해" 그랬노라고 언론에 밝혔다. 놀랄 일도 아니다. 19세기 말 미국에는 육체적으로 기형인 사람이 공공장소에 방문할 수 없게 금지하는, 이른바 '추한 법ugly laws'이라는 것이 있었고, 몇몇 도시에서는 1970년대까지도 존속했다. 우리는 아무리 문명인을 자처할지라도 내심으로는, 아니면 심지어 공공연하게 추함을 범죄로 여긴다.

"아름다움은 보는 사람의 눈에 달렸다"는 오래된 속담이 있는데, 추함도 마찬가지다. "존재한다는 것은 지각된다는 것이다esse est percipi"*라는 명제의 변형이라 할 만한 이 속담은 확실히 참일 것이다. 그러나 추함이란, 무언가의 반대 개념을 필요로 하는 우리의 인식 체계에서 비롯된 것이기도 하다. 아리스토텔레스는 『형이상학』에서 아름다움의 주요 특징으로 "질서, 대칭, 명료성"을 꼽았다. 그렇다면 추함의 특징은 무질서, 비대칭, 모호함이라고 정리할 수 있겠다.

미학의 크나큰 역설은 관습적으로 아름답거나 추하게 여겨지는 것들을 오히려 정반대의 관점에서 보려 한다는 것이다(청개구리 심보에서인지는 몰라도). 즉 아름다운 얼굴은 너무 균형 잡혀서 심심하다든지, 밋밋하다든지, 진부하다고 여기는 반면, 추한 얼굴은 흥미롭고, 경험이 풍부해 보이고, 비록 예쁘진 않아도 매력적이라고들 한다. 아름다운 것을 추화醜化하고 추한 것을 미화하는 경향은 여러 문화권에서 나타난다. 나바호족의 양탄자 직공도, 아미시**의 퀼트 직공도, 이슬람의 서예가도, 터키의 조선공도 모두 자기 작

---

* 영국 철학자 조지 버클리의 주관적 관념론의 기본 명제.
** 현대 문명과 단절하여 소박하고 보수적인 농경 생활을 영위하는 기독교 일파.

품에 의도적인 결함을 넣거나, 한 학자의 말마따나* "의도된 실수"를 일으킨다. 이렇게 해서 예술가의 솜씨를 내보이는 한편, 완벽한 것은 오로지 신만이 창조할 수 있다는 믿음을 드러내기도 한다. 일본의 도예가들은 '와비사비佗·寂'라는 개념을 신봉하는데, 크리스핀 사르트웰의 설명에 따르면 이는 아름다움을 "낡고 오래되고 변색되고 흠 있고 은근하고 거칠고 세속적이고 무상하고 일시적이고 덧없는 것"으로 보는 것으로서, 보기 좋은 것이 무엇인가에 대한 종래의 관념을 흐트러뜨릴 뿐 아니라 수용자들로 하여금 전통적인 미의식을 바꾸도록 강제한다고 한다. 또한 소크라테스는 못생기기로 유명했지만 대화를 통해 자신의 추함을 지적 아름다움으로 변모시킨 바 있다. 이러한 개념적 변화는 무언가 또는 누군가를 일부 제한된 요소들의 조합만으로 판단하는 것이 과연 타당한가 하는 의문을 제기한다.

추한 것이 무엇이고 아름다운 것은 무엇인가 하는, 일견 단순해 보이는 개념이 이토록 넓은 범위에 걸쳐 다양하게 정의되는 것을 보면, 우리가 내리는 여러 판단의 확실성 전체를 재고해야 할지도 모른다. 물론 모든 가치를 무작정 쓸어 없애자는 뜻은 아니다.

* 영국의 작가이자 동양 철학자 앨런 와츠(1915~1973)를 뜻함.

다만 문화적 교육, 사적 경험, 사회적으로 용인되는 관습이 우리의 눈과 입맛을 어떻게 결정짓는지를 더 신중하게 고려해야 한다는 의미다. 볼테르는 이렇게 적는다. "두꺼비에게 아름다움이 무엇이냐고 물어보라. 그러면 그는 커다란 눈알 한 쌍이 대가리에서 툭 튀어나와 있는 자기 암컷의 외모를 꼽을 것이다."

우리가 읽는 책들 속을 어른거리는 추한 얼굴은 많고도 많지만 그중에서 가장 규정하기 어려운 성질의 인물이라면 아마도 노트르담의 꼽추, 즉 빅토르 위고가 만든 카지모도일 것이다. 작가는 카지모도의 흉측한 이목구비에는 자신조차도 못 배기겠다고 고백한다. "그의 외모를 독자들에게 확실히 이해시키려는 시도는 하지 말아야 한다. 그 사면체의 코, 편자 같은 입, 덥수룩하고 뻣뻣한 붉은 눈썹 아래 반쯤 감긴 조그마한 왼눈과, 거대한 무사마귀에 가려져 거의 보이지도 않는 오른눈, 포위 공격을 당한 성채 흙벽처럼 여기저기 깨지고 들쑥날쑥한 치아, 그중에서도 코끼리 엄니처럼 비죽 튀어나온 이 하나에 짓눌려 있는, 딱딱하게 각질이 잡힌 입술, 두 갈래로 갈라진 턱, 그리고 무엇보다도, 그 얼굴 전체에 드리워진 표정—악의, 경악, 번뇌의 혼합을 독자들은 상상만 할 수 있을 따름이다."

실제로 우리는 상상을 했다. 1831년 위고의 소설이 출간됐을 때부터가 아니라 그보다 훨씬 오래전, 선사시대에 원시 카지모도가 이 마을 저 마을 어슬렁거리며 매머드 사냥꾼들에게 겁을 주었던 시절부터 그는 우리의 악몽 속에 있었다. 『창세기』에 나오는 말이 만약 사실이라면, 카지모도는 천사와 악마 들에게 공포를 불러일으키는 끔찍한 모습의 여호와를 본떠 만들어졌을 것이다. 오늘날 카지모도는 우리를 일그러진 거울로 비춰 보여주는 타자이다. 우리는 그런 존재가 되지 않으려고, 그런 자아를 세상에 내보이지 않으려고 노력한다. 몸단장을 하고, 스스로를 가다듬고 꾸미고 빗질하고, 화장과 변장을 동원해 남들이 좋아하지 않을 법한 면모를 감춘다. 버클리가 설명했다시피 우리는 우리를 지각하는 시선 속에서만 존재한다는 것을 알고 있다.

카지모도는 햄릿과 같은 질문을 하지 않는다. 단지 살 수 있게 허용되길 바랄 뿐이다. 그는 남들처럼 계절의 변화를 즐기고, 친구와 어울리고, 아름다움을 관조할 권리를 원한다. 외모에 구속받지 않게 해달라고, 남들의 공포를 비추는 거울로서가 아니라 자기 감정과 생각에 따라 행동할 수 있게 해달라고 요구한다. 그는 이질적 두려움의 화신이 되고 싶지 않다. 윌리엄 사로얀의 단편 「공중그네를 탄 용감한 젊은이」에 나오는 젊은이처럼 카지모도도 '인생 허가 신청서'를 작성할 생각이라도 할 법하다. 정말로 그러지는 않지만.

내면과 외면, 또는 보이는 것과 감춰진 것 사이의 괴리는 문학에서 흔히 다뤄지는데도, 우리는 현실에서 이런 괴리를 맞닥뜨리면 어김없이 속아 넘어간다. 부드러운 눈빛을 지닌 사람인 줄만 알았는데 실은 클라우스 바르비*였다거나, 근엄하게 인상을 찌푸리고 심술궂은 입매를 한 사람의 사진이 알고 보면 테레사 수녀의 것이라거나, 똑같이 우스꽝스러운 콧수염을 기르고 바보 같은 표정을 짓는 히틀러와 찰리 채플린의 경우를 보고 겪었으면서도 우리는 도통 깨우치지 못한다. 얼굴이 카지모도처럼 생긴 사람에게는 좋은 구석이 있을 수가 없다고 자꾸만 믿어버린다.

그러나 적어도 카지모도는 겉보기와 정반대의 내면을 지닌 사람이다. 그는 질항아리에 예쁜 꽃들을 담아 에스메랄다에게 보여줌으로써 세공된 크리스털 화병에 꽂힌 시든 꽃들과 비교하게끔 하는데(그는 그로테스크하게도 자기 자신을 전자에 비유하고, 그의 연적인 페뷔스 근위대장을 후자에 비유한다), 이처럼 자신의 아름다움은 내면에 있으나 아무도 그걸 들여다보려고 노력하지 않는다는 것을 알고 있다. 그는 다정하고 관대하고 용감하게 행동할 수

---

* 나치 치하 1942년부터 1945년까지 게슈타포 책임자를 지내며 수많은 사람을 학살한 것으로 악명 높았다.

있고, 감사를 표할 수도 있으며(도입부에서이긴 하지만 광신자 프롤로 부주교에게마저도 그는 고마워했다), 사랑에 빠질 수도 있다(에스메랄다에게는 점점 더 깊은 사랑을 느낀다). 그런데 이 모든 것이 아무 소용도 없다. 이 소설의 제목에 이름을 내준 건물이 그 어마어마한 아름다움으로 규정되듯, 그는 괴물처럼 흉측한 외모로 규정되기 때문이다. 이것은 위험한 관점으로서, 이면에 감춰진 진실을 우리에게 시사하고 있다. 등이 구부정하고 이가 들쑥날쑥하고 눈이 비뚤어진 카지모도가 실상 훌륭한 사람이라면, 정교하게 세공된 석재와 스테인드글라스로 이루어진 노트르담 이면의 실상은 과연 무엇일까?

『파리의 노트르담』이 출간되고 25년 뒤 위고는 『정관시집』에서 같은 질문을 했다.

흉물스러운 구멍에서 말이 터져 나올 수 있다
무슨 말이냐고 묻지 말라. 만약 그 구멍이 입이라면,
신이시여, 그 목소리는 무엇이옵니까?

커소번 씨는 책벌레요, 스스로의 상아탑에 갇힌 죄수이며, 문학에 심취했으나 특별한 재능은 없는 신사이고, 현실 세계는 자기 연구를 방해할 때가 아니면 존재하지도 않는 것처럼 여기는 독서가다. (캐드월러더 부인의 표현에 따르면) 그는 "말린 콩이 안에서 달그락달그락 굴러다니는 커다란 방광" 같은 사람으로, "마치 공식 발표를 하러 불려 나오기라도 한 것처럼" 까탈스럽게 원칙을 따져가며 말하는 현학자다. 그를 두고 잘생겼다고 할 사람은 아무도 없을 것이다. 도러시아 브룩의 친구들은 그를 미라라고 부르며, 그의 얼굴을 장식하는 희끄무레한 점 두 개에서 자라나는 털을 언급하면서 넌더리를 내고, 그의 누리끼리한 낯빛을 새끼 돼지 구이에 빗대기도 한다. 그는 사회가 지식인들에게 뒤집어씌우는 클리셰들을 모조리 합쳐놓은 것 같은 사람이다. 은둔자, 인간혐오자, 섹시함과는 극도로 거리가 먼 사람. 15세기 인문주의자들의 '책 바보'*에서부터, 우리 시대 슈퍼맨의 또 다른 자아 클라크 켄트나 로알드 달의 마틸다에 이르기까지, 소심한 학자나 사서, 아니면 단순한 독서가로 등장하는 인물들은 늘 안경을 쓰고 어리바리하고 세간의 조롱을 당하는 괴짜로 그려졌다. 『작은 아씨들』에서 조는 다 쓴 소설을 출간하고 싶어 잡지사에 투고하면서도 혹시 남들이 비웃을까 봐 비밀로 한다. 친구 로리에게 털어놓기는 하지만 그에게도 비밀을 지킬 것을 맹세하라고 한다. 이집트 철학자 히파티아는 편협한 군중에게 둘러싸여 살해당했다(현실에서도, 찰스 킹슬리가 쓴 동명의 소설 속에서도). 『적과 흑』의 도입부에서 쥘리앵 소렐은 책을 읽는다는 이유로 아버지에게 매를 맞는다. 조도, 히파티아도, 쥘리앵도, 그리고 커소번 씨도 모두 이 커다랗고 번잡한 세상이 지적 활동을 존경하지 않는다는 것을 알고 있었다.

에드워드 커소번 신부의 이성은 비웃음을 사지만, 젊은 의사 리드게이트**는 그것을 실생활에서 활용하는 사람이다. 리드게이트는 "특유의 중후하고 울림이 깊은 목소리를 지녔으나 적절한 순간에는 아주 나지막하고 상냥하게 말할 수도 있다". 그는 용감하다

* 1494년 출간된 제바스티안 브란트의 『바보배』에 나오는 어리석은 애서가.
** 커소번과 같이 『미들마치』에 나오는 주요 인물의 하나. 높은 이상을 품고 미들마치 마을에 들어오지만 좌절을 겪는다.

고 할 정도는 못 되지만 싸움을 "상당히 즐긴다"고 자처한다. 그렇다고 몸만 움직이는 사람은 아니다. 하던 일을 멈출 때는 새뮤얼 존슨의 『라셀라스』나 『걸리버 여행기』 같은 책을 곧잘 꺼내 읽기도 한다. 여의치 않으면 사전이라도 읽고, 성경도 외경이 수록되어 있다면 즐겁게 읽는다. 말을 타거나 달리거나 사냥하거나 다른 사람의 말을 듣고 있을 때가 아니라면 뭐라도 읽어야 하는 성격이다. 사람들은 그가 하고 싶은 일은 무엇이든 할 수 있는 인물이라고, 그러나 무언가 대단한 일을 하고 싶어 하지는 않는 게 확실하다고 말한다. 그는 빠른 이해력을 갖춘 원기 왕성한 부류의 사람이지만 진정한 지적 열정에 불붙어본 적은 없다. 그에게 지식이란 매우 피상적인 것, 손쉽게 터득할 수 있는 것으로 여겨진다. 리드게이트와 달리 커소번 신부는 지적 추구의 본질이 어려움에 있다는 것을 알고 있다.

도로시아 브룩은 커소번을 처음 만나기 전 그 미지의 학자에게 "공경이 섞인 기대감 같은 것"을 느낀다. 커소번은 "심오한 학식을 쌓았고, 종교사에 관한 위대한 저작을 집필하는 데 오랜 세월 매달려왔다고 하며, 자신의 독실한 신앙심에 윤을 낼 수 있을 만큼의 재산을 갖추었고, 자기만의 독창적 견해가 있으며 곧 출간될 책에서 이를 더 명확하게 밝힐 것"으로 알려져 있다. 그의 이름(16세기의 고명한 학자 아이작 카소봉을 연상시킨다) 자체에서도 학문에 대한 정확한 역사적 지식 없이는 측량하기 어려운 장엄한 울림이 전해진다. 커소번을 직접 만난 뒤 도로시아는 그가 자신이 평생 본 어떤 남자보다 흥미롭다고 여긴다. 데스데모나도 자신에게 환상적인 모험담을 들려주며 구애했던 무어인 남자에게 똑같은 감정을 느꼈을 것이다.

에드워드 커소번은 위대한 저작을 쓰는 데 맹목적으로 전념하는 남자다.『모든 신화의 열쇠』라는 제목의 야심작(끝끝내 완성되지 못한 필생의 역작)은 제임스 프레이저의『황금가지』보다 60년, 조지프 캠벨의『천의 얼굴을 가진 영웅』보다 한 세기쯤 앞선다. 완성만 했더라면 커소번은 역대 최고의 학자들 반열에 이름을 올렸을 것이다. 성직자인 커소번은 유사 이래 모든 문명에서 기독교적 계시가 나타난다고 보았다. 비록 불완전한 거울에 비친 왜곡된 상일지라도 특정한 본질과 보편적 진리가 드러난다는 것이다. 커소번은 후기 구조주의자다. 독일 실용주의를 추종하는 조지 엘리엇은 자기 인물의 지적 능력에 회의적이었던 듯, 커소번 씨의 원소 이론을 두고 "(……그 이론이) 발견이라는 행위에 맞닥뜨려 멍들 일은 없을 듯싶었다. 유동적인 추측들 사이를 떠다닐 뿐이었으니까. 별과 별 사이를 선으로 연결하는 구상처럼, 아무런 방해도 받을 염려가 없는 이론이었다"고 평가한다. 여기서 조지 엘리엇은 별자리를 조롱하고 있다.

커소번 신부는 자신이 일생토록 전념할 위대한 연구를 도와줄, 초월적 진리를 향한 여정을 함께할 솔메이트를 만나고 싶어 한다. 혹자는 커소번이 아무 생각 없이 자기를 따라다니며 뒷바라지해줄 노예를 원했을 뿐이라고 비난하는데, 그것은 전혀 사실이 아니다. 보르헤스가 역사상 최고의 탐정소설이라고 평가한 이든 필포츠의 『붉은 머리 가문의 비극』에서 주인공은 이상적인 배우자에 대해 다음과 같이 생각한다. "마크 브렌던은 구식이었기에 전후 시대 여자들에게는 전혀 끌리지 않았다. 그런 여자들이 갖춘 우수한 자질이나 종종 엿보이는 뛰어난 지성을 인정하기는 했지만, 그의 이상형은 더 예스러운 여성상에 머물러 있었다. 과부로서 죽을 때까지 그를 위해 집안일을 했던 어머니 같은 부류의 여자. 어머니야말로 그가 생각하는 이상적인 여성이었다. 편안하고, 동정심 많고, 신뢰할 수 있으며, 그의 관심사를 곧 자기 관심사로 여기고, 자기 삶보다는 그의 삶에 집중해주고, 그의 발전과 승리를 자기 실존의 핵심으로 받아들이는 여자 말이다." 커소번은 확실히 자기 관심사가 곧 도러시아의 관심사이기를 바라기는 한다. 하지만 그녀를 하녀로 두고 싶다기보다는 학문적 조수로서 나란히 함께하고 싶은 것이다. 또한 커소번은 도러시아의 삶이 어떤 방향으로 나아가야 적절한지에 대해 명확한 생각이 있기는 하지만, 결국 그녀가 자기 자신의 삶에 집중하기를 바란다.

도러시아는 왜 에드워드 커소번과 결혼하고 싶어 할까? 그가 높은 차원의 정신적 삶을 이해하는 남자라고, 자신과 영적인 교감을 나눌 수 있고 넓디넓은 지식의 원칙들을 일깨워줄 수 있을 거라고, 그만한 학식을 가진 남자가 믿는 것이라면 거의 무엇이든 믿어도 되리라고 생각하기 때문이었다. 그래서 커소번 신부가 자신에게 관심이 있다는 삼촌의 말을 듣고 그녀는 흔쾌히 받아들인다. "그분의 반려자가 되는 것은 누구에게나 큰 영광일 거예요"라면서.

그런데 도러시아의 반려자가 되는 것은 누구에게나 큰 영광이라고 할 수 있을까? 물론 그녀는 지적인 토론에 참여하고 역사와 예술을 공부하는 것을 즐기긴 한다. 하지만 어느 지점까지만 그렇고, 그 이상으로 넘어가면 싫증을 낸다. 심란할 때면 그녀는 책이란 아무짝에도 쓸모가 없고 심지어 생각하는 것마저도 쓸모없다는 느낌에 사로잡힌다. 아아, 그토록 많은 사람이 간절히 바랐던, 진실한 마음 간의 결합이란 이런 것인가! 이 소설에서 자주 인용되는 마지막 단락에서 도러시아는 "감춰진 삶을 충실하게 살고, 찾아오는 이 없는 무덤 속에서 휴식을 취하는 많은 사람" 중 한 명으로 묘사된다. 존경스러운 사람임에는 틀림없다. 그러나 이렇게 온건하고 싫증을 잘 내는 사람을 위해 학문이나 예술이나 지식을 추구하는 활동을 포기하려면 어떤 헌신이 필요할 것인가? 소설 중반에서 커소번이 심장마비로 사망하기 전날, 그는 도러시아에게 자신이 죽고 나면 소원(정확히 무슨 소원인지는 밝히지 않는다)을 이뤄주겠다고 약속해달라고 부탁한다. 하지만 그녀는 산 사람에게 헌신하는 것과 죽은 사람에게 무기한으로 헌신하겠다고 약속하는 것 사이에는 크나큰 차이가 있다고 여기기에 차마 그럴 엄두를 내지 못한다. 그것은 자기 자신에게 불행한 운명을 안기겠다고 약속하는 것이나 마찬가지라고 생각한다. 그래서 그녀는 결정을 내린다. "싫어요! 당신이 죽고 나면 나는 당신 작업에 손끝 하나 대지 않을 거예요." 한때는 누군가의 지적 동반자가 되어주고 싶어 했던 그녀였건만. 물론 그런 삶이 자신에게 최선이 아니라고 판단할 권리는 그녀에게 있다. 하지만 당초의 약속들은 어떻게 된 것인가?

로마에 신혼여행을 갔을 때 도러시아는 커소번이 바티칸 도서관에서 자료를 조사하는 것을 돕겠다고 하지만, 그가 자신의 도움을 그다지 필요로 하지 않는다는 것을 알게 된다. 그러자 도러시아는 남편에게 다른 저의가 있으리라고 생각한다. "지금 내가 정신적으로 이상할 만큼 이기적이고 연약한 상태인가 봐. 나보다 훨씬 우월한 남편을 두고 있자니, 내가 그이를 필요로 하는 만큼 그이는 나를 필요로 하지 않는다는 것을 어떻게 모를 수가 있겠어?" 그녀는 혼잣말을 한다. 하지만 사실 바로 이것이 문제다. W. H. 오든은 이 문제를 다음과 같이 표현했다. "서로의 애정이 동등할 수 없다면 / 더 사랑하는 쪽이 나이기를." 커소번도 그렇다. 아내가 그의 마음을 얼마나 모르고 있는지 만약 그가 알았다면 경악했겠지만 말이다. 저자인 조지 엘리엇의 생각은 어떤지 몰라도 우리는 이 소설을 읽다 보면 커소번이 도러시아를 아끼고 지켜주고 싶어 한다는 것(지나치게 그런 감이 있지만)을 금방 알게 된다. 그러나 도러시아는 "공포에 모든 에너지를 빼앗긴 악몽 같은 삶"을 사는 기분을 느낀다. 그러면 커소번은 무엇을 느낄까? 엘리엇의 묘사에 따르면 "가엾은 커소번 씨는 자신을 향한 모든 사람의 감정을 불신했다. 남편으로서는 특히 그랬다. 자신이 질투하고 있는 걸로 보이면 사람들이 그의 약점에 관해 갖고 있(다고 추정되)는 관점을 용인해주는 꼴이 될 테고, 자신의 결혼 생활이 그다지 행복하지 않다는 것을 들키면 일찍이 그의 결혼에 부정적이었던 사람들이 옳았다고 인정하는 꼴이 될 것이다." 이것은 그에게는 『모든 신화의 열쇠』 원고 진척이 얼마나 더딘지 동료 학자들에게 들키는 것만큼이나 나쁜 일이라고 엘리엇은 덧붙였다. 『등대로』의 램지 씨는 인간의 사유가 발달하는 과정을 알파벳순으로 정렬할 수 있으리라고 믿는다. 연속되는 개념들 하나하나를 알파벳 문자로 상징한다면 자신은 A부터 Q까지 열심히 사유를 전개해온 셈이라고, 그러나 R에는 끝내 도달하지 못하리라고 생각한다. 플로베르의 두 어릿광대 부바르와 페퀴셰는 보편적인 백과사전을 편찬하려 하지만 그 작업은 영영 끝나지 않을 것이다. 마찬가지로 커소번 씨도 『모든 신화의 열쇠』라는 역작을 완성하지 못할 것이다. 이러한 지적 바벨탑들은 근본부터 달성 불가능한 임무다. 카프카는 이렇게 썼다. "만약 바벨탑을 오르지 않고 짓는 것이 가능했다면 그 일은 허락됐을 것이다."

도러시아는 이 모든 불가능한 기획이 유용하기보다는 성가신 과제가 될까 봐 두려워하지만, 커소번 씨가 외국어를 가르쳐주겠다고 제안한다든가 하는 작은 성의에는 고마워한다. 그러나 그녀가 미래의 남편에게 헌신하는 뜻에서 라틴어와 그리스어를 배우고자 하는 것은 아니다. 그녀가 "남성적 지식 분야"라고 부르는 그런 언어들을 알면 모든 진리를 더 엄밀하게 볼 수 있으리라고 기대하기 때문이다. 이것은 아빌라의 성녀 테레사(엘리엇은 도러시아를 테레사와 비교한다)가 완덕完德으로 나아가는 길에서 찾았던 바로 그 정점이다. 이렇게 보면 성 테레사는 자신의 영적인 임무에 접근하는 방식의 측면에서 도러시아보다는 커소번 신부에 가깝다. 성 테레사와 달리 도러시아는 끊임없이 자기 결론을 의심하고 자신의 무지함을 한탄한다. "고전을 통달한 남자들이, 신에게 영광을 바치고자 하는 열의를 담아 짓는 방 한 칸짜리 오두막집에 대해 묘하게도 무관심한 입장을 견지하는 것으로 보이는 상황에서, 도러시아가 그런 오두막집은 신의 영광을 위한 장소가 아니라는 자신의 결론에 어떻게 확신을 가질 수 있겠는가?"*라면서. 커소번의 목표는 지식의 추구 자체로서 그것을 온전히 성취하는 일은 언제나 지평선 저 너머에 있다. 만약 도러시아가 지식을 향한 탐구를 끈기 있게 계속해나갔다면, 그리하여 그 활동이 본질적으로 영영 끝날 수 없는 일이지만 그럼에도 가치 있다는 것을 커소번처럼 깨달았다면, 자기 의문에 대한 해답의 그림자나마 찾았을지도 모른다.

---

* 『미들마치』에서 도러시아는 가난한 소작농들을 위한 오두막집을 짓는 사업을 추진하지만 에드워드 커소번은 그 일에 무관심하고, 이에 그녀는 자기 구상의 합리성을 의심한다.

사
탄

소위 자각이라는 것이 소위 상상이라는 것에서 비롯된 것이든 아니면 그 반대이든 간에, 인류 역사 초기부터 우리는 우리 존재를 설명하기 위한 이야기를 만들었다. 신, 마법 주문, 용, 거북, 물질과 반물질의 충돌 등에 관한, "옛날 옛날에⋯⋯"로 시작되는 이야기들이 그렇게 지어졌다. 데카르트는 원시적 조물주가 우주를 "살짝 밀어서" 태어나게 했다고 주장한 탓에 파스칼의 비난을 사기도 했다. 데카르트는 그래도 창조 이후에는 조물주가 더 이상 필요하지 않다고, 이야기들은 저절로 펼쳐지게 되어 있다고 설명했다.

수많은 고대 신들을 단 하나의 전지전능한 신으로 줄여버린 유대교가 일으킨 파문은 피타고라스식 이원적 우주에 익숙했던 인류에게는 너무 편향적으로 느껴졌을 것이다. 우리가 고안하는 모든 것에는 어두운 이면이 있는 법이기에, 성경이라는 무대 위에도 금세 두 번째 인물이 등장했다. 그는 비록 궁극적으로는 신의 의지에 종속되기는 하지만 신과 마찬가지로 전지전능한 존재이며, 욥 그리고 사막에서 고행하던 신의 아들에 대한 이야기가 우리에게 전해주는 경고에서 알 수 있듯이, 그는 저 하느님을 감히 유혹할 만큼 교활하기도 하다. 그는 신의 빛에 따르는 어둠이고, 신의 창조력에 반하는 파괴력이며, 진리를 대체하는 또 다른 진리이다. 그에게는 많은 이름이 주어졌는데, 그중에는 사탄, 루시퍼, 메피스토펠레스, 바알세불, 마스테마(옛날 랍비들이 읽던 문헌에 나온다), 이블리스(코란에 나온다), 아니면 단순히 악마(devil : 그리스어로 '비방하는 사람'이라는 뜻인 diabolos에서 유래했다)도 있다. 외경인 『환희서』에 따르면 여호와가 대홍수 이후 반란을 일으킨 천사들을 추방하고 인류를 유혹에서 해방시켜주려고 하자, 사탄은 앞으로 인간의 신앙을 시험하려면 그 벌받은 천사들 가운데 10퍼센트는 자기 휘하에 실험쥐처럼 남겨두어야 한다고 신을 설득했다고 한다. 사탄이 워낙 상대방을 현혹하는 데 뛰어났기에 예수는 그를 "거짓말의 아버지"라 불렀다(이는 소설가의 정의이기도 하다).

최고선과 최고악 사이의 절대적 구분에 불만을 품었던 수피파의 시인 알 가잘리는 사탄을 위한 변명을 지어냈다. 천사들이 신의 명령에 따라 막 창조된 아담의 앞에 엎드렸을 때, 오로지 사탄만은 "천국에서는 유일한 하느님 이외의 그 누구도 숭배해서는 안 된다"

는 금제를 이유로 들어 신의 명령은 시험이라고 주장하며 거절했다는 이야기다. 알 가잘리는 신이 그 충직한 종에게 어떻게 보상했는지는 말하지 않는다. 그로부터 4세기 뒤 이집트 학자 시하브 알딘 알 누와이리가 쓴 글에 따르면, 아담이 창조된 후 사탄은 다른 천사들에게 이렇게 말했다고 한다. "주께서 이 피조물을 나보다 좋아하신다면 나는 반역을 일으킬 거야. 반대로 주께서 나를 더 좋아하신다면 나는 그를 파괴할 거야. 왜냐하면 내가 그 녀석보다 나으니까. 그분은 나를 불로 만드셨는데 녀석은 진흙으로 빚으셨잖아."

다른 종교에서 사탄은 인류를 끊임없이 위협하는 적으로 그려진다. 『신국론』에서 아우구스티누스는 사탄이 의도적으로 나쁜 본보기를 실천하고 있다며, "신을 따라서가 아니라 사람을 따라 사는 사람은 악마(사탄)와 같다"고 적었다. 한 세기 뒤 그노시스파 철학자 아펠레스는 사탄이 데미우르고스*로서 구약의 선지자들에게 영감을 주었다고 말했다. 단테는 지혜롭게도 사탄을 지구 한가운데에 위치시켰다. 천사들 중에서도 가장 아름다웠던 사탄이 반역을 일으킨 후 그곳에 추락해 머리가 셋 달린 흉측한 괴물로 변했으며, 사탄 때문에 남반구의 땅들이 공포에 질려 달아나는 바람에 그곳

* 최고신과 달리 불완전하며, 악의 근원이 되는 물질적 세계를 창조한 조물주 개념.

은 물만 남고 '사람이 살지 않는senza gente' 세계가 되었다고도 했다. 마르틴 루터는 사탄이 사람을 괴롭히고 집적거리는 존재라고 보았고(일찍이 성 안토니우스도 같은 생각이었다), 바르트부르크성의 서재에서 그가 사탄에게 잉크병을 집어 던지는 바람에 벽에 생긴 잉크 얼룩이 한 세기가 지난 오늘날까지도 남아 있다. 밀턴은 사탄을 뫼비우스의 띠 같은 것이라고 상상했다("어느 쪽으로 날아가든 지옥이다. 나 자신이 지옥이므로"). 괴테는 약간의 연민을 담아, 사탄이 비참한 존재이고 "비참은 동반자를 찾게 마련이므로" 인간을 유혹하는 것이라는 설을 제시했다. 최근 코란 해석가들의 언급에 따르면, 사탄이 이브를 유혹했을 때 뱀이 아니라 "빨강, 노랑, 초록, 하양, 검정이 섞인 알록달록한 꼬리, 진줏빛 갈기, 토파즈색 털, 금성과 목성 같은 눈을 하고, 사향과 용연향이 섞인 듯한 향기를 풍기는" 아름다운 낙타의 형상을 취했다고 한다.

사탄(또는 그의 심상)이 지금도 우리 곁에 있음은 분명하다. 오스트리아, 바이에른 지방, 크로아티아, 체코, 헝가리, 슬로바키아, 슬로베니아, 이탈리아 북부에서 크람푸스라는 이름으로 불리는 사탄은 오늘날까지도 산타클로스와 함께 돌아다니며 못된 아이들을 자루 속에 집어넣어 자작나무 가지 다발로 매를 때릴 기회를 엿보고 있다. 크람푸스는 기독교 이전부터 존재했던 뿔 달린 흉측한 괴물로, 이제는 자신이 교회의 뜻에 묶여 있음을 나타내기 위해 사슬을 들고 다닌다. 어떤 경우 사탄은 푸들, 독사, 용, 심지어 신사의 모습으로 나타나기도 한다.

다시 단테의 주장을 소개하자면, 그는 우주의 모든 것이 신의 사랑에서 비롯된 결실이므로 죄악도 마찬가지라고 했다. 이 관점에 의하면 사탄은 신이 투사하는 사랑을 왜곡하거나 비트는 존재로서, 인간들에게 과도한 사랑을 부추겨 욕정이나 탐욕을 일으키거나, 반대로 불충분한 사랑 때문에 질투, 나태, 분노에 시달리게 하거나, 사랑을 부적절한 대상으로 돌려 허욕이나 교만을 유도한다고 한다.*

성 보나벤투라는 우리가 불가해한 고통을 맞닥뜨렸을 때 느끼는 당혹감은 신의 완벽한 공정성에 대한 믿음이 부족하다는 뜻에 불과하다며, 우리로서는 전체 맥락을 모르니 납득을 못 하는 것뿐이라고 썼다(『로드 짐』이나 『로미오와 줄리엣』을 처음 몇 장만 읽고 짐을 겁쟁이로 보거나 로미오를 단순한 바람둥이라고 생각하는 격이다). 우리는 나날이, 지금도, 그리고 언제나 우리를 괴롭히는

---

* 실제로 『신곡』에서는 사랑의 과잉을 욕정, 탐욕, 식탐으로, 사랑의 부족을 나태로, 사랑의 왜곡을 분노, 질투, 교만으로 분류하는데, 저자의 착오가 있었던 것으로 보인다.

악명 높은 사건들을 이해하기 위해 사탄에 의존한다. 사탄은 우리 귀에 끔찍한 것들을 속삭이고 극악무도한 행위를 부추긴다고. 질병, 전쟁, 기근이 일어나는 것도, 칼리굴라, 괴벨스, 비델라가 권력을 차지하는 것도, 고문, 살인, 아동 학대도 전부 사탄의 수작이라고. 사탄은 우리의 악몽 같은 행동과 피로 물든 꿈에 모호한 변명거리가 되어준다. 그러나 유감스럽게도 그 모든 일이 그의 책임이라는 주장은 궁극적으로 설득력이 떨어진다.

사탄의 작업이 신의 노동에 따르는 어두운 이면이라고 본다면, 세상에 만연한 고통은 신의 에너지가 특정한 방식으로 결핍된 현상이라고 이해할 수도 있겠다. 전능하신 하느님이 스스로의 불완전한 작품에 진력이 나서 기진맥진해버린, 상상할 수도 없는 일이 벌어진 것이다. 하시드파 유대교에는 다음과 같은 이야기가 전한다. 폴란드 중부에 있는, 알려지지 않은 한 마을에 작은 유대교 회당이 있었다. 어느 날 밤 랍비가 평소대로 일과를 보다가 회당에 들어갔는데 어둑한 구석에 앉아 있는 하느님이 보였다. 랍비는 얼굴을 바닥에 맞대고 엎드려 외쳤다. "주 하느님, 여기서 무엇을 하고 계시옵니까?" 그러자 하느님은 우레나 폭풍 같은 음성이 아닌, 다만 조그마한 목소리로 이렇게 대답했다. "피곤하구나, 랍비여. 나는 피곤해서 죽을 지경이다."

히포그리프

24

아리오스토의 46곡짜리 서사시 『광란의 오를란도』에 등장하는 수많은 왕, 여왕, 귀족, 숙녀, 해적, 하인, 마법사, 우화적 화신, 신화적 동물 중에서 유독 아무 탈 없이 위풍당당하게 시 전체를 가로지르는 존재가 하나 있다. 제2곡에서 처음 등장했을 때는 이름 없이 "날개 달린 말"로 나오는 그는 아틀란테라는 마법사(역시 이때는 이름이 안 나오지만)를 태우고 하늘을 힘차게 나는 모습으로 묘사된다. 그러다 시의 막바지에 이르면 그는 자기 기수와 함께 영예를 얻고, 다른 누구도 아닌 사도 요한의 치하를 받아 아스톨포 기사에게서 해방되어 홀연히 종적을 감춘다. 지구에서 달까지 종횡무진하며 여러 눈부신 공적을 쌓고 파란만장한 여정을 통과하며 위업을 달성한 뒤의 일이었다. 이야기의 결말에서 그가 자유를 얻어 마땅하다고 생각하지 않을 독자가 누가 있겠는가? 누구나 환호하게 마련이다.

사람들은 히포그리프가 어떻게 생겼는지 안다고들 생각한다. 아리오스토는 자칫 이 고귀한 동물이 허구라고 무시당할까 봐 제 4곡에서 우리에게 이렇게 단단히 이른다.

그가 타는 동물은 허구가 아니라
그리핀과 암말이 낳은 자손이라네
그 깃털, 앞발, 주둥이, 날개, 머리
모두 제 아비에게서 물려받았고
나머지는 제 어미가 물려주었지
이름은 히포그리프라네. 희귀한 동물이지만
북부의 싸늘한 바다 너머 저 멀리,
리페안 산맥*에서 찾을 수 있다네.

여기서 "희귀한 동물이지만"이라는 구절이 중요하다. 이 동물은 인간의 눈에 거의 띄지 않는다는 뜻이다. 하지만 '거의'와 '결코'는 다르다. 베르길리우스는 이미 『전원시』에서 그리핀이 암말과 교미하리라고 선언한 바 있다. 고대 주석가들이 그리핀과 말은 철천

---

* Rhiphaean. 가상의 지명.

지원수 사이라고 말한 것을 생각하면 있을 성싶지 않은 일이고,* 베르길리우스도 그런 때는 영영 오지 않으리라는 뜻에서 한 말이긴 했다. 그러나 이런 수사적 장치들은 으레 우리 상식이 틀렸음을 증명하고야 만다. 시 속에서라도 그리핀과 말을 짝지으면 가상의 동물이 실제 가축과 같은 사실성을 얻는 것이다.

아리오스토는 이러한 이치를 알았다. 비록 그런 멋진 일이 드물다 해도, 딱 한 마리라도 태어날 수 있다면 자기 이야기의 내적 진실은 충족될 것임을 깨달았다. 그래서 그는 다른 마법 동물들을 무시하며 이렇게 적는다. "(히포그리프는……) 다른 괴물들과 달리 마법적인 동물은 아니다. 하지만 진짜로 실재하는, 자연이 낳은 불가사의다." 이렇게 강경한 증언을 어떻게 의심할 수 있겠는가?

히포그리프는 하나뿐이면서 동시에 보편적이다. 희귀함에도 불구하고 그는 우리에게 허용된 괴물들의 목록에 속한다. 세상에 단 한 마리만 존재할 수 있다는 피닉스와 같이, 히포그리프의 심상도 독특하기는커녕 너무나 그럴싸하기 때문에 우리 상상 속에 자주 출몰하는 동물이 된 것이다. 아리오스토의 시 결말에서 자유의

---

* 그리핀은 말을 잡아먹는다고 알려졌기에 "그리핀이 암말과 교미하리라"는 베르길리우스의 표현은 곧 '불가능한 것'을 의미했다.

몸이 되어 날아간 이래로 그는 새로운 모험의 토양을 찾았다. 예컨대 평범한 바다 괴물과 맞서 싸우는 역할은 단순히 날개 달린 말보다는 용처럼 생긴 말이 맡는 것이 더 적합해 보이기에, 히포그리프는 페르세우스와 안드로메다 사이에서 활약한 자기 사촌 페가수스를 제치고 아리오스토의 이야기 속 루지에로와 안젤리카와 함께 앵그르의 그림에 출현했다. 또한 칼데론 데라바르카의 『인생은 꿈』에서도 마법의 나라에 고삐 풀린 말이 등장하는 것은 충분히 멋지지 않기에, 말 대신 "바람처럼 빨리 달리는 거친 히포그리프"가 이 희곡의 초반에 출현하여 로사우라 공주를 안장에서 떨어트려 꿈의 세계로 인도하는 역할을 맡는다. 히포그리프는 좀비나 늑대인간보다 훨씬 진귀한 귀족 같은 인상을 풍겨서, 지난 한 세기 동안 E. R. 에디슨의 『벌레 우로보로스 *The Worm Ouroboros*』에서부터 J. K. 롤링의 '해리 포터' 시리즈에 이르기까지 많은 판타지 소설 작가들이 자기네 왕국에 이 멸종 위기종을 내보내곤 했다.

그런데 히포그리프에게는 또 다른 특징이 있다.

르네 마그리트는 〈선택적 친화력〉이라는 자신의 그림을 해설하면서, 우리는 보통 새장에 새가 있다는 것을 알지만 만약 그 안에 새 대신 물고기나 신발이 들어 있다면 더 흥미로운 장면이 되리라고 말했다. "그런 장면은 아주 이상하긴 하죠. 너무 우연적이고 자의적이어서 어색할 겁니다. 하지만 때로는 그런 새로운 장면에 도리어 뭔가 완전한, 딱 들어맞는 구석이 있어서 자세히 살펴보지 않을 수 없는 경우도 있어요. 이 그림은 새장 속에 달걀이 들어 있는 장면입니다." 마그리트는 이 이야기에서 juste*라는 표현을 썼다. 아리오스토의 히포그리프도 바로 그런 경우다.

그리고 무엇보다도, 전투, 우정, 갈등, 격렬한 임무 수행 등 이런저런 요소가 뒤섞인 대서사시 『광란의 오를란도』 자체가 'juste'하다고 할 수 있다. 이 환상적 이야기는 거의 모든 서사시 계열 문학을 통틀어(『반지의 제왕』도 포함해서) 가장 많은 인물이 등장하며, 가장 흥미진진한 작품 중 하나일 뿐만 아니라, 세심한 감식안을 갖추고 본다면 이 이야기의 모든 것이 한결같이 딱 떨어진다는 것을 알 수 있을 것이다. 아리오스토는 다른 길로 가거나, 다른 반전을 꾀하거나, 특정 장면을 더 길게 늘리거나 아니면 더 짧게 끊거나 하지 않고 시종일관 적절한 선택만을 했다. 이 이야기에 일관성을 부여하는 것은 심리적, 역사적 개연성이 아니고, 심지어 서사적 개연성도 아니며, 시간과 공간에 대한 고전적인 개념 또한 당연히 아니다. 46곡의 긴 시편들에 걸쳐 독자를 산봉우리에서 계곡으로, 성에

---

* '정당한' '공정한' '정확한'이라는 뜻의 프랑스어.

서 바다로, 지구에서 달로 그리고 다시 지구로 이끌며 운율을 따라 흘러가는 단어들은 한순간도 "너무 우연적이고 자의적이어서 어색"해 보이지 않는다. 이 모험을 지배하는 것은 광포한 시적 논리로서, 주인공의 광란에 충실하게 조응한다. 이것의 상징이 바로 히포그리프다. 불가능성에서 태어난 불가능성이자, 꿈속의 꿈처럼 합리적인 존재.

네
모 선
장

2$\overset{5}{5}$

네모, 나디에, 니만트, 네수노…… 이처럼 스스로를 부정하는 정체성의 이름은 거의 모든 서양 언어에서 N으로 시작한다.* 요한 고틀리프 피히테는 '누군가'(라틴어로 aliquis)를 현존하는 '나'로 정의하고, '아무도 아닌 자'(라틴어로 nemo)를 '나'의 없음으로, 구체화된 존재의 결여로, 실재의 블랙홀 같은 것으로 정의함으로써 두 개념 사이에 철학적 구분을 지었다. 후자의 정체성을 택했던 오디세우스는 우둔한 키클롭스에게 자기 이름을 '아무도 아닌 자'라고 가르쳐줌으로써 목숨을 구했다. 이름 없는 이름이 그를 구한 셈이다. 쥘 베른도 자기 주인공에게 같은 의미의 이름을 지어주었다. 바다의 반역자, 그린피스 전사들의 선구자, 아나키스트와 테러리스트

* Nemo, Nadie, Niemand, Nessuno. 각각 라틴어, 스페인어, 독일어, 이탈리아어로 '아무도 아닌 사람nobody'을 뜻함.

라는 말이 생기기도 전부터 이미 아나키스트이자 테러리스트였던 사람, 네모.

그래서 네모 선장은 누구인가?

자신만만하고, 깊은 검은색 눈으로 수평선의 4분의 1을 단번에 볼 수 있고, 차갑고, 창백하며, 정력적이고, 용감하고, 거만하고, 나이는 적으면 서른다섯에서 많으면 쉰쯤 되었으며, 키가 크고, 이마가 넓고, 콧대는 곧고, 입술 선이 또렷하며, 치아가 근사하고, 고결하고 열정적인 영혼에 걸맞은 길고 섬세한 손을 지닌 사내. 잠수함 노틸러스호에서 겁에 질린 아로낙스 교수 앞에 나타난 네모 선장의 모습은 이러했다. 『해저 2만 리』를 비롯해 쥘 베른의 걸출한 소설들을 펴낸 출판사 피에르쥘 헤첼 편집부는 네모 선장이 그 창조주와 닮았음을 알아보고, 삽화가인 에두아르 리우에게 쥘 베른을 모델로 이 책의 주인공을 그리라고 주문했다고 한다.

네모는 투사이자 이단자요, 이상주의자다. 마지막 단어는 오늘날에는 심하게 폄하되지만 19세기 당시에는 다르게 받아들여졌다. 또한 네모는 독서가이기도 하다. 네모는 자기 배에 억류된 손님에게 기이한 해양 동물들을 교묘하게 조리한, 원재료를 알아볼 수 없는 신기한 요리들을 대접한 뒤, 자신의 해저 처소로 그를 안내한다. 가장 먼저 데려간 곳은 서재다. "검은 자단에 구리로 세공된 높다란 책장들이 방의 벽을 빙 둘러 늘어서 있고, 널찍한 선반마다 일률적으로 장정된 책들이 잔뜩 들어차 있었다. 책장 하단은 고동색 가죽이 대어진 커다란 소파로 이어졌는데, 앉는 사람이 최대한 편안하게끔 둥글게 굽은 형태였다. 가벼운 이동식 독서대들은 원하는 대로 밀어내거나 끌어당길 수 있어서 책을 손쉽게 올려놓고 훑어볼 수 있었다. 방 한가운데에 놓인 거대한 책상은 소책자로 뒤덮여 있고 드문드문 오래된 신문들도 눈에 띄었다. 소용돌이무늬가 새겨진 천장에 달린 젖빛 반구형 전등 네 개에서 쏟아지는 전깃불이 이 조화로운 풍경 전체를 환히 비추었다." 아로낙스 교수는 네모 선장과 함께 깊디깊은 심해까지 방문했을 서재에 경탄을 보내며, "뭍에 있는 어지간한 왕궁에 있는 서재라 해도 손색이 없을 법하다"고 말한다. 그러나 네모 선장은 자기 서재가 딱히 특별하다고는 생각하지 않을 것이다. "이곳보다 더 큰 정적이나 고독을 누릴 수 있는 곳이 어디 있겠습니까, 교수님?" 그는 손님에게 묻는다. 네모에게(그리고 우리에게도) 정적과 고독은 진정한 서재의 두 가지 필수 요소다. 그런 곳에서만 독서가는 언어로 이루어진 인물들로 무한히 해체되어 언제나 '아무도 아닌 사람'이 될 수 있다.

네모 선장의 서재에는 여러 언어로 된 과학, 윤리학, 소설 분야의 장서가 1만 2천 권가량 보관되어 있다. 이 장서 목록에는 세 가지 특성이 있다. 첫째로는 정치경제학 서적이 한 권도 없다는 점이다. 이 서재의 까다로운 주인이 그 분야의 이론에는 만족하지 못하기 때문이다. 둘째, 네모 선장은 무엇이든 손에 넣는 대로 읽는 편인 듯, 이런저런 주제와 언어의 책들이 논리적인 규칙 없이 뒤죽박죽 섞여 있는 것처럼 보인다. 셋째, 이 잠수함의 서가에는 신간 도서가 존재하지 않는다.

선장은 이 1만 2천 권의 책이 "육지와 나를 아직까지 연결해주는 유일한 끈"이라며 이렇게 설명한다. "하지만 노틸러스호가 처음 잠수를 시작한 날부터 나는 해안과는 영영 연을 끊었어요. 그날 내가 사들인 책, 소책자, 신문이 마지막이었습니다. 그때부터 나는 인류가 더 이상 생각하지도, 글을 쓰지도 않는다고 믿기로 작정했지요. 아무튼 이 책들은 교수님 마음대로 읽어도 됩니다." 1865년 출간된 조제프 베르트랑의 『천문학의 창시자들』이 책장에 꽂혀 있는 것을 알아본 아로낙스 교수는 네모 선장이 수중 생활을 시작한 지 3년이 채 되지 않았으리라고 짐작한다. 즉 이곳의 현재 시간은 1868년으로, 쥘 베른의 『해저 2만 리』가 연재되기 2년 전의 시간대다.

모든 서재에는 자서전과 같은 성질이 있다. 그렇다면 네모 선장의 서재에서는 그 주인의 숨겨진 정체성이 일부 드러난다고 할 수 있다. 우선 선장은 수면 밖의 세상에, 혼잡한 인간 사회에 학을 뗀다. 그래서 노틸러스호에서 은둔하는 편을 선호한다. 그는 발명의 정신, 윤리적 상상력, 인류의 끝없는 호기심을 지지하는 반면, 인류의 무절제함, 폭압을 즐기는 성향, 피에 굶주린 탐욕을 혐오한다. 그는 무엇보다도 자유를 좋아하지만, 아무 자유나 좋아하는 것은 아니다. 노틸러스호 서재의 책들 가운데 피에르 조제프 프루동의 『사회적 문제의 해결책』이 있을지도 모르겠다. 쥘 베른도 잘 아는 책이었다. 그 책에서 프루동은 우의적인 논조로 이렇게 썼다. "그것은 입헌군주제의 경우처럼 질서에 종속된 자유가 아니다. 질서를 대변하는 자유도 아니다. 제한된 자유가 아닌, 상호적 자유다. 자유는 질서의 딸이 아니라 어머니다." 프루동은 이렇듯 생명을 낳는 자유를 '긍정적 무정부 상태'라 불렀다. 네모 선장도 같은 신념을 갖고 있지만, 프루동의 이상주의적 제안에 만족하지는 않는다. 그는 라바숄, 오귀스트 바양, 에밀 앙리, 산테 카세리오 등과 같은, 자신들의 신념을 폭탄과 암살이라는 언어로 번역했던 19세기 극렬 아나키스트들의 선구자라 할 수 있다. 노틸러스호가 일으킨 고의적 난파 사고들도 명백히 테러 행위의 일종이었다.

　소설의 후반부에서 네모 선장의 폭력 성향이 드러나자 헤첼 출판사는 겁을 냈다. 편집부의 반대 의견에 맞서 베른은 소설의 규칙을 따르자면 그 외에 다른 방식으로는 이야기를 풀어갈 수 없다고 답했다. "인간 정신의 산물 중에서도 가장 아름다운 것"을 아로낙스 교수에게 보여주던 무뚝뚝한 애서가가, 인류의 스승이 아닌 "음산한 처형인"으로서의 면모를 발휘해야 하는 순간이 있다는 것이다. 책은 네모를 지식으로 안내하고 인류 공통 경험의 견본들을 보여주었지만, (독서가들이라면 알다시피) 책이란 한 권이든 1만 2천 권이든 간에 읽는 사람이 선택한 길만을 비춰줄 수 있다. 책은 독서가에게 어떤 의무적인 목표를 정해줄 수도, 심지어 특정한 방향을 강요할 수도 없다. 훗날 베른은 『신비의 섬』에서 자신의 아나키스트 주인공이 환멸 속에서 패배를 인정하는 이야기를 썼다. "고독, 고립…… 이런 것들은 인간의 힘으로 어쩔 수 없는 슬픈 일이로구나. 나는 혼자만의 삶이 가능하리라 생각했던 탓에 죽는구나!" 네모는 고통스러워하며 토로한다.

베른의 손자인 장쥘 베른의 말에 따르면, 그는 러시아 제국에 맞선 폴란드인들의 싸움에 대해 쓰고 싶어 했으나 프랑스 정부의 검열 때문이었는지 끝내 그러지 못했다고 한다. 그 대신 쓴 작품이 『해저 2만 리』였다. 네모 선장은 구체적이기보다는 보편적인 혁명가다. 그는 자신이 "위대한 범죄자"로 알려질 것이라며, 오만한 미소를 지으면서 말한다. "아무렴, 반역자 말이지. 인류에 맞선 무법자!" 그런데 한번은 아로낙스 교수에게 "내가 바로 법이고, 내가 재판소요!"라고 말하기도 한다. 그는 자신이 공격하려는 배를 가리키며 이렇게 덧붙인다. "나는 핍박당한 사람이고, 나를 핍박한 자들이 바로 저기에 있소! 저들 때문에 내가 사랑하고 아끼고 존경한 모든 것이, 내 조국, 아내, 아이들, 아버지와 어머니까지 전부 내 눈앞에서 파괴되었단 말이오! 내가 증오하는 모든 것이 저기에 있다고!"

이어서 벌어진 끔찍한 파괴의 장면을 목도한 직후 아로낙스 교수는 잠들려 애쓰지만 잠을 이루지 못한다. 이미 읽은 책을 처음부터 훑어나가듯 그는 자신의 이야기를 처음부터 회상한다. 최근 겪은 일들을 돌이켜보는 그의 상상 속에서 네모 선장은 어느덧 동류 인간이 아닌 "심해의 동물, 바다의 넋"으로 변신한다. 이때 베른의 소설 속 인물인 아로낙스 교수는 그 소설을 읽고 있는 우리 독자들의 눈앞에서 자기 자신이 겪은 모험의 독자가 된다. 네모는 이제 아로낙스와 같은 인간이 아니라 무언가 더 어마어마하고, 이해하기 어렵고, 공포스럽고, 베른의 상상에 얽매이지 않는, 우주적 서재에 속하는 무언가가 된다. 이 마법 같은 순간에 주인공과 저자, 저자와 독자, 독자와 주인공이 한데 뒤섞여, 책 속과 책 밖을, 그리고 이야기가 쓰인 시간과 지금 그 이야기를 읽고 있는 우리의 시간을 모두 아우르는 하나의 존재로 합쳐지는 것이다.

프
랑
켄
슈
타
인
의
　
괴
물

26

피타고라스 사상의 전통에 따르면 모든 생명체에게는 그와 똑같은 존재가 있거나, 있었던 적이 있거나, 있을 것이라고 한다. 토머스 브라운 경은 이렇게 적었다. "모든 사람은 단지 그 자신만이 아니다. 이제까지 많은 디오게네스가 있었고 또 많은 티몬이 있었다. 비록 그 이름을 가진 사람은 소수였지만 말이다. 사람은 누구나 삶을 다시 살고 있고, 지금의 세상은 오래전에 이미 존재했던 세상이다. 당시에는 그 사람이 존재하지 않았어도, 그 사람과 매우 유사한, 이를테면 되살아난 자아라고 할 만한 사람이 있었다."

이 오래된 개념을 누구보다도 잘 구현하는 존재는 18세기 끝자락의 "어느 슬픈 11월 밤", 독일의 잉골슈타트에서 태어난('태어났다'는 동사가 이 경우에도 허용된다면) 생명체일 것이다. 그에게는 이름이 없다. 처음부터 어른인 채로 세상에 나타난 그는 대학 해부 강의실과 지하 시체 안치소에서 다양한 인체 부위와 장기로 만들어졌고, 건장한 신체 비율과 고전적인 아름다움을 기준으로 선택되었다. 그 창조주의 고백에 따르면 자신이 바라던 결과물은 아니었다고 한다. 조각조각 짜깁기된 그의 몸뚱이가 막상 생명을 얻고 나니 각 부위들이 온전히 기능하지 못했던 탓이다. "누르스름한 피부는 그 밑에서 꿈틀거리는 근육과 동맥을 숨기지 못했고, 반질반질 윤이 나는 머리카락은 물결처럼 늘어졌으며, 치아는 진주 같은 흰색이었다. 그러나 이 화려한 특징들은 희끄무레한 회갈색 눈구멍과 거의 같은 색깔인 축축한 눈동자, 쭈글쭈글한 얼굴, 곧고 거무스름한 입술과 대조되어 더더욱 섬뜩해 보일 뿐이었다."

프랑켄슈타인 박사의 소망은 여자를 통하지 않고 생명을 만드는 것이었다. 정자만으로 생명을 창조하는 것은 연금술사의 목표요, 가부장의 꿈이자, 매드 사이언티스트의 지향점이다. 유대 민담에 나오는 골렘에서부터 각종 우화와 과학에서 구현된 움직이는 조각상들까지—아담의 갈비뼈로 만든 이브, 피그말리온의 상아상 여자, 제페토의 목각 인형 피노키오, 18세기와 19세기 초에 메리 셸리와 그 주변인들을 강렬히 매료시켰던 자동인형의 발명도 모두, 남자들이 여자의 도움 없이 스스로 생명을 창조하는 능력을 상상했던 결과다. 즉 임신할 수 있는 독점적 능력을 여자들에게서 빼앗고자 했던 것이다. 프랑켄슈타인 박사의 괴물을 만드는 데에는 한 명의 여자도 기여하지 않았다. 순전히 남자의 힘으로만 추진된 일이다. 중세 신학자들의 관점에서 남녀 간 성교 없는 수태는 끔찍한 죄악이었다. 16세기 스페인 학자 랍비 모세스 코르도베로는 "남자와 여자의 결합과 교접은 천상으로부터의 교접을 나타내는 계시다"라면서, 이 성스러운 방법을 어떤 식으로든 벗어나는 행위는 신의 뜻을 거스르는 처사라고 보았다. 프랑켄슈타인 박사는 시체 토막들로 생명을 창조함으로써 신의 전능함에 반하는 죄를 짓고 있었던 셈이다.

그런데 이 신화에는 또 다른 측면이 있다. 프랑켄슈타인의 괴물이 겪는 곤경 말이다. 고통받았던 아담과 마찬가지로, 그도 자기 의사와 전혀 무관하게 세상에 태어나 살아 움직이는 점토 덩어리였다. 이 괴물의 가장 원시적인 날것의 형태는 생명이 주어진 나무 인형 골렘이고, 가장 고차원적인 형태는 스스로를 경이로운 작품이라 자찬하는 햄릿이나, 자신이 단지 꿈속의 형상이 아닌지 자문하는 세기스문도라 하겠다. 괴물의 흉측한 얼굴에는 이러한 번민과 황홀경이 모두 드러난다. 우리가 영화를 통해 익히 알고 있는 괴물의 얼굴은 이론의 여지 없는 우리 시대의 아이콘이다. 마치 그레타 가르보의 얼굴처럼. 보는 사람의 마음을 어지럽히는 가르보의 고전적 이목구비는 단테가 그렸던 베아트리체와 같이 "우리의 영적 그리움을 받는 빛나는 얼굴", 우리 자신의 얼굴을 비춰 보이는 얼굴로서, 서양인들은 거기에서 정신적 아름다움과 초월적 지혜를 연상한다. (관객들의 기억 속에서 영영 잊히지 않을 〈크리스티나 여왕〉의 마지막 장면을 촬영할 당시 가르보가 루벤 마물리안 감독에게 어떻게 연기해야 하겠느냐고 묻자, 감독은 "아무 생각도 하지 말라"고 지시했다고 한다. 그 공백은 바로 우리, 관객들을 위해 만들어진 곳으로서, 우리는 그 텅 빈 공간에 빠져들어 스스로를 잊게 된다.) 프랑켄슈타인이 만든 괴물의 얼굴은 가르보의 얼굴에 대응하는 상대역이요, 그 그림자라 할 수 있다. 그것은 우리가 지닌 인간 이하의 측면을 표상하며, 어느 날 우리가 무심코 본 거울에서 마주치게 되지나 않을까 두려워하는, 도리언 그레이의 그림 속 얼굴이나 하이드 씨의 사악한 얼굴과도 같은 바로 그 이목구비를 지녔다. 가르보의 얼굴이 성스럽도록 텅 비어 있다면 괴물의 얼굴은 악마처럼 꽉 차 있어, 우리가 감추고 싶어 하는 것들이 그 또렷한 솔기들 사이로 금방이라도 터져 나올 듯하다. 가르보의 얼굴이 '선하다'고 할 수 없는 것과 마찬가지로 그것도 '사악하다'고 할 수는 없지만, 전자가 아무런 오점 없이 순전한 반면 후자는 형편없이 고약하다. 메이크업 아티스트 잭 피어스의 창의적인 솜씨 덕분에 그것은 여느 인간형 괴물들을 능가하는 모습이 되었다. 그것은 얼굴이라는 게 어떻게 생겨야 하는지 알기는 하지만 제대로 구현하지는 못하는 사람이 떠올릴 법한, 잘못 그려진 얼굴이다. 그 얼굴은 너무나 커서 만약 가까이 마주하면 체스터턴의 말마따나 "불가능할 정도로 커져버릴 것만 같은" 공포로 우리의 허를 찌른다. 그것은 완벽한 실패작이며, 신의 형상을 본떠 만들어졌다는 성경 속 얼굴을 조롱하는 익명의 얼굴이다. 영화에서 괴물의 얼굴로 분한 배우는 보리스 칼로프였지만 출연진 명단에서 그의 이름은 물음표로 대체된 바 있다.

빅토르 프랑켄슈타인 박사가 창조한 괴물은 참을 수 없을 정도로 추하다(이 사실은 그 누구도, 심지어 그의 아버지마저도 부정하지 않는다). 자신이 상대방을 두렵게 한다는 것을 알게 된, 그리고 스스로가 불러일으킨 공포와 마주한 괴물은 공격에 나서기도 하고 스스로를 방어하기도 한다. 그는 남들 눈에 보이지 않는 한에서만 사람들과 섞여 살아갈 수 있는데, 이렇게 스스로의 존재성을 부인하는 존재 방식은 (조지 버클리가 설명했다시피) 차라리 부존재의 방식이 되어버린다. 늙은 맹인 은둔자가 그를 집에 받아들여 준 덕분에 괴물은 인간의 생활 방식을 익히고, 한 스위스 청년이 창밖에서 괴물이 몰래 엿듣는 줄도 모른 채 볼네이의 『제국의 폐허』 속 점잔 빼는 문장들을 소리 내어 읽은 덕분에 그는 세계사를 공부하기도 한다. 그러다 발각되자 그는 몸에 표식이 새겨진 사냥감처럼 쫓기는 신세가 된다. 그가 결백한지, 죄를 지은 적이 있는지 물어보는 사람조차 아무도 없다. 괴물은 무고하게 비방당하는 희생양의 전형으로서 폭력을 저지르지 않을 수 없는 상황으로 내몰린다. 희생양들이 다 그렇듯 그도 자신이 왜 미움받는지 알고 싶어 한다. 그가 이 세상에 존재하는 것이 그의 잘못은 아니다. 『프랑켄슈타인』의 제사에 나오는 밀턴의 『실낙원』 속 글귀가 이를 명확히 한다. "조물주여, 내가 점토였던 나를 사람으로 만들어달라고 부탁했나이까? 어둠 속에서 나를 일으켜달라고 간청했나이까?" 야심찬 광인 또는 부주의한 발명가의 산물인 괴물은 아담과 같은, 즉 우리 모두와 같은 가혹한 운명을 타고났다. 그런 고통에도 불구하고 그는 죽고 싶어 하지 않는다. "비록 괴로움만 쌓일지라도 삶은 내게 소중하고, 나는 그걸 지킬 것이오." 그는 자기 조물주에게 선언한다. "나는 본래 인정 많고 선량했소. 고통이 나를 악귀로 만든 거요. 나를 행복하게 해주시오, 그러면 다시 도덕적으로 변할 테니."

괴물은 프랑켄슈타인 박사에게 거래를 제안한다. 자신과 비슷하게 생긴 반려자를 만들어주면 둘이서 남아메리카의 야생으로 떠나 영원히 종적을 감추겠다고. (남아메리카 독자들에게 부치는 메모 : 불쌍한 괴물 같으니라고! 괴물이 행복한 여생을 보낼 곳으로 우리 대륙에서 대체 어느 나라를 선택할까? 피노체트의 칠레? 장군들의 아르헨티나? 마두로의 베네수엘라? 보우소나루의 브라질?) 제임스 웨일 감독이 만든 할리우드 영화에서는 그의 이상적인 배우자로 물결치는 곱슬머리 가발을 쓴 엘사 란체스터가 등장했지만, 메리 셸리의 원작에서 박사는 그 거래를 분연히 거절한다. 그러자 괴물은 북유럽으로 도망쳐 길고 고통스러운 도피 끝에 북극 너머 캐나다의 빙원에서 자취를 감춘다. 셸리가 직접 언급하지는 않았어도 이 최후의 목적지는 괴물과 완벽하게 맞아떨어진다. 왜냐하면 우리 상상 속 세계 지도에서 캐나다는 인류의 꿈, 희망, 악몽을 써 내려갈 수 있는 광활한 백지와도 같기 때문이다.

『야고보서』제1장 23~24절에서 사도 야고보는 성경 말씀을 듣고도 실천하지 않는 사람은 거울에 스스로를 비춰 보고는 자기가 누구인지 잊어버리는 사람과 같다고 말한다. "그는 스스로의 모습을 바라보고는 물러나, 자신이 무엇으로 만들어졌는지 이내 잊어버리기 때문입니다." 프랑켄슈타인이 수많은 사람을 짜깁기해 만든 괴물은 적어도 어떤 부분에서는 우리 자신의 거울이라고 할 수 있다. 우리가 기억하고 싶지도 않고 그럴 엄두도 못 내는 무언가를 비춰 보이는 거울 말이다. 우리가 그를 두려워하는 까닭은 아마도 그 때문일 것이다.

사
오
정

27

장거리 여행 이야기는 모험소설 중에서도 가장 사랑받는 테마인 것 같다. 주인공들이 어떤 목적지를 선택했든 간에 그곳으로 향하는 정도正道에서 뜻하지 않게 이탈하는 경험을 선사하기 때문일까. 오즈로 떠난 도로시와 그 동료들, 브레멘 악단의 동물 음악가들, 잭 케루악과 그 친구들, 삼총사, 루이스 라무어의 서부시대 소설에 나오는 포장마차들은 서구에서 잘 알려져 있다. 그러나 중국에서 가장 유명하고 소중히 여겨지는 장거리 여행 및 모험 소설이라면, 불교 경전(이를 세 가지 불전, 즉 삼장三藏이라 하는데, 삼장 법사의 이름은 여기서 차용했다)을 구하러 인도로 떠난 삼장 법사와 그를 수행하는 세 영웅 이야기일 것이 틀림없다. 삼장의 살을 뜯어 먹으면 영생을 얻을 것이라 믿는 가지각색의 마귀와 괴물 들이 그들의 앞길을 가로막을 때마다 세 영웅은 그들을 물리치고 삼장을 지켜낸다. 삼장이 벗들을 독려하면서 한 말마따나, "한 생명을 구하는 것이 7층짜리 탑을 짓는 것보다 낫"기 때문이다. 이 모험가들에게는 기이한 일이 너무나 많이 일어나다 못해 더 이상 기이하게 느껴지지 않을 정도이며, 독자들은 다음 장에서 또 다른 용, 천계의 신, 요괴가 튀어나오기를 기대하게 된다. 기대는 매번 충족된다.

삼장 법사를 수행하는 세 동무 중 가장 유명한 이는 원숭이(오승은의 『서유기』는 서양에서 『원숭이』라는 제목으로 흔히 번역된 바 있다), 즉 손오공이다. '공허를 깨닫다'는 뜻의 오공悟空이라는 이름은 한 신선이 그에게 진리를 깨우치라고 지어준 것이다. 손오공은 탄생부터 비범했다. 그는 화과산花果山에서 하늘과 땅의 교접으로 나온 돌 알에서 태어났다. 손오공은 순수하게 정신적 목표를 위해 움직이는, 일종의 협잡꾼 같은 영웅이다. 명부冥府의 시왕十王*들은 손오공이 어디에 속하는지 분류해보려고 하지만 그럴 수가 없어서 애를 먹는다. 손오공은 기린의 백성이 아니므로 어떤 동물의 분류에도 들어맞지 않고, 그렇다고 봉황의 백성도 아니어서 새라고 할 수도 없다. 마침내 그들은 '제1350호'라는 제목의 생사부에서, 손오공이 '하늘이 낳은', 342년의 수명을 타고난 생명체로 기록되어 있는 것을 찾아낸다. 하지만 손오공은 이 결론을 용납하지 못한

---

* 죽은 사람이 생전에 지은 선행과 악행을 저승에서 재판하는 열 명의 왕.

다. 저자 오승은의 표현을 빌리자면, 그는 "신선들을 찾아내 불로불사의 비결을 깨우치고자 간절"하기 때문이다. 결국 손오공은 불로불사의 과일인 천도복숭아들을 따 먹어서 목표를 이루고야 만다.

손오공은 몇 가지 마법 도구로 스스로를 보호한다. 우선 거대한 황금 여의봉이 있는데 평소에는 바늘만큼 조그맣게 줄여서 귀뒤에 꽂고 다닐 수도 있다. 용왕에게서 받은 황금 갑옷으로는 적들의 무기를 막아낼 수 있고, 모든 병을 고칠 수 있는 신비의 영약도 세병 갖고 있다. 게다가 하늘을 날 수도 있고, 근두운이라는 술법 덕분에 마치 장화 신은 고양이처럼 재주 한 번만 넘으면 몇 킬로미터를 날 수도 있다. 삼장과 함께한 여행 끝에 손오공은 그토록 바라던 성불에 다다른다.

손오공 곁에는 돼지 저팔계豬八戒가 있다. '여덟 가지를 삼가는 돼지'라는 뜻이다. 반은 사람이고 반은 돼지인 저팔계는 몹시 흉측하게 생겼고 게으른 먹보인 데다 늘 미녀들을 탐하는 호색한이기도 하다. 이런 저팔계의 특성 때문에 숭고한 목적이 되어야 할 여행에 자꾸 차질이 생기자 삼장 일행은 그를 '천치'라는 별명으로 부르기도 한다. 손오공을 만나기 전 저팔계는 천계 수군水軍의 8만 병사를 지휘하는 대장이었으나 거듭 비행을 저지른 끝에 지위를 박탈당했다. 그중에서도 최악의 사건은 천계에서 열린 신들의 연회에서 월궁항아에게 반한 저팔계가 취중에 그녀를 희롱한 일이었다. 항아는 옥황상제에게 이를 고했고, 이후 지상으로 추방당한 저팔계를 손오공이 발탁했다.

세 동무 중 가장 수수께끼 같은 인물은 사오정沙悟淨이다. '깨끗함을 깨닫다'라는 뜻의 이름을 가진 사오정은 저팔계와 마찬가지로 본래 천계의 일원으로서 도술에 능하고, 영소전靈霄殿에서 옥황상제 마차의 발을 걷어주는 권렴대장捲簾大將이었다. 그는 저팔계만큼 몹쓸 죄를 저지르지는 않았지만 천상의 법규에 따라 동등한 벌을 받았다. 서왕모가 연 반도회蟠桃會에 참석했다가 그만 서왕모의 유리잔을 깨뜨린 것이다. 이 죄로 사오정은 얼굴이 괴물처럼 변한 채로 저팔계처럼 지상으로 추방되어, 유사하流沙河라는 강 밑바닥에 살면서 강을 건너려는 사람들을 습격하며 살았다. 그러다 손오공이 그를 제압하고 삼장 법사의 일행에 합류하도록 설득했다.

사오정은 구슬 꿰인 실로 장식된 나무 봉을 무기로 쓰며, 열여덟 가지의 변신술을 쓸 줄 알고 이로써 물속에서는 무적이 될 수 있다. 얼굴이 무섭게 생긴 요괴라는 막연한 언급만 있을 뿐 사오정의 외모는 모호하게 묘사된다. 그는 공손하고 사려 깊고, 사리분별을 지키며 스승들에게 충성을 다하고, 일행이 맞닥뜨리는 문제들에 합리적인 해결책을 내놓는다. "오래전에 『역경』에 쓰였다시피 수

251

수께끼는 해명되었고 세계의 전망은 명확해졌으니, 사람은 무엇을 좇고 무엇을 피할지 알지로다." 그들 일행과 만난 어느 왕자는 이렇게 말한다. 하지만 설령 그렇다 해도 삼장 일행이 길을 찾아낼 수 있게 도와주는 것은 다름 아닌 사오정의 분별력과 지극한 진솔함이다.

사오정은 『오즈의 마법사』의 양철 나무꾼이나 『피노키오』의 귀뚜라미와 같은 한결같은 조력자를 연상시키는 구석이 있다. 하지만 양철 나무꾼은 자신의 노고에 대한 보상으로 "톱밥으로 채워진 비단으로만 만들어진" 심장을 받았을 뿐이었고 귀뚜라미는 울적해진 피노키오가 벽에 내던진 망치에 맞아 찌부러지고 마는 반면, 사오정은 여정에 성심껏 기여한 공로를 인정받아 존재의 참된 이치를 깨우친 아라한阿羅漢이 된다. 영원토록 세상 모든 절의 제단을 청소해야 하는 사명을 받은 저팔계보다 더 높은 득도의 경지에 도달한 셈이다.

16세기부터 지금까지 독자들은 이 삼인방의 무모한 모험 이야기를 오락거리로 즐겼다. 그러나 이 소설에서 다른 종류의 장점을 발견하고자 했던 평론가들은 『천로역정』과 같은 우리 세상살이에 대한 알레고리라든지, 『톰 소여의 모험』과 같은 성장소설의 예스러운 초기 형태라든지, 카프카의 『소송』과 같은 정부 관료제에 대한 통렬한 풍자로 해석하곤 한다. 『서유기』를 처음 영문으로 번역한 아서 웨일리는 오승은의 동시대인들이 상상한 낙원의 계급 구조가 지상의 정부 체계와 꼭 닮았다는 점을 지적한다. "낙원은 단지 관료제 전체를 속세에서 천상계로 이전한 곳에 다름 아니다"라고 웨일리는 적었다.

그러나 오늘날 독자들 중에는 모험으로 가득한 『서유기』의 세계에서 카프카의 악몽 같은 음울한 부조리성을 연상하는 사람은 아무도 없을 것이다. 설령 관료제에 대한 풍자라고 해도 그것은 실존주의적인 의미에서 이해된다. 즉 위에서부터 내려온 규칙과 규정, 우리가 이해할 수 없음에도 따라야 하는 법에 우리 존재가 얽매여 있다는 문제의식 말이다. 사오정의 동료들은 요괴와 신과 왕자들을 물리치기 위해 사이비 군사 전략을 동원하지만, 사오정이 제시하는 해결책들은 이성적이고 윤리적으로 반응하는 것만이 최선의 생존 전략임을 알려준다. 그는 도덕군자연하는 이들의 비위를 맞춰주는 위로가 아니라 올바른 것을 정직하고 강직하게 추구하는 기개를 전해준다. 사오정의 세계관에 입각해서 보면, 겉보기에 올바른 것이 실은 악으로 가는 길일 수 있고, 악하게만 보이는 것이 알고 보면 올바르고 참된 길일 수도 있다(돈키호테도 이와 같은 관점을 갖고 있다).

사오정은 이렇게 말한다. "바른 것이야말로 바른 것임을 믿지 않는 자는 선의 사악함을 경계해야 하네."

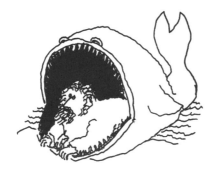

28

구약 성경 속에서 딱딱거리거나 투덜거리는 예언자*들은 많지만 그중에서도 요나라는 예언자만큼 희한한 사람도 없다. 전하는 바에 따르면 보통 사람들은 그가 나타나면 긴장했다고 하며, 그가 죽은 뒤에는 불운을 불러오는 존재라는 평판이 생겼다. 이것은 아마도 요나가 19세기 사람들 말마따나 "예술가적 기질"을 갖고 있었기 때문인 듯하다. 요나는 예술가였다.

요나 이야기는 기원전 4~5세기경 쓰인 것으로 추측된다. 『요나서』는 성경에서도 가장 분량이 짧은 권들 가운데 하나에 속한다. 가장 기묘한 내용을 담고 있기도 하다. 니네베(니느웨)라는 도시에서 벌어지는 악행이 하늘에 닿을 정도가 되자, 신은 예언자 요나에게 그곳으로 가서 큰 소리로 경고를 전하라고 명령했다. 그러나

---

* 영어에서 예언자prophet에는 시인이라는 뜻도 있다.

요나는 그렇게 해서 니네베 사람들이 회개하고 용서받으면 응당 받아야 할 벌을 받지 않으리라는 생각에 신의 말을 거역했다. 성스러운 지령을 거스르기 위해 요나는 다시스 항구로 가는 배에 올랐다. 그런데 항해 도중 거친 폭풍이 일어나 선원들은 절망에 빠졌고, 요나는 어떻게 해서인지 이 기상이변이 자기 탓임을 알아차리고는 선원들에게 자신을 바다에 던지면 파도가 잠잠해질 것이라 말했다. 선원들이 그 말대로 하자 과연 폭풍은 잦아들고, 신의 명령을 받은 커다란 물고기 한 마리가 나타나 요나를 집어삼켰다. 요나는 그렇게 물고기의 배 속에 갇힌 채 사흘 밤낮을 보냈다. 그리고 나흘째 되는 날 신은 물고기를 시켜 요나를 육지에다 토해내게 하고는, 요나에게 이제 니네베로 가서 사람들에게 예언을 전하라 했다. 그제야 요나는 신의 뜻을 받아들이고 그 말대로 따랐다. 요나의 경고를 들은 니네베의 왕은 죄를 뉘우쳤고, 니네베는 구원받았다.

그러나 신에게 화가 난 요나는 니네베 동쪽의 사막으로 뛰쳐나가서는, 회개한 도시 니네베가 장차 어떻게 되나 지켜보려고 천막 같은 것을 짓고 들어앉았다. 그러자 신은 그 옆에 식물을 자라나게 해서 요나에게 햇볕을 피할 그늘을 드리워주었다. 요나는 신의 선물에 감사를 표했지만, 다음 날 아침 신은 식물을 말라 죽게 해버렸다. 맹렬히 쏟아지는 햇볕과 바람에 시달리다 못해 더위에 기절

할 지경이 되자 요나는 이럴 바에는 차라리 죽는 게 낫겠다고 신에게 푸념했다. 그러자 신은 이렇게 말했다. "너는 내가 고작 식물 한 그루 죽였다고 화를 내면서, 니네베 사람들은 모조리 죽이기를 바란단 말이냐. 내가 이 식물은 살려주고, 오른손과 왼손도 분간 못하는 저 사람들과 수많은 가축들은 죽여야 했겠느냐?" 이 질문에 대한 대답은 나오지 않고 『요나서』는 끝난다.

그런데 요나는 어째서 니네베에 예언을 전하기를 거부했던 것일까? 예술가가 아닌 사람들에게는 그의 동기가 도무지 이해가 안 될 것이다. 그는 성스러운 영감으로 탄생한 작품을 사람들 앞에서 연주하여 그들이 회개하고 용서받을 기회를 주는 게 싫었던 것이다. 니네베 사회가 예술가를 다음의 두 가지 방식 중 하나로 대한다는 것을 요나는 알고 있었다(『요나서』에 이 이야기가 언급되지는 않지만). 예술가의 작품에서 트집거리를 찾아내고 자기네 사회의 악덕으로 비난받는 일들을 그 예술가의 잘못으로 돌리거나, 아니면 예술 작품이 돈이 되고 액자에 예쁘게 넣어서 보기 좋은 장식품으로 삼을 수 있다는 이유로 포용하거나. 이런 사회에서 예술가는 어떻게 해도 질 수밖에 없다.

욕먹을 빌미를 만드는 것과 장식품을 만드는 것, 둘 중에서 골라야 한다면 요나는 아마 전자가 낫다고 여겼을 것이다. 여느 예술가들이 그렇듯, 요나가 진정으로 원하는 것은 무감각해진 사람들의 심장을 뛰게 하고, 그들의 힘줄을 어루만지고, 어렴풋이 알고는 있었으나 완전히 불가사의한 무언가를 일깨워주고, 그들의 꿈을 어지럽히고 일상을 침범하는 것이었다. 자기 작품을 접한 사람들이 회개하는 사태만큼은 결단코 원하지 않았을 것이다. "다 용서받고 잊혔으니 과거는 묻어두자. 불의와 그것에 대한 응징의 필요성, 교육 및 보건 사업 예산 삭감, 불평등한 조세 정책과 실직, 대다수에게 파멸을 불러오는 재정 계획 등등에 대해서는 아무 말도 하지 말자. 착취자들이 피착취자들과 악수하게 놔두고, 영광스러운 미래를 향해 나아가자……" 사람들이 이런 이야기나 주고받게 한다니, 안 될 일이다. 그건 절대로 요나가 원하는 바가 아니었다. 요나가 전혀 몰랐을 작가 나딘 고디머는 작가가 부패한 사회에서 증오받지 않는 것만큼 불운한 일도 없다고 말한 바 있다. 요나도 그런 파멸적인 운명을 맞고 싶지는 않았을 것이다.

게다가 요나는 니네베에서 정치인들과 예술가들 사이에 진행 중이던 전쟁에 대해 알고 있었다. 요나가 생각하기에, 그 예술가들의 모든 노력(작품을 만드는 데 들어가는 것을 넘어서는 종류의 노력)은 어차피 정치의 장에서 벌어지는 것이기에 결국에는 허사가 될 수밖에 없었다. 자신들의 소명을 추구하는 일에서는 좀처럼 지치는 법이 없는 니네베 예술가들이 관료들과 은행가들과의 싸움에는 급속도로 지쳐가고 있다는 사실과, 궁정 사무관들과 고리대금업자들과의 싸움을 포기하지 않은 소수의 영웅들은 자신의 예술과 정신 건강을 희생하는 경우가 너무나 많다는 사실은 익히 알려진 바였다. 위원회나 공청회에 출석한 날 작업실이나 책상으로 돌아가기는 매우 어려웠다. 니네베의 관료들은 당연히 그 점을 알고 이용했으며, 그들이 동원하는 가장 효과적인 전략은 지연이었다. 합의를 지연하고, 기금 수여자 선정을 지연하고, 계약을 지연하고, 약속을 지연하고, 명확한 답변을 지연하는 것. 그렇게 시간을 지체하며 기다리다 보면 예술가의 분노는 사그라들거나, 신비롭게도 창조력으로 전환되곤 한다고 그들은 말했다. 결국 예술가들은 전쟁에서 물러나 시를 쓰거나 설치 작업을 하거나 안무를 떠올릴 터였다. 그리고 이런 현상은 정치인과 금융인 들에게 별다른 위협이 되지 않았다. 사업가라면 잘 알다시피 이런 예술가들의 분노는 도리어 시장성 있는 상품이 되는 경우가 많았다. 니네베 사람들은 이렇게 말하곤 했다. "생전에는 음식은커녕 물감 살 돈도 없었던 화가의 작품이 지금에 와서는 얼마에 팔리는지 생각해봐. 구빈원에서 생을 마감한 음악가들의 저항가를 국가 행사에 모인 사람들이 광고 현수막 아래에서 부르고 있는 것도 그렇고 말이야." 그러고는 의미

심장하게 이렇게 덧붙였다. "예술가에게는 사후에 명성을 얻는 것이야말로 최고의 보상이지."

니네베 정치인들이 쓰는 가장 큰 묘수는 뭐니 뭐니 해도 예술가들이 스스로를 배반하게 만드는 것이었다. 니네베에서는 부를 쌓는 것이 도시 전체의 목표이며 예술은 부를 직접적으로 생산하지 못하므로 가치 있는 활동이 아니라는 인식이 너무나 팽배했기 때문에, 예술가들도 이 세상에서 자기가 선택한 길은 스스로 헤쳐 나가야 한다고 믿게 되었다. 즉 비용의 측면에서 효율적인 예술을 생산하고, 실패에 눈살을 찌푸리고, 사회적 약자 우대 정책과 문화 기금 반대법 도입을 요구해야 한다고 믿었으며, 무엇보다도 중요한 것은 부유한, 따라서 권력도 가진 사람들을 만족시키려고 노력해야 한다는 것이었다. 그래서 시각 예술가들은 작품을 더 보기 좋게 만들고, 작곡가들은 더 흥얼거리기 쉬운 곡조를 만들고, 작가들은 너무 우울하지 않은 이야기를 쓰고, 어떤 분야이든 간에 누군가가 불편하거나 불쾌하다고 여길 만한 작품을 만드는 일은 피할 것을 요구받았다.

오래전에 지나간 시절, 관료들이 잠시 허송세월하며 지내던 때에, 마음이 물렀거나 머리가 모자랐던 니네베 왕 몇몇이 예술 활동을 지원하는 모종의 기금을 마련했다. 이후로 성실한 공직자들

261

이 그 재정적 과오를 바로잡고 지원액을 줄이고자 열심히 노력해왔다. 물론 공직자들 자신은 정부의 예술 지원 정책에 그런 변화가 생겼음을 인정하지 않았지만, 니네베 재무상은 예술에 할당된 예산을 거의 없애다시피 삭감하면서도 공식 문서상으로는 그 예산을 오히려 충실히 늘려왔다고 광고할 수 있었다. 이런 수법은 니네베 시인들에게서 빌려온 특정한 장치들을 활용한 덕택에 가능했다(정치인들은 그런 장치를 고안한 시인들을 경멸하면서도 선뜻 그걸 빼돌려 이용하곤 했다). 예컨대 환유는 어떤 대상의 일부분 또는 속성을 그 대상 자체를 가리키는 말로 쓰는 기법인데('왕' 대신 '왕관'이라고 말한다든지), 이것 덕분에 물자 공급처에서는 예술가들의 작업 도구 보조금을 줄일 수 있었다. 정부 공식 서류에서 '붓'이란 '예술가의 도구'를 가리키는 단어가 되었으므로, 이제 예술가들이 무엇을 필요로 하든 간에 니네베시로부터 지급받는 것은 무조건 4호짜리 쥐털 붓뿐이었다. 이 재정의 마법사들은 시인들이 가장 흔히 쓰는 장치인 은유를 가지고도 톡톡히 효과를 보았다. 유명한 사례를 소개하자면, 오래전에 원로 예술가들의 주거 지원금으로 할당된 1만 디나르*가 있었는데, 재무상은 대중교통으로 사용되는

* 고대 중동 국가에서 사용한 화폐 단위.

낙타를 '임시 숙소' 항목으로 재정의함으로써 낙타 유지 비용(원래 니네베시 측이 부담해야 한다)을 예술가 주거비 예산에 포함시켰다. 원로 예술가들이 실제로 시에서 지급받은 공공 낙타를 타고 여기저기 돌아다닌다는 이유에서였다.

니네베 사람들은 이렇게 말했다.

"진짜 예술가라면 불평할 이유가 없어. 자기 분야에 정말로 능하고, 사회적 조건과 무관하게 돈을 벌 수 있는 사람들이잖아. 돈도 못 벌면서 환경 탓만 하며 징징거리는 치들은 소위 실험주의를 추구하거나, 제멋에 취한 사람들, 아니면 예언자들이나 그러는 거야. 이익을 낼 줄 모르는 은행가는 파산하는 법이고, 무슨 절차든 지체시키지 못하는 관료는 직업을 잃게 되겠지. 생존 법칙이라는 건 그런 거야. 니네베는 미래지향적인 사회니까."

확실히 니네베에서 풍요롭게 사는 예술가들이 소수이지만 있기는 있었다(그리고 예술가를 자칭하며 풍요롭게 사는 사기꾼은 많았다). 니네베 사회는 자기네가 소비하는 상품을 만들어낸 소수의 제작자들에게 기꺼이 보상을 했다. 물론 그런 성공이 가능했던 것은 수많은 예술가들의 용감한 시도와 영웅적인 실패 덕분이었지만 니네베 사회는 그런 대다수의 예술가를 인정하지 않았다. 즉각적으로 마음에 들거나 이해가 되지 않는 무언가를 지지할 필요는 없기 때문이었다. 게다가 그 대다수의 예술가들은 어차피 자기네가 하던 일을 계속할 터였다. 밤이면 밤마다 영혼의 충동질에 시달리니 도저히 일을 안 할 수 없는 것이다. 그들은 어떤 수단이든 동원해 글을 쓰고 그림을 그리고 곡을 만들고 춤을 췄다. "우리 사회의 다른 노동자도 다 그렇게 살아." 니네베 사람들은 말하곤 했다.

요나가 니네베의 이러한 지혜로운 상식의 요점을 처음 접했을 때, 그는 예언자다운 용기를 끌어모아 니네베 광장에 서서 군중을 향해 연설했다고 한다. 요나가 설명한 바는 다음과 같다.

"예술가는 사회의 여느 노동자와 다릅니다. 예술가는 현실을 다루는 일을 한단 말이에요. 그건 내적, 외적 현실을 의미 있는 상징들로 변환하는 일입니다. 반면 돈을 다루는 사람들은 아무 의미 없는 상징을 다루고 있죠. 니네베에 수없이 많고 많은 주식 중개인들은 멋대로 오르락내리락하는 수치들을 꿈속에서 자기네 재산으로, 그러니까 상상 속에만 존재하는 재산으로 변환하고는 그것이 현실이라고 믿습니다. 생각해보면 참 놀라운 일이죠. 그 어떤 판타지 작가나 가상현실 예술가도, 주식 중개인 모임에서 그토록 만연하게 퍼지는 믿음을 자기네 독자나 관중에게 불러일으킬 생각은 감히 하지 못할 겁니다. 유니콘이라는 현실은 단 한 순간도, 심지어 그 상징성마저도 고려하지 않는 성인 남자와 여자 들이 국가 소유

낙타들의 배 속에 자신들의 지분이 있다는 믿음은 한 치의 흔들림 없는 진실로 받아들이고, 그런 믿음 속에서 자신이 행복하고 안전하다고 생각하죠."

요나가 이 단락을 다 읽어갈 즈음 니네베 광장은 텅 비었다.

이러한 일들이 있었기 때문에 요나는 니네베에서도, 신으로부터도 도피하기로 결심하고 다시스행 배에 올랐던 것이다. 요나가 몸을 실은 배의 선원들은 모두 니네베에서 멀지 않은 욥바 항구 출신이었다. 니네베는 모두 알다시피 탐욕에 푹 빠져 허우적거리는 사회였다. 모든 예술가가 지니고 있는 창조적 충동인 야망이 아닌, 부를 쌓는 것 그 자체를 위해 부를 쌓으려 드는 무익한 충동이 그들을 사로잡았다. 반면 욥바는 오래전부터 예언자들에게 그럭저럭 견딜 만큼의 자유를 주는 곳이었다. 욥바 사람들은 매년 유입되는 누더기 차림의 수염투성이 남자들, 추레하고 눈빛이 험악한 여자들을 어느 정도 연민하며 받아들였다. 그러면 예언자들이 해외로 나가서 욥바의 이름이 나쁘지 않게 오르내리는 도시들에 방문했을 때 욥바를 공짜로 홍보해주기 때문이었다. 게다가 예언 반복 공연 시기가 되면 특이하고 저명한 인사들이 욥바에 모여들었고, 여관 주인들도 여행자 쉼터 주인들도 그만큼의 손님맞이에 필요한 침대와 식사를 준비하는 데에 불만이 없었다.

그러나 니네베의 형편이 어려워졌던 시기, 그곳의 경제적 곤경이 욥바라는 작은 도시에까지 파장을 미쳐 사업 이익이 감소하고 부자들도 화려하게 장식된 육두마차를 팔거나 고지대에 차려두었던 노동 착취적 작업장 두어 곳을 폐쇄할 수밖에 없었을 때에는, 욥바에서 예언하는 예술가들은 공공연하게 백안시당했다. 욥바 시민들은 여유롭던 시절 자신들이 베풀었던 아량과 변덕스러운 관용을 죄스러운 낭비로 여겼고, 대다수는 작고 예스러운 자기네 안식처에 찾아오는 예술가들이 무엇이든 주어지는 대로 감지덕지 받고 그 이상 요구하지 않아야 한다고 생각했다. 즉 욥바에서 가장 누추한 건물에서 숙식하더라도 고마워해야 하고, 적절한 작업 도구를 얻지 못한대도 고마워해야 하며, 해괴한 작품 계획에 지원금을 지급받는 것만으로도 고마워해야 한다고 믿었던 것이다. 그들은 바빌론에서 온 손님들에게 하숙방을 내주려고 예술가들을 강제로 퇴거시킨 다음, 대홍수 이전 시대의 걸출한 예언자들과 시인들처럼 별빛 아래 냄새나는 염소 가죽을 덮어쓰고 잠들 수 있는 것을 명예롭게 여겨야 한다고 말했다.

하지만 그렇게 어려운 시기에도 대다수의 욥바 사람은 예언자들에게 어느 정도 진심 어린 애정을 간직하고 있었다. 어려서부터 키운 늙은 반려동물에게 느끼는 애정과 흡사한 종류의 감정이었다. 그래서 그들은 형편이 안 좋은데도 불구하고 예언자들을 수용하기 위해 몇 가지 방법으로 노력하고 있었다. 그러던 차에 폭풍이 일어나 욥바에서 출항한 배를 파도가 집어삼키자, 욥바 선원들은 예술가 손님인 요나를 선뜻 탓하지 못하고 불안해했다. 그들은 차마 극단적인 조치를 취하고 싶지 않아서 자기네가 믿는, 하늘과 바다를 다스리는 신들에게 기도를 올렸다. 하지만 뚜렷한 효과는 없었고 오히려 폭풍은 더 심해지기만 했다. 욥바 신들이 다른 생각을 하느라 바빠서 선원들이 칭얼거리는 소리에 짜증만 난 것 같았다. 그제야 선원들은 (예술가들이 종종 그러듯이) 선창에 누워서 비바람을 맞으며 잠들어 있던 요나를 깨워서 조언을 부탁했다. 그러자 요나는 예술가답게 살짝 오만한 태도로 폭풍이 다 자기 탓이라고 말했지만, 선원들은 그래도 요나를 배 밖으로 내던지기를 주저했다. 말라깽이 예술가 한 명이 얼마나 큰 돌풍을 일으킬 수 있단 말인가? 저 캄캄한 포도줏빛 바다가 초라한 예언자 한 명 때문에 얼마나 화가 날 수 있나? 하지만 폭풍은 갈수록 거칠어지고, 바람이 배의 삭구를 찢어발길 듯 윙윙거리며 몰아치고, 파도가 부딪칠 때마다 널판들이 삐걱거리며 비명을 지르니, 결국 선원들은 하나둘씩 어린 시절 할머니 무릎에 올라앉아 들었던 뻔한 말들을 되새기게 되었다. 예술가는 대부분 무임승차자이며, 요나와 그 동류가 하루

종일 하는 일이라고는 이것저것에 대해 투덜거리고 징징거리며 지극히 무해한 악덕들에 대해 공감을 늘어놓는 시를 쓰는 것뿐이라는 이야기였다. 그리고 탐욕을 원동력으로 굴러가는 사회가 어째서 부의 직접적 축적에 기여하지 않는 사람을 지원해주어야 한단 말인가? "그러니까 당신 항해술이 문제였다고 탓하지 마시오"라고 선원 한 명이 항해사에게 말했다. 요나가 다 자기 탓이라고 하니 그냥 그 말을 믿고 저 개자식을 바다에 던져버리자고, 요나도 저항하지 않을 거라고. 오히려 요나가 그렇게 해달라고 부탁하지 않았느냐고.

이 시점에서 요나가 생각을 고쳐먹었더라도, 그래서 어쩌면 배(더 나아가 국가)가 몇몇 지혜로운 예언을 바닥짐 삼는다면 흔들림 없이 항해를 계속할 수도 있을 것 같다고 주장했더라도, 오랫동안 니네베 정치인들을 보아왔던 선원들은 귀를 닫고 못 들은 척하는 기술을 이미 터득하고 있었다. 자유롭고 수지맞는 교역을 할 만한 새로운 나라를 찾으려고 전 세계 바다를 누빈 선원들은 예술가가 뭐라고 말하건 무슨 행동을 하건 바닥짐으로는 돈이 그 어떤 예술적 주장보다 무겁고 든든하다고 생각했다.

요나를 배 밖으로 던지고 바다가 잠잠해지자 선원들은 무릎을 꿇고 요나의 신에게 감사를 올렸다. 흔들리는 배에서 내던져지는 것을 즐거워하는 사람은 아무도 없고, 요나가 수면에 떨어지자마자 배가 흔들리기를 멈춘 것을 보면 요나의 잘못이 맞기는 맞는 모양이라고, 자신들의 행동은 정당했다고 선원들은 결론 내렸다. 당연하지만 이들은 고전 교육을 받은 적도 없고 예지력을 타고나지도 못한 부류였다. 만약 그런 수혜를 입은 사람이었다면, 한때는 예술가를 없애야 한다는 주장이 신망을 얻던 시절이 있었으며 앞으로 그런 시대가 또 오리라는 것을 알았을 것이다. 우리가 굳게 믿는 신조들을 자꾸만 뒤흔들려 하는 불편한 인간들을 피하고 싶어 하는 충동은 아주 오래전부터 모든 인간 사회의 기저에 존재했다는 것 역시 알았으리라. 플라톤만 해도 진정한 예술가는 정의와 미의 신성한 원형을 따라 국가를 조형하는 정치인이라며, 그 밖에 작가나 화가 같은 평범한 예술가들은 이러한 가치 있는 실재를 반영하지 않고 그저 젊은이들의 교육에 악영향을 미치는 환상만 지어낸다고 말한 바 있다.

예술은 국가에 봉사하는 한에서만 유용하다는 이러한 관점은 다양한 정권에 의해 지속적으로, 열렬히 지지받았다. 아우구스투스 황제는 시인 오비디우스가 쓴 어떤 글을 보고 은연중에 위협감을 느꼈다는 이유로 그를 추방한 바 있다. 교회는 독실한 사람들로 하여금 신성한 교리에서 한눈을 팔게 만드는 예술가들을 저주했다. 르네상스 시대에는 예술가를 고급 창부처럼 사고팔았고, 18~19세기 예술가들은 다락방에 틀어박혀 우울과 폐결핵으로 죽어가는 족속으로 격하되었다. 플로베르는 『통상 관념 사전』에서 부르주아들이 보는 예술가에 대해 다음과 같이 적었다.

"예술가 : 모조리 어릿광대임. 그들의 이타성을 칭송할 것. 그들이 옷을 남들과 다름없이 입는다는 사실에 놀랄 것. 그들은 엄청난 돈을 벌고는 동전 한 닢도 남김없이 내다 버린다. 종종 근사한 저택 만찬에 초대받는다. 여자 예술가는 모조리 창녀다."

그렇게 바다로 내던져진 요나는 커다란 물고기에게 잡아먹혔다. 캄캄하고 물렁물렁한 물고기 배 속에서의 생활은 사실 그리 나쁘지 않았다. 그 사흘 밤낮 동안 요나는 소화가 덜 된 플랑크톤과 새우 들이 우르릉거리는 소리에 마음을 달래며 찬찬히 생각에 잠길 수 있었다. 이건 예술가들이 거의 누리지 못하는 사치다. 물고기 배 속에는 마감도 없고, 지불해야 할 식료품점 계산서도 없고, 기저귀를 빨거나 저녁 식사를 만들지 않아도 되고, 소네트를 완성하기에 딱 적합한 단어가 떠오른 순간 가족 싸움에 휘말릴 일도 없고, 애원해야 할 은행 지점장이나 치가 떨리도록 미운 비평가도 없다. 그래서 사흘 밤낮 동안 요나는 생각하고 기도하고 잠을 자고 꿈도 꿨다. 그러다 물고기가 그를 육지에 토해냈고, 또다시 들려오는 신의 잔

소리에 그는 눈을 떴다. "어서 가거라, 니네베로 가서 네 몫을 해야지. 그들의 반응이 어떻든 그건 중요하지 않아. 모든 예술가에게는 관객이 필요한 법이다. 네 작품을 관객과 만나게 해줄 의무가 있지 않느냐."

그제야 요나는 신의 뜻을 따랐다. 물고기의 컴컴한 배 속에서 자기 작품의 중요성에 대한 자신감을 어느 정도 얻고 나니 니네베에 작품을 발표해야겠다는 마음이 동했다. 그런데 그가 예언 공연을 시작하고 채 다섯 마디도 읊기 전에 니네베 왕이 무릎을 꿇고 참회하더니, 니네베 시민들도 옷을 찢어발기며 참회하고, 니네베 소들도 일제히 울부짖으며 참회의 뜻을 표하는 게 아닌가. 그러고는 니네베의 왕, 시민, 소 모두가 삼베옷을 입고 머리에 재를 뒤집어쓰고는 과거는 이미 지나갔다며 서로를 안심시키고 하늘의 신을 향해 울며 뉘우쳤다. 이 떠들썩한 참회의 장을 본 신은 니네베의 사람과 소 들을 향한 위협을 거두었다. 그러자 요나는 당연히 분기탱천했다. 혹자는 '무정부주의적'이라 부르는 종류의 태도에 사로잡힌 요나는 신의 용서를 받은 도시에서 얼마간 떨어진 사막으로 떠나 골을 내며 지내기로 했다.

신이 요나에게 쏟아지는 햇볕을 가려주려고 불모지에서 식물을 자라나게 했다는 것, 신이 베푼 자비에 요나가 다시금 고마워했다는 것을 기억하자. 그런 다음에야 신은 식물이 도로 시들어 흙으로 돌아가게 했고 요나는 다시금 뙤약볕에 익어가는 신세가 된 것이다. 신이 자신의 좋은 뜻을 요나에게 일깨워주려고 그런 수법을 쓴 것인지 우리로서는 알 수 없다. 어쩌면 요나는 니네베 예술지원 재단에서 그에게 지원금을 주기로 했다가 감축 때문에 못 주겠다며 철회했던 일을 떠올리며 신의 행적이 그 사건의 알레고리라고 해석했을 수도 있고, 결과적으로 그 덕분에 자신이 한낮의 태양 아래 무방비 상태로 타 죽게 되었다고 생각했을지도 모른다. 가뜩이나 어려운 시기―즉 가난한 사람들은 더 가난해지고 부자들은 억만 달러 과세 범위를 간신히 유지할 수 있는 시기에 신이 예술적 가치 같은 문제에 관여할 리는 없다는 것을 요나는 틀림없이 이해했을 것이다. 하지만 신 스스로도 작가였기 때문에 요나의 곤경에 어느 정도 공감하기야 했으리라. 생계 걱정 없이 작업에 집중할 시간을 원하는 것. 자신의 예언이 《니네베 타임스》 베스트셀러 목록에 오르기를 바라면서도 돈만 밝히는 작가들의 통속소설이나 눈물 짜는 신파소설과 한데 묶이지는 않기를 바라는 것. 자신의 절절한 말을 들은 사람들의 마음이 움직이기를, 하지만 그 결과가 체제 순응이 아니라 혁명으로 이어지기를 바라는 것. 니네베가 자기 영혼을 깊이 들여다보기를, 더 나아가 자본가의 책상에 피라미드 무덤처럼 나날이 쌓여가는 동전 무더기가 아니라 예술가들의 작품, 시인들의 말, 그리고 시민들이 계속 깨어 있도록 배를 뒤흔드는 것을 본분으로 하는 예언자들의 선각先覺적 분노에서 자신의 힘과 지혜와 생명을 발견하기를 바라는 것. 신은 요나의 이 모든 마음을 이해했고, 마찬가지로 요나의 분노도 이해했을 것이다. 신도 가끔은 자기가 만든 예술가들에게서 무언가를 배울 때도 있으리라는 것이 무리한 상상은 아니니까.

그러나 신은 돌에서 물을 짜내고 니네베 사람들에게서 회개를 이끌어낼 수는 있을지언정 사람들이 생각을 하게 만들지는 못한다. 애초에 생각을 못 하는 소들은 딱하게 여길 수 있기라도 하다. 하지만 저 거룩한 아이러니에서 표현된 대로, "오른손과 왼손도 분간 못 하는" 사람들을 가지고 신이 도대체 뭘 어떻게 할 수 있겠는가?

신이 창조자 대 창조자, 예술가 대 예술가로서 요나에게 터놓고 묻자, 요나는 고개를 끄덕이고는 침묵했다.

에
밀
리
아

부
인

각 나라에서 가장 사랑받는 동화 속 인물로 그 나라를 정의해볼 수 있을 것 같다. 예컨대 잉글랜드는 끊임없이 부조리한 사회적 규칙과 편견에 부딪히는 앨리스, 이탈리아는 반항적이고 재미를 좇으며 "진짜 남자아이"가 되고 싶어 하는 피노키오, 스위스는 착한 아이인 체하는 하이디, 캐나다는 총명하고 걱정 많은 생존주의자 빨강 머리 앤이라고 할 수 있다. 미국이라면 아마 도로시에게서 자기 모습을 발견할 것 같다. 에메랄드시에 도착한 도로시는 그곳의 아름다운 색깔은 시민들이 억지로 써야 하는 초록색 안경에서 나온 것이었음을, 그리고 그곳을 다스리는 마법사는 간간이 격하게 감정을 터뜨려 보임으로써 사람들이 원한다고 생각하는 바를 만족시켜주며 통치자 노릇을 했던 사기꾼이었음을 알게 된다. 『오즈의 마법사』 결말부에서 위대한 오즈는 이렇게 묻는다. "사람들은 이루어질 수 없다는 것을 뻔히 아는 일들을 나더러 해달라고 하는데, 내가 어떻게 사기꾼이 되지 않을 수 있겠니?"

이런 맥락에서 브라질은 에밀리아 부인이라고 할 수 있다. 에밀리아는 브라질 시골 어디엔가 있는 '노랑 딱따구리 목장'에서 일하는 흑인 요리사 아나스타지아가 이런저런 옷의 자투리 천으로 만든 쪽모이 인형이다. 에밀리아, 아나스타지아 아주머니, 그 밖에 목장의 여러 거주자들은 브라질 밖의 다른 나라들에서는(같은 남아메리카에 있는 몇몇 이웃 나라에서조차도) 알려져 있지 않지만, 브라질 사람들 사이에서는 불멸의 명성을 누리고 있다. 20세기 초에 작가 조제 벤투 헤나투 몬테이루 로바투가 쓴 소설* 덕택이었다.

노랑 딱따구리 목장은 벤타 부인과 그녀의 두 손주 페드리뉴, 루시아의 땅이다. 루시아는 조그만 들창코 때문에 나리지뉴('작은 코'라는 뜻)라는 별명으로도 불린다. 농장에서 아이들과 할머니는 많은 공상(꼭 공상인 것만도 아니지만) 속 인물들에게 생명을 불어넣는다. 지혜로운 옥수숫대 꼭두각시 인형인 사부고자 자작, 고약한 냄새가 나는 담뱃대를 물고 한 짝밖에 없는 다리로 돌아다니는 사시 페레르, 그 밖에도 갖가지 말하는 동물들이 등장한다. 그리고

* 총 23권으로 이루어진 판타지 장편소설 '노랑 딱따구리 목장Sítio do Picapau Amarelo' 시리즈(1920~1940).

밤이면 아이들의 꿈을 어지럽히려고 찾아오는 무시무시한 괴물, 쿠카도 있다.

나리지뉴는 그중에서도 에밀리아 부인을 가장 좋아해서 그 인형을 옆에 앉히지 않고는 식사도 안 하려고 한다. 에밀리아 부인은 신비로운 의사 카라무주가 준 알약을 먹고 나서부터 말할 수 있게 되었다. 그녀가 처음으로 꺼낸 말은 두꺼비 껍질에 든 알약이 지독하게 맛없었다는 불평이었고, 그날부터 에밀리아 부인은 온갖 비판적 견해, 재치 있는 반어법, 무정부주의적 발상, 독립적 사유를 쏟아내는 원천이 되어, 팜파스 그래스와 야자수로 이루어진 주변 세계보다도 더욱 강력하고 진실한, 부글부글 거품이 이는 언어적 우주를 형성했다.

그런 우주를 몇 권쯤 만들었을 즈음, 에밀리아 부인은 또 하나의 탁월한 세계를 이룩한 바 있는 "로빈슨 크루소라는 영국인"을 모방해 회고록을 쓰기로 결심한다. 그녀의 회고록은 전통적인 스타일로 시작한다. "나는 ★★★★년에 ★★★시에서 가난하지만 정직한 가족의 일원으로 태어났다." 더 높은 학식을 갖추었으면서도 에밀리아 부인에게 속아 그녀의 필경사 노릇을 하게 된 사부고자 자작은 그 문장에서 별표가 그녀의 진짜 나이를 숨기기 위한 것이냐고 묻는데, 영원한 말썽꾼인 에밀리아 부인은 이렇게 대답한다.

"아니. 그냥 훗날 오지랖 넓은 역사가들 골탕 좀 먹으라고 그런 거지." 벤타 부인이 에밀리아 부인에게 무슨 글을 쓰고 있느냐고 묻자 그녀는 또 이렇게 대답한다. "회고록 작가는 자기가 죽을 날이 다 되었다고 생각하기 전까지는 계속 글을 써요. 그러다 글을 멈추고 결말은 백지로 남겨두는 거죠. 그러고 나서야 평안히 눈을 감을 수 있거든요." 그러고는 이런 말도 덧붙인다. "하지만 저는 죽을 생각은 없어요. 그냥 죽는 척만 하려고요. 내 유언은 '그리고 나는 죽었다'가 될 거예요." 자신이 태어나기 전을 기억하는 트리스트럼 샌디*와 자신이 죽은 이후를 기억하는 에밀리아 부인, 이들은 자서전 문학계를 떠받치는 두 개의 기둥이라 할 수 있겠다.

에밀리아 부인은 마법으로 시공간을 가로질러 다닐 수 있기에 가끔 나리지뉴와 페드리뉴를 데리고 머나먼 행성이나 오랜 과거로 여행을 가곤 한다. 그녀는 어딜 가든 자기 흔적을 남기며 아이들에게 켄타우로스, 헤라클레스, 페리클레스 같은 온갖 종류의 환상적이거나 역사적인 인물을 소개시켜준다. 여행하는 동안 에밀리아 부인이 하는 이야기가 다 진실이냐는 질문에 그녀는 이렇게 답한

---

* 영국 작가 L. 스턴의 『신사, 트리스트럼 샌디의 생애와 의견』(1760~1767) 속 주인공. 세계문학사에서 가장 진기한 작품으로 꼽히는 이 이야기에서 트리스트럼 샌디는 자신이 잉태되던 순간으로까지 거슬러 올라가 자전적 이야기를 풀어놓는다.

다. "진실이란 잘 꿰매어진 거짓말 같은 거야. 아무도 의심하지 않는 거짓말. 그뿐이지."

몬테이루 로바투가 죽은 뒤 비평가들은 그의 작품에서 나타나는 흑인 비하적인 내용을 지적하며 인종주의자라 비판하고 그의 작품을 금지하려 했다(잉글랜드에서 이니드 블라이튼의 '노디' 시리즈를, 일본에서 피노키오의 모험 이야기를 금지시키려 했듯이).* 작가에 대한 그러한 주장은 사실인 것 같기는 하다. 하지만 그들은 아이들이 그 이야기에서 무엇을 읽는지, 또 어른이 되어 무엇을 기억하는지를 놓친 듯싶다. 노랑 딱따구리 목장에서 펼쳐지는 모험담에는 저자가 은연중에 가지고 있었을 편견들을 한참 뛰어넘는 요소들이 있다. 그리하여 에밀리아 부인과 그 친구들은 믿을 만한 존재가 될 뿐만 아니라, 우리의 세계 지도를 이루는 '잘 꿰매어진 거짓말'들을 헤쳐나가는 길에 꼭 필요한 동반자가 되는 것이다.

* 블라이튼의 책은 인종차별 논란으로 일부 학교와 도서관에서 금지된 전적이 있고, 일본에서는 1976년 피노키오의 내용에 장애인을 비하하고 왜곡된 시각을 조장하는 표현이 있다는 이유로 항의가 일어나 일부 도서관에서 열람이 제한되었다.

웬
디
고

30

모든 것에는 그림자가 있음을 우리는 오래전부터 알고 있었다. 낮 뒤에는 밤이, 깨어 있는 일상 뒤에는 잠이, 공적인 얼굴 뒤에는 내밀한 생각들이 숨겨져 있다. 퀘벡 북부에 있는 한 작은 교회의 문 앞에는 어떤 여자의 조각상이 서 있는데, 앞에서 보면 여여쁜 외모이지만 뒤에서 보면 등 속의 내장과 갈비뼈가 다 드러나 있고 그 틈으로 벌레와 구더기 떼가 우글거린다고 한다.

캐나다 세인트모리스강에서 오타와강까지 이어지는 추운 지역을 혼자 여행하던 알곤킨족 사냥꾼들은 자신들의 두려움을 실현해줄 무시무시한 동반자를 상상했다. 울부짖는 바람은 그에게 민첩함과 목소리를 주었고, 눈은 얼음 심장을, 커다란 나무들은 거대한 키를, 산산이 흩어진 안개는 엉망으로 훼손된 얼굴과 찢어진 입술, 그 사이로 드러나는 위협적인 이빨을 주었다. 하지만 무엇보다도 끔찍한 점은, 굶주림에 대한 사냥꾼들의 공포가 그 괴물에게 인육을 먹고 싶어 하는 갈망을 주었다는 것이다.

그들은 그 괴물을 웬디고, 또는 윈디고, 위타코, 위티카라고 부르며(이 이름을 적는 철자법만 서른여덟 가지라고 한다), 다른 부족들 사이에서는 아트첸이라든지 웨추게 같은 다양한 이름이 쓰인다. 1743년 상인 제임스 아이섬은 그의 이름을 '화이트코Whiteco'라고 적고 '악마'라고 뭉뚱그려 번역했다. 처음에는 웬디고를 믿는 사람들이 경험했다는 형언 불가능한, 간담이 내려앉는 공포에 대한 이야기가 이런저런 신문에 실렸다. 그러다 나중에는 그 허깨비 같은 공포의 허깨비만 남아서, 냉담한 인류학적 태도나 심리학적 호기심을 가진 사람들이 웬디고를 검사하거나, 앨저넌 블랙우드나 어거스트 덜레스 같은 이들이 그 차디찬 해골을 매만져 소설로 재구축하기에 이르렀다.

웬디고는 뱀파이어이나 늑대인간과 마찬가지로 전염성이 있어서 우리 모두를 웬디고로 만들 수 있다. 웬디고 감정가인 존 로버트 콜롬보*는 이런 일이 발생하는 몇 가지 경로를 설명한다. "괴물에게 물리면 확실히 전염된다. 웬디고 꿈을 꾸는 사람도 웬디고가

---

* 캐나다 원주민 문화와 민담을 연구하고 SF 소설을 비롯한 다양한 작품을 발표한 캐나다 작가.

된다. 주술사나 주술 치료사의 마법은 건강한 사람도 하룻밤 만에 피에 굶주린 괴물로 바꿀 수 있다." 한번 감염되면 그 불운한 피해자가 자기 상태를 벗어날 방법은 죽음뿐이다. 데이비드 톰슨의 단편소설 「식인 괴물」에는 "비버 고기를 잘 다루고 덫도 잘 놓지만 무스 사냥에는 무관심한" 어느 나하타웨이족(크리족이라고도 한다) 원주민이 나오는데, 그는 "굶주리다 못해 몸집이 절반으로 줄어들었다가 자기 자식 하나를 잡아먹고는 몸집이 두 배로 불었다"고 한다. 그의 음침한 충동은 이후에도 사라지지 않았고 술을 마시면 더 심해졌다. 그가 생각에 잠긴 듯한 어조로 "이제 가야겠어"(톰슨은 이 말이 '나는 이제 식인 괴물이 되어야겠어'라는 뜻이라고 친절하게 번역해준다)라고 중얼거리면, 동료들은 그를 포박한 다음 잠잠해질 때까지 내버려두곤 했다. 톰슨은 이야기를 이렇게 끝맺는다. "3년 뒤, 그가 울적한 기분에 너무 자주 사로잡히는 데에 불안해진 원주민들은 그를 쏴 죽인 다음 혼령이 세상에 남지 않도록 몸을 완전히 태워 재로 만들었다."

갈망은 갈망을 불러오는 법이다. 웬디고가 특히 관심을 보이는 대상은 식탐이 많은 사람이다. 인류학자 다이아몬드 제네스는 "버터나 기름을 숟가락 가득 퍼먹거나 그레이비를 감자에 섞지 않고 그릇째로 들이마시는 대식가는 특히 웬디고가 되기 쉽다. 그래서 아이들은 식사를 조심스럽게 해야 한다고 배운다"라고 썼다.

전술한 바와 같이 웬디고는 식인종이지만 또 한편으로는 불가사의하게도 우리 자신의 끔찍한 쌍둥이 같은 존재다. 독일의 '도플갱어'나, 죽을 때가 된 사람을 데려온다fetch고 하는 스코틀랜드의 '페치'처럼 말이다. 어떤 사람과 똑같이 생긴 유령을 목격하는 것은 즉각적인 불운이 닥칠 전조로 통하고(유대계 민담에서는 오히려 예지력이 생길 징조로 보아 길조로 해석하지만), 그 희생자는 이웃들 사이에서 추방당한다. 웬디고의 이러한 측면은 1859년 5월에 발매된 C. D. 셴리의 노래 〈눈밭을 걷는 자 The Walker of the Snow〉에 묘사되어 있다. 길 잃은 여행자의 앞에 웬 "어스름한 형체"가 나타나더니, 베르길리우스처럼 그의 곁에서 나란히 걸으며 "눈밭에 발자국을 남기지 않았다"고 한다. 여행자는 이 유령이 너무나 무서워서 머리가 하얗게 세어버렸지만, 나중에 그를 구출해준 수달 사냥꾼들은 그에게 말 한 마디 붙이지 않았다. "나를 끌어 올려주며 그들은 아무 말도 않았네 / 밤중에 내가 그림자 사냥꾼을 보았음을 / 알았기 때문이었지 / 그 그림자에 내가 시들었다는 것도."

웬디고라는 소름 끼치는 존재가 나타난 것은 북극 극지대의 새하얀 빙원 탓이었을까, 아니면 우리 자신의 마음에서 비롯된 존재인데 우리가 그 사실을 받아들이기 두려워 저 텅 빈 설광으로 악몽을 내몰았을 뿐일까? 아랍 사막에는 신기루가 있고, 아일랜드의 초록 언덕에는 레프러콘이 가득하며, 한없이 깊은 바닷속에는 최후의 나팔 소리가 들렸을 때에야 수면 위로 모습을 드러낼 크라켄이 살고 있다. 한편 캐나다에는 우리가 학교 지리학 수업에서 상상하는 그 나라의 모습과 비슷하게도 거대하고 순백색을 띤 괴물이 있다. 캐나다는 그 친절한 자아 이면에 존재하는, 불확실하고도 은밀하고 섬뜩한 그림자에게 쫓기는 것을 선택한 셈이다.

하
이
디
의

할
아
버
지

이 은둔자에 대해서는 알려진 바가 많지 않은 것 같다. 그는 심술궂고 성질 나쁘고 비사교적인 사람으로, 스위스 알프스의 높은 산자락에 있는 그의 오두막집에 찾아오는 사람들을 문전박대하는 것으로 유명하다. 1년 내내 교회에도 발걸음 한번 하지 않는다. 덤불처럼 무성한 눈썹이 미간에서 맞닿고, 부스스한 잿빛 수염을 텁수룩하게 기른 그를 사람들은 이교도라 생각한다. 한 해에 한 번쯤 그가 뒤틀어진 나무 지팡이를 짚고 산길을 거닐 때면 사람들은 그를 피한다. 그와 단둘이 마주하는 일을 모두가 두려워하기 때문이다. 사람들은 그를 '고원 아저씨Alm-Uncle'라고 부르지만 정확히 왜 이런 별명을 쓰게 되었는지는 아무도 모른다.

소문에 의하면 고원 아저씨는 인근 마을의 커다란 농장 상속자였다고 한다. 젊은 시절에는 점잖은 신사 노릇을 했지만 술과 도박으로 모든 걸 잃었다. 엄격한 부모님이 슬픔에 겨워 세상을 떠난 뒤 그도 잠시 자취를 감추었는데 정확히 어디에서 뭘 했는지는 아무도 모른다고 한다. 그러다 세월이 지나 머리가 반쯤 굵은 아들 토비아스를 데리고 마을로 돌아왔다. 토비아스는 얌전하고 착실한 사내로 자라 목수가 되었고 아델하이드라는 처녀와 결혼했다. 그런데 어느 날 토비아스가 집 짓는 일을 돕다가 쓰러지는 기둥에 깔려 죽고 말았다. 충격에서 헤어나지 못한 아델하이드는 몇 주 뒤 남편을 따라 숨졌고, 제 엄마의 이름을 따 하이디라고 하는 한 살짜리 딸만 세상에 남겼다. 사람들은 고원 아저씨가 과거에 저질렀던 악행 때문에 하늘의 벌을 받은 거라고들 했다. 아닌 게 아니라 그는 아들이 죽고 나서부터 타인과 일절 말을 섞지 않았다. 그때부터 그는 알프스산으로 올라가 초야에 묻혀서는 『뜻대로 하세요』의 제이퀴즈 말마따나 "이도 없고, 눈도 없고, 입맛도 없이, 아무것도 없이" 살며 신과 신의 모든 작품을 저주했다.

하이디는 외할머니와 이모 손에 자라다가, 이모가 프랑크푸르트에 일자리를 구하고부터 염세적인 친조부 댁에 맡겨진다. 하이디는 그 변화를 마음에 쏙 들어 한다. 할아버지의 오두막집에는 염소들(하얀 염소의 이름은 '작은 백조', 갈색 염소의 이름은 '작은 곰'이었다)도 있고, 하이디가 직접 선택한 건초 침대에서 잘 수도 있으며, 집 밖에는 흰 꽃이 피고 새된 소리로 우는 독수리들이 날아다니는 그림엽서 같은 풍경이 펼쳐져 있는 데다, 다섯 살배기 하이디가 원하는 것은 무엇이든 마음대로 해도 괜찮았기 때문이다. 이후에 하이디는 교양인다운 예절을 배워야 한다는 이유로 프랑크푸르트로 보내져 한 장애 아동의 친구로 지내지만, 여전히 자유분방하게 행동하며 알프스에 두고 온 사람들을 도울 방법을 찾아나간다. 그러나 훗날 할아버지에게 고백하기를, 그 시기에 하이디는 할아버지와도 알프스산과도 떨어져 지내는 것이 견딜 수 없이 힘들었으며, "배은망덕한 짓"이 될까 봐 자기가 슬프다는 말조차 아무에게도 할 수 없어서 숨이 막혔다고 한다. 허클베리 핀, 모글리, 피터팬과 마찬가지로 야생아인 하이디는 루소가 말한 '선량한 야만인bon sauvage'다운 착한 성정을 타고났다. 하이디는 주변 사람 모두를 좋아하며, 치아가 없는 맹인 할머니의 말벗이 되어주고 할머니에게 드릴 부드러운 빵을 도시에서 일부러 챙겨 가기도 한다. 그래서 세계 독자들의 눈에 하이디는 스위스라는 나라 자체의 상징으로도 보인다. 우리에게 마음의 위안이 되는 초콜릿과 해외 은행 구좌를 건네주는 나라라고나 할까.

결말에 이르러 늙은 이교도는 구원받는다. "한번 하느님에게 잊힌 사람은 영영 그분께로 돌아갈 수 없는 게야." 그가 말하자 하이디는 그 독단적인 발언을 바로잡는다. "아니에요, 할아버지. 누구나 하느님께 돌아갈 수 있다고요." 하이디에게 설득된 할아버지는 아들이 죽은 이래 처음으로 교회에 나가서 영적으로 거듭난다. 그는 하이디에게 이렇게 말한다. "얘야, 내가 과분한 행복을 누리는구나. 하느님을 다시 영접했고, 사람들이 내 마음을 이토록 가볍게 해주고 있으니 말이야. 너를 내게 보내주신 하느님이 참으로 인자하시다." 그야말로 교회 종이 뎅뎅 울리고 천사들의 합창이 하늘 높이 솟아오르는 소리가 들리는 것만 같다. 금방이라도 폭발할 것 같은 무뚝뚝하고 추레한 얼굴을 하고 있던 독불장군 심술쟁이 영감이 이런 발언을 하다니, 굉장히 수상쩍은 결말이 아닐 수 없다.

하이디가 사교적인 구원자 인물이라면, 마침내 구원받는 저 무뚝뚝한 할아버지는 누구인가? 하늘과 가까운 시골 영토에서 고슴도치처럼 웅크리고 살아온 그는 무엇을 상징하는가?

산으로 둘러싸인 작고 중립적인 나라 스위스는 '고슴도치 원칙'하에 스스로를 방어한다고 한다. 즉 몸을 동그랗게 말고 가시를 내뻗는 것이다. 7세기 동안 스위스는 최선의 방어란 공격이 아니라 요들송을 부르며 슬그머니, 철저히 무장하는 것이라는 견해를 고수했다. 세계대전으로 주위가 온통 난리법석이어도 그들은 국외에서 벌어지는 전쟁에 한 번도 관여하지 않았다. 스위스의 군대는 시민들로 이루어지고, 시민이라면 모두 훈련의 의무를 지며, 그들의 집에는 등산지팡이와 가죽 바지 옆에 군복과 총기가 항상 보관되어 있다. 침략당할 경우를 대비해 나라의 모든 전략적 터널과 다리에 손가락 하나만으로 몽땅 폭파시킬 수 있는 배선을 설치해놓아서 나라 전체가 거대한 폭약과도 같다. 적이 스위스에 쳐들어오려면 폭탄을 설치하는 게 아니라 제거부터 해야 할 판이다. 스위스의 비공식적 표어는 『삼총사』에서 따온 구절인 "하나를 위한 모두, 모두를 위한 하나"로서, 여기에는 일말의 반어법도 없다.

존 러스킨은 인간의 감정을 풍경에 투사하는 것을 "한심한 오류"라며 혐오했다. 그는 "자기 감정을 제치고 사물을 올바로 보는 사람"은 마치 앵초와도 같아서, "이 세상의 사물들 주위에 어떠한 연상과 정념이 얼마나 많이 들끓고 있든 간에 그 사물들 자체를 지극히 명백하고 무성한 사실로서 볼 것"이라고 말한다. 하지만 설령 그렇다 하더라도, 손녀 하이디를 마지못해 떠맡았던 산 사나이에게서 그가 사는 산간 국가를 연상하는 것이 과연 단순한 착오라고 할 수 있을까? 교묘하게 자기 일을 계속하지만, 남모르는 깊은 곳에 폭발적인 정념과 "침입자는 쏘겠음"이라는 경고를 품고 있다는 면에서 말이다.

똑똑한 엘시

동화는 우리 세상에서 암울하고 공포스러운 많은 부분들을 특유의 은근한 방식으로 설명해준다. 회의주의자인 우리는 동화에 거짓, 가짜 희망, 공상 같은 의미를 부여해왔지만, 백 년간의 잠으로 저주를 풀 수 있으리라거나, 이빨을 드러낸 포악한 짐승이 기대감을 안고서 우리 할머니 침대에 누워 있을지도 모른다는 생각을 우리가 좀처럼 잊지 못하는 까닭은 불신보다 더 깊은 무언가가 우리를 사로잡기 때문일 것이다.

「똑똑한 엘시」에서 주인공 엘시의 부모는 딸이 똑똑하고도 주의 깊은 여자임을 증명하면 결혼을 시켜주겠다고 약속한다. 부모가 사윗감 한스를 초대한 식사 자리에서 엘시는 맥주를 가지러 지하실에 내려간다. 그런데 천장을 올려다보니 머리 바로 위의 기둥에 곡괭이 한 자루가 꽂혀 있었다. 그걸 본 엘시는 "내가 만약 결혼해서 아이를 낳으면, 그리고 자라난 아이에게 맥주를 가져오라고 지하실로 보내면, 저 곡괭이가 떨어지는 바람에 아이가 머리를 찍혀 죽을지도 몰라!"라는 생각을 한다. 공포에 빠진 엘시는 울음을 터뜨린다. 한편 엘시가 너무 오랫동안 식탁으로 돌아오지 않자 걱정이 된 부모는 지하실에 무슨 일이 일어났는지 확인하라고 하녀를 내려보낸다. 그런데 엘시를 만난 하녀는 그녀가 우는 이유를 듣고는 똑같이 흐느껴 울기 시작한다. 그다음에는 하인 소년이 하녀가 어떻게 됐는지 알아보러 내려가고, 다음에는 어머니가, 다음에는 아버지가 내려가지만, 다들 언젠가 태어날 아들의 운명에 안타까움을 금치 못하고 통곡하게 된다. 마침내 한스가 지하실에 내려가 엘시 가족의 이야기를 듣더니, 과연 엘시가 "똑똑하고도 주의 깊다"며 혼인을 치러야겠다고 말한다. 원래 목적이었던 맥주는 모두에게서 완전히 잊힌다.

우리 모두 한 번쯤은 지하실로 불려 갔다가 어떤 비극이 우리에게 임박하는 듯한 광경을 목격하고 아직 일어나지도 않은 일에 한탄부터 한 적이 있을 것이다. 존재하지도 않는 아이를 죽일지도 모르는 곡괭이를 뽑아낼 생각도 않고서 말이다. 부패와 탐욕과 폭력에의 욕구에서 촉발되는 사태를 심각하게 우려하는 것과, 누구의 책임도 아닌 파멸이 닥쳐오리라는 허상에 빠지는 것은 다르다. 끔찍한 일들은 분명히 일어나기는 했고, 지금도 낮이고 밤이고 일어나고 있지만 그건 어느 날 오후 우리에게 떨어져 목숨을 빼앗을 곡괭이 때문이 아니라, 수많은 사람의 부도덕한 행동 때문이다. "신들은 질병이 되었다." 제2차 세계대전이 끝나고 10년 뒤 C. G. 융은 이렇게 썼다. "제우스는 이제 올림푸스가 아니라 복강신경총을 다스린다. 그는 의사 진료실에 들여보낼 특이한 표본들을 생산하고, 정치인과 언론인 들의 두뇌를 어지럽혀 부지불식간에 정신적 전염병을 세상에 확산시킨다."

　권력자들은 '가짜 뉴스'와 음모론이 일으키는 일상적 공황을 매우 유용하게 활용한다. 사람들의 두려움 덕분에 그들은 더 합리적인 시대였다면 통하지 않았을 종류의 조치와 명령을 내릴 수 있다. "어째서 정치경제학자들이 이걸 예측하지 못했지?" 저녁 뉴스에서 파멸의 먹구름이 닥쳐온다는 내용의 보도를 접한 엘시들은 이렇게 묻고, 정치경제학자들이 희망적 관측을 더욱 단호하게 선포해주기를 요구한다. 존 러스킨은 『나중에 온 이 사람에게도』에서 이렇게 썼다. "진정한 정치경제학의 과학은 아직 유사 과학과 완전히 구분되지 않았다. 마법과 의학, 점성술과 천문학의 관계가 그렇듯이. 정치경제학은 국가로 하여금 삶으로 이어지는 것들을 욕망하고 그런 것들을 위해 노력하도록 가르치는 한편, 파멸로 이어지는 것들은 경멸하고 근절하도록 가르친다." 쉽게 속아 넘어가는 독자들이 거짓에 직면했을 때 내세우는 표어는 성 바울의 "나는 그것이 불가능하기 때문에 믿는다"이다. 반면 소설 독자들의 표어는 가짜 바다거북의 "글쎄, 금시초문이긴 하지만 굉장한 허튼소리 같은 걸"이다.

우리가 엘시와 같은, 소위 똑똑하다고 하는 사고방식을 고집한다면 어떻게 될까? 우리가 분별 있는 숙고를 포기하고 공황에 빠져 세뇌당한다면, 그래서 앞뒤 안 맞는 정치적 허언과 음모론에 반응하고, 사유하는 개인으로서는 더 이상 반응하지 못하고 우리 자신이 누구인지도 잊는다면 어떻게 될까?

동화에는 교훈적인 결말이 있다. 엘시와 결혼한 한스는 그녀에게 밭에 나가서 일을 하라고 시킨다. 하지만 똑똑한 엘시는 우선 도시락을 먹고 낮잠부터 자기로 한다. 남편이 엘시를 집으로 데려오려고 나가보니 그녀는 베지 않고 그대로인 밀밭 한복판에서 잠들어 있었다. 한스는 아내를 벌주기 위해 새 잡는 그물에 조그마한 방울들을 달아 그녀의 몸에 덮어씌우고는 내처 자게 놔둔다. 날이 저물어갈 때 잠에서 깬 엘시는 방울이 딸랑거리는 소리를 듣고 자신이 원래의 자신이 맞는지 의심한다. 그녀는 어리둥절한 채 집으로 돌아가 창문을 두드리고 "엘시 집에 있나요?"라고 소리쳐 묻는다. 그러자 무자비한 남편은 이렇게 대답한다. "네, 집에 있는데요."

엘시는 엄청난 공포에 빠진다. "오 세상에, 그러면 나는 내가 아닌가 봐!" 자기 이름도, 인격도 빼앗긴 그녀는 비명을 지르며 마을 밖으로 도망친다. 그 뒤로 엘시를 보았다는 사람은 아무도 없었다.

롱
존
실
버

Long
John
Silver

33

『보물섬』의 탄생 비화는 잘 알려져 있지만, 거기 나오는 가장 유명한 해적의 탄생 비화는 덜 알려진 것 같다. 로버트 루이스 스티븐슨이 가족과 함께 고된 캘리포니아 체류 생활을 마치고 1880년 7월 영국으로 돌아왔을 때, 쇠약해진 그의 건강 상태를 염려한 부모가 스코틀랜드 브래머에서 요양할 것을 권했다. 그 일이 있기 얼마 전부터 스티븐슨은 열세 살 의붓아들 로이드 오스본과 공동 작업을 시작한 참이었다. 로이드에게 소형 인쇄기를 선물했던 스티븐슨은 이 신생 출판사의 긴급한 요청에 따라 직접 시를 쓰고 목판화를 찍어서 시화집을 엮어주었고, 로이드는 가족들만 소장할 한정판으로 시화집을 소량 인쇄한 바 있었다.

　　브래머로 옮겨 간 뒤 로이드는 직접 그린 그림들로 자기 방을 장식했는데, 스티븐슨은 이 작업에도 손을 보태서 어느 가상의 섬 지도를 그리고 색칠도 해서 로이드에게 주었다. 그 즉시 로이드는

지도에 이야깃거리가 들어 있을 거라는 타당한 추측을 제시했고, 로이드의 채근을 못 이긴 스티븐슨은 해적단과 땅속에 묻힌 보물에 대한 이야기를 지어내 들려주었다. 이야기의 유일한 청중이 내걸었던 딱 한 가지 요구사항은 여자가 안 나와야 한다는 것이었다. 그런데 막상 이야기가 너무나 술술 흘러나왔기에 스티븐슨은 아예 글로 써봐야겠다고 작정했다. 그는 매일 하루 일과를 마치고 저녁이 되면 자신이 쓴 것을 로이드에게 소리 내어 읽어주었다. 이윽고 스티븐슨의 아버지도 청중에 추가되었고, 그렇게 한 노인과 한 청년이 날마다 펼쳐지는 모험 이야기에 열광하게 되었다. 그 전까지 스티븐슨은 단편소설, 시, 에세이만 썼을 뿐 장편소설은 한 번도 써본 적이 없었는데, 장편을 쓸 기회가 마법처럼 저절로 주어진 셈이었다.

일평생 결핵을 앓았던 스티븐슨은 소설의 16장까지 쓰고 체력적 한계를 느꼈다. 하지만 아동 잡지인 《영 포크스》 편집부에서 『바다 요리사』라는 제목의 연재물로 소설을 써달라는 제의가 들어오자 그는 어떻게든 집필을 계속해야 한다는 것을 깨달았다. 당시 스티븐슨은 서른한 살 나이로 집안의 생계를 혼자 떠맡고 있었다.

스티븐슨이 더 맑은 공기를 마실 수 있도록 그들 가족은 스위스 다보스로 여행을 갔다. 그곳에서 원기를 되찾은 덕분에 그는 작업을 재개할 수 있었다. 폐에 무리가 가지 않도록 정오까지는 침대를 벗어나선 안 되었기에 침대에 앉은 채로 글을 써나갔고, 저녁에는 회복한 체력을 발휘해 가족들에게 글을 소리 내어 읽어주었다. 마지막 연재분이 발행되었을 때 스티븐슨은 제목을 『보물섬』으로 바꾸기로 결정했다.

기억에 남을 만한 인물들이 몇 있다. 해적들의 노래를 부르며 예견된 죽음을 차분히 기다리는 빌리 본스 선장, 행동거지도 험악하고 말투는 더더욱 험악한 밉살스러운 블라인드 퓨, 사람의 겉모습을 너무 쉽게 믿는 점잖은 대지주 트렐로니 어르신, 숨겨진 보물에 매혹당한 근엄한 리브시 박사, 섬에 버려져 오도 가도 못하고 반쯤 미쳐버린 벤 건, 그리고 이 이야기의 화자이자, 자기 자신과 동료들의 목숨마저 걸고 모험의 스릴을 좇는 소년 짐 호킨스. 하지만 어느 누구도 롱 존 실버만큼 강렬한 인상을 남기진 않는다. "여덟 닢!"*이라는 불길한 말을 되뇌이는 앵무새를 데리고 다니는 외다리 선원 실버. 소설이 3분의 1쯤 진행되었을 때 실버는 순진한 트렐로니를 속여 그의 배에 요리사로 취직한다. 대지주 어르신도, 박사도 실버를 '정직한 사람'이라며, 흔히 한결같고 순수한 성격을 뜻하는

* pieces of eight. 스페인의 옛 은화.

표현을 그와 결부짓는다. '정직한'이라는 형용사는 독자들을 향한 냉소적인 경고가 되어 소설 전체에 걸쳐 되풀이된다.

실버는 수상쩍고, 정체가 불확실하고, 영리하며, 한 가지 면모만으로 규정하기 어려운 복합적인 성격을 지닌 사람이다. 스티븐슨은 이 인물을 만들면서 친구인 윌리엄 어니스트 헨리를 떠올렸다. 헨리는 작가로서의 재능보다는 독자로서 더 많은 재능을 갖춘 문인으로서, 어린 시절 앓았던 결핵성 관절염 때문에 한쪽 발목을 절단하는 수술을 받고 병원에서 요양하던 중 스티븐슨을 만났다. 두 남자는 절친한 친구가 되었고 희곡 몇 편을 같이 썼지만 후세에는 잊혔다(잊힐 만한 작품이었다). 헨리는 비록 뛰어난 작가는 아니었으나 총명하고 위험을 무릅쓸 줄 아는 편집자여서, 키플링, 헨리 제임스, H. G. 웰스의 작품에 처음으로 출간 제의를 보낸 편집자 중 한 명이기도 했다. 스티븐슨은 1883년 헨리에게 보낸 편지에서 이렇게 고백했다. "롱 존 실버가 태어난 것은 자네가 장애에도 불구하고 보여준 힘과 능란한 수완 덕분이었네…… 불구의 몸으로 사람들을 쥐락펴락하고, 발소리만으로 두려움을 불러일으키는 사나이라는 발상은 순전히 자네에게서 가져온 걸세." 그러나 이 해적 요리사를 그리는 데 영향을 준 요소는 그뿐만이 아니었을 듯하다. 헨리의 복합적인 성격, 지성, 손상된 용모, 과장스러운 행동거지, 한

없는 야망 등이 어두운 방식으로 반영된 인물이 바로 실버였을 것이다.

롱 존 실버가 어떤 사람인지 단적으로 보여주는 장면이 두 가지 있다. 첫 번째는 선원 톰 살해 장면, 두 번째는 실버가 짐에게 거래를 제안하는 장면이다. 반란 모의가 일어나자 충직한 톰은 희망을 버리지 않고 실버에게 이렇게 말한다. "실버, 당신은 늙었소. 그리고 정직한 사람이지요. 아니면 그런 별명으로 불리고 있는 사람이거나. 그리고 수많은 가난한 선원들과 달리 당신은 돈도 가졌소. 또 용감한 사람이기도 하잖소. 내가 오해한 게 아니라면 말이오. 그런 당신이 설마하니 저런 멍텅구리 떼거리에 휩쓸리지는 않겠지요? 암, 그럴 리 없지!" 이후에 실버가 반란 세력의 일원이었음을 알게 된 톰은 자기 실수를 깨닫고 도망치려 하지만, 실버가 목발을 이용해 부러뜨린 나뭇가지를 내던져 그를 꿰찌른다. (이 장면은 스티븐슨이 친구 헨리와 오스카 와일드 사이에 벌어졌던 일화에서 영감을 받은 것인지도 모르겠다. 두 남자는 런던의 한 극장에서 공연을 보고 나오면서 어떤 주제로 열띠게 다투었는데, 헤어지면서 와일드가 마지막으로 한마디 하려고 몸을 돌리자 헨리가 와일드의 머리에 냅다 목발을 집어 던졌다는 것이다.) 실버의 나뭇가지에 맞은 톰이 쓰러지자 실버는 다가가서 칼로 그의 목숨을 끊는다. 끔찍하게도 스티븐슨은 이것이 실버가 길고 난폭한 삶을 살면서 벌인 수많은 범죄 가운데 하나에 불과하며, 이런 범죄가 일어났어도 세상이 달라지지 않는다는 것을 우리에게 보여준다. 그 무참한 장면을 목격한 짐은 한 사람이 저토록 잔인하게 생명을 빼앗겼는데도 해가 평온히 빛나는 것을 믿기 어려워한다.

두 번째 장면에서 짐은 사건의 목격자가 아니라 주인공이다. 실버는 짐과 자신이 서로 보호하는 거래 관계를 맺는 것을 제안한다. 자신은 반란자들에게서 짐을 지켜줄 테니, 짐은 나중에 그가 교수대에 오르지 않도록 판사 앞에서 그를 변호해달라는 것이다. 그러고는 이런 말을 덧붙인다. "아, 너는 어리잖니…… 너와 내가 함께였다면 서로에게 참 좋았을 텐데!" 해적의 삶이 짐을 노골적으로 유혹하는 순간이다. 실버가 던진 말은 만약 짐이 해적으로 살았다면 어땠을까 하는 상상을 드리운다. 이로써 소년은 사회 규범을 따르는 교양인의 행동과, 본능을 따르는 모험가의 삶 사이를 가르는 가느다란 경계선을 발견하고야 만다.

결국 짐은 늙은 해적과의 약속을 지킨다. 리브시 박사가 실버를 버려야 한다고 주장하는데도 짐은 그러지 않는다. 독자들로서는 정확히 어떻게 된 조화인지 알 수 없는 과정을 거쳐 실버는 어리벙벙하던 소년을 '정직한' 청년으로 바꿔놓은 것이다. 스몰렛 선장이 자신의 충직한 부하의 시신을 영국 국기로 덮어주면서 트렐로니 어르신에게 했던 말처럼, "썩 거룩한 일은 아닐지라도 사실은 사실이다".

그들의 모험은 문학적으로 적절한 결말을 맞이한다. "실버는 난롯불이 거의 안 닿는 곳에 비켜 앉아 있었지만 열심히 먹었고, 누가 뭘 필요하다고 하면 즉시 뛰어나갔으며, 심지어 사람들이 웃을 때 조용히 같이 웃기도 했다. 출항하는 배에 오른, 싹싹하고 예의 바르게 사람들 비위를 잘 맞추는 예의 그 선원으로 돌아온 모습이었다." 마지막 장에서 짐은 모험이 끝난 후 주요 인물들이 각각 어떻게 되었는지 독자들에게 알려주는데, 실버의 소식은 듣지 못했지만 아마도 옛 흑인 정부와 재회해 앵무새와 함께 평화롭게 살고 있지 않을까 상상한다. "이건 내 희망사항일 듯싶다. 그가 다른 세상에서 안락하게 살 확률은 아주 낮으니까." 독자들은 배반자이자 도둑이자 살인자인, 그러면서도 한편으로는 착하고 정직한 저 악명 높은 해적에게 불편한 애정을 느낄 수밖에 없다.

카라괴즈와 하지바트

한 쌍으로 짝지어져 태어나는 인물들이 있다. 돈키호테와 산초 판사, 셜록 홈스와 왓슨처럼. 그런데 애초에 세상 그 누가 혼자서만 존재할 수 있겠는가. 그래도 돈키호테는 모험 초기의 몇몇 에피소드에서는 용감하게도 혼자 다녔고, 셜록 홈스도 충직한 의사 친구의 어중간한 도움을 받지 않고 사건을 해결한 적이 초기와 후기에 몇 번 있긴 했다. 하지만 한순간도 떨어져본 적이 없는 짝꿍들도 있다. 카스토르와 폴룩스(아름다운 헬레네와 살의 넘치는 클리타임네스트라의 형제들이다), 빌헬름 부슈가 창조한 개구쟁이들 막스와 모리츠, 헨젤과 그레텔, 트위들디와 트위들덤은 오로지 쌍쌍으로만 살아 있을 수 있다. 그리고 이 불가분의 짝패들 중에는 펀치와 주디*에 비견할 만한 터키 인형극 주인공들이 있는데, 바로 카라괴

* 영국의 전통 꼭두각시 인형극 제목이자 그 주인공들.

즈와 하지바트다.

전설에 의하면 카라괴즈와 하지바트는 어느 가난한 농부가 막강한 술탄에게 자신의 곤경을 토로하려고 고안한 인물들이었다고한다. 햄릿과 마찬가지로 말하기보다는 보여주는 게 낫다고 판단한 농부는 낙타 가죽을 오려 만든 그림자 인형 두 개를 이용해, 누구나 알 만한 궁정 관료들이 부패하여 자신을 등쳐먹었다는 이야기를 연극 형식으로 보여주었다. 공연에 크게 만족한 술탄은 농부를수상으로 임명하고 문제의 관료들을 가혹하게 처벌했다. 또 다른탄생 비화에서는 카라괴즈와 하지바트가 원래 부르사에서 모스크를 짓는 일을 하던 석공들이었다고 한다. 그들이 자꾸만 장난을 쳐서 동료들의 주의를 빼앗는 바람에 모스크 건립이 하염없이 지체되자, 화가 난 술탄은 그들을 처형하라고 명령했다. 그리고 그들의우스갯짓을 기리는 의미로 만들어진 인형극 속에서 그 비운의 어릿광대들은 영원히 죽지 않는 그림자가 되었다는 것이다.

어떤 학자들은 카라괴즈가 인간의 하반신을 구현한 인물로서먹고 방귀 뀌고 섹스하는 행위를 도맡는 한편, 하지바트는 영리한두뇌와 변덕스러운 심장을 지닌 상반신을 상징한다고 한다. 상체와 하체가 한 몸에 속하며 서로를 보완하듯 카라괴즈와 하지바트도 그런 관계다. 사회적 범주에서 보면 그들은 양극단에 위치한다.

카라괴즈('멍든 눈'이라는 뜻이다)는 무식하고 서민들에게 친숙한 산초 같은 인물로서 자기 생각을 재치 있고도 진술하게 표현한다. 반면 하지바트는 교양과 지각과 예절을 갖추었으면서 교활하고 이기적이며, 머릿속엔 하루빨리 부자가 될 계획이 가득하지만 실패할 게 뻔하다. 하지바트는 오스만튀르크 말을 쓰고 고전 시를 인용할 줄 알며, 돈키호테가 산초에게 하듯 카라괴즈를 교화시키려 한다. 하지만 그 진지한 기사와 마찬가지로 하지바트도 늘 실패한다.

상호 대립적인 인물들이 등장하는 이야기는 먼 옛날부터 있었다. 4천 년도 더 전에 쓰인 『길가메시 서사시』가 그 예시다. 폭군 길가메시는 야수 엔키두를 통해 그의 치하에서 고통받는 백성들에게 무엇이 필요한지 깨닫고 더 나은 지도자가 되며, 엔키두는 신전에서 매춘부 샴하트와 일곱 밤을 보내며 길가메시의 문명사회 속 겉치레와 관습 들을 습득하고 자연 세계에 대한 원초적 지식을 대부분 잊어버린다. 이 상호작용을 거쳐 두 남자는 연인 사이가 된다. 카라괴즈와 하지바트에게는 이런 일이 일어나지는 않지만 그들 역시 두 세계—옛 것과 새로운 것, 육욕과 지성, 살아 있는 육체와 창의적인 영혼 사이의 긴장 속에 존재한다.

하지바트와 카라괴즈 주위에는 터키 사회의 다문화적 구성을 여실히 보여주는 온갖 괴짜들이 등장해 두 주인공의 특이한 행동에 반향을 일으킨다. 팔푼이 데니오, 못된 사람들에게서 약자들을 지켜주는 마음씨 고운 아이딘 사람 에페, 아편쟁이 티리아키, 난쟁이 알티 카리스 베베루히, 주정뱅이 투즈수즈 델리 베키르, 구두쇠 지반, 호색광 여자 칸리 니가르 등등. 그 밖에도 터키어를 못하는 아랍인 거지, 흑인 가정부, 체르케스인 하녀 여자아이, 무례한 알바니아인 야경꾼, 그리스인 의사, 아르메니아인 은행가, 유대인 보석상, 아제르바이잔 억양으로 시를 읊는 페르시아인 등 수많은 이름 없는 인물이 등장한다. 중동 지역 전체가 무대에 오른다고 해도 과언이 아니다.

카라괴즈와 하지바트의 모험은 전통적인 형식을 따른다. 극의 프롤로그에 해당하는 '무카디메Mukaddime'에서 하지바트는 탬버린 소리에 맞춰 노래를 부르고 짧은 기도문을 외다가, 자신이 친구 카라괴즈를 찾고 있다고 관객에게 설명한다. 그러다 둘이 만나고, 말다툼을 벌이고, 싸움으로까지 번지지만, 둘 중 누구도 이기지 못하고 싸움은 끝난다. 각 모험의 마지막 장면에서 하지바트는 카라괴즈가 이야기를 망쳤다고 비난하는데, 카라괴즈는 깊이 뉘우치는 투로 이렇게 대답한다. "내 죄가 용서받기만을 바란다네." 이 반복되는 결말에는 무언가 유쾌하고도 진실한 구석이 있다. 그들의 관계에서는 문제가 해결되는 것이 허용되지 않는다. 이야기 속 괴물인 그들의 말다툼은 영원히 지속될 것이다. 우리 모두가 똑같은 사건을 끝없이 되풀이할 운명이라고 믿었던 니체라면 이 견해에 동의했으리라. 알베르 카뮈는 이러한 반복이 삶의 부조리를 반영한다고 보았지만, 또 한편으로는 우리가 들여온 수고에 대해 체념적인 만족감 같은 것을 준다고 말하기도 했다. 그렇다면 하지바트와 카라괴즈는 수없이 실패했음에도 불구하고 행복할 것이다.

터키 사람들은 이 짝패의 영원한 불운에서 터키 자신의 역사를 볼까? 그들의 절반은 끝없이 새로운 것을 추구하고, 또 다른 절반은 오스만 제국보다 한참 더 오래된 시대 조상들의 전통을 끈질기게 고수하며, 전자가 후자를 교화하려 애써왔다는 점에서 말이다. 1933년 현대 터키의 아버지라 불리는 아타튀르크는 이렇게 연설했다. "역사는 다리다. (⋯⋯) 우리는 우리 근본을 캐내고 역사에 의해 나뉜 것을 재건해야 한다. 우리 근본이 저절로 나타나기를 기다릴 순 없다. 손을 뻗어 잡아야 한다."

카라괴즈와 하지바트의 역사로 말할 것 같으면, 하지바트는 고결한 목적에서든 이기적인 동기에서든 간에 카라괴즈에게 몇 번이고 다시 손을 뻗지만 언제나 실패한다. 카라괴즈가 그의 손길을 원하는지의 여부는 또 다른 문제다. 그 과정에서 그들의 모험은 계속된다.

에
밀

35

루소는 『사회계약론』이 출간된 해인 1762년에 『에밀』을 썼다. 이 책은 아동을 위한 『사회계약론』이라고 할 수 있다. 『사회계약론』의 첫 줄에서 '사람'을 '아이'로 바꾸면 그대로 『에밀』의 요약이 된다. "아이는 자유롭게 태어나지만 어디에서든 속박되어 있다." 『에밀』은 소설과 설교가 반반씩 뒤섞인 희한한 잡탕 같은 책이다. 앙드레 지드는 도저히 못 읽겠다고 했더란다. 하지만 그보다 참을성 있는 어떤 독자들은 그 책이 최소한 고려할 가치는 있다고 보았다. 기존의 교육 체계를 비판할 뿐만 아니라, 보편적이기보다는 각 아이에게 특수하게 적용되는 새로운 체계를 제안하기 때문이었다.

　루소는 에밀의 교육 계획을 다섯 단계로 나눈다. 첫째 단계는 아이의 "선한 본성"이 방해받지 않고 자랄 수 있게끔 아이를 사회로부터 분리하는 것이다. 둘째 단계는 아이가 세상을 감각하고 즐기게 두고 어떠한 벌도, 꾸중도 않는 것이다. 셋째 단계에서는 아이가 물질적 경험을 통해 실용적인 학습을 하게끔 강제하고, 넷째 단계에서는 타인들과 교류하며 성, 예절, 종교, 도덕 방면에서 발달하도록 허용해야 한다. 그리고 마지막 다섯째 단계에서는 아이에게 반려자(에밀의 경우에는 유독 착한 티를 내는 처녀 소피)를 소개시켜줌으로써 스스로 부모가 되어 자기 아이를 교육시킬 수 있게 한다. 루소는 헌사에서 "생각하는 법을 아는 좋은 어머니에게" 이 책을 바친다고 썼다. 어쩌면 그는 위니콧이 주창한 "충분히 좋은" 부모 개념을 예견했는지도 모르겠다.

에밀과 소피가 아버지와 어머니가 된 이래 여러 세대가 흘렀다. 수많은 새로운 에밀이 분주하게 살아가는 오늘날의 세상은 많은 것이 달라졌고, 아동기에 대한 사람들의 관점 또한 그렇다. 이제는 아이가 단지 아이라는 이유로 본질적으로 선하다고 여겨지지는 않는다. 하지만 그렇다고 해서 에밀 어린이가 어른들의 세상에서 개인으로 받아들여지고 있는 것은 아니다. "우리는 아동기에 대해 아무것도 모른다." 루소가 책의 서문에 쓴 이 비판은 오늘날에도 여전히 유효하다. 우리 어른들은 어린 에밀에게서 우리가 되고 싶어 했던 인간상의 실패를 발견한다. 때로는 아이들이 우리에게 결여된 미덕을 갖추기를, 그리고 우리의 결함은 닮지 않기를 바란다. 또한 아이들이 우리 시스템을 작동하는 데 효과적인 톱니바퀴가 되도록 가르치고 순종적인 자세를 훈련시킨다. 우리는 아이들에게 필요한 것이 아니라 우리가 원하는 것만 생각하며, 아이들의 야망보다는 탐욕을, 지성보다는 영악함을 부추긴다. "신의 손에서 떠난 모든 것은 선하다. 그러나 사람의 손에 들어온 모든 것은 타락한다." 『에밀』의 첫 단락은 이렇게 시작한다. "사람들은 자기 개, 말, 노예를 해친다. 모든 것을 넘어뜨리고, 모든 것을 망가뜨린다. 그들이 기형을 사랑하고, 식인귀를 사랑하기 때문이다. 무엇이든 자연이 만든 그대로 내버려두고 싶어 하질 않는다. 심지어 인간조차도 말이다."

우리 시대의 에밀은 방치된 교외 지역에 할당받은 허름한 주택에서 산다. 그 동네는 에밀에게는 거울 없는 집 같은 곳이다. 신분증에는 그가 태어난 곳이 적혀 있지만 공식 통계 자료상 에밀은 국가에 등록되지 않았거나 등록되지 않은 것으로 추정되는 사람이다. 이는 물론 에밀이 유럽도 아니고 미국이나 캐나다도 아닌 국가에서 왔다는 뜻이다. 무언가를 식물에 빗대기를 좋아하는 루소의 방식대로 표현하자면, 우리 시대의 에밀은 보기 흉한 뿌리를 드러낸 잡초 같은 것이라고 할 수 있겠다.

에밀은 그 뿌리 외에는 사회적으로 식별 가능한 신원이랄 게 없다. 대중의 상상 속에서 에밀과 그 친구들은 개인이 아니라 사회 문제의 예증에 불과하다. 그들은 바람직하지 못한 부모와 조부모의 수상쩍은 행적을 그대로 되풀이한다. 하지만 에밀의 윗세대는 그나마 시키는 대로 조용히 살다가 죽어주는 품위라도 있었다.

새로운 에밀의 교육으로 말할 것 같으면, 그의 "선한 본성"을 계발하기 위해서는 우선 그의 본성이 무엇인지부터 알아내야 한다. 그러자면 참고할 만한 자료가 필요할 텐데, 아아, 슬프게도 그가 보통의 문화적 어휘로 습득할 수 있는 것은 제한되어 있다. (돈 없이는 가질 수 없음을 에밀도 아는 것들에 대한) 상업적 도상학은 이 세상을 에밀이 보는 랩 음악 뮤직비디오에 나오는 것 같은 빠른 차와 프릴 달린 속옷 입은 여자들로 이루어진 물질적 낙원으로 묘사한다. 매일 다니는 학교에서 에밀은 합리적인 지도를 통해 교육을 받기보다는 행복은 돈으로 살 수 있고, 폭력에는 아무런 결과도 따르지 않으며, 옛 가부장제 규범은 여전히 건재하다고 가르치는 광고와 비디오 게임 들을 학습한다. 에밀은 그 낙원이 대부분 접근 불가능한 곳임을 알면서도 그 후끈한 이미지들에 걷잡을 수 없이 매혹된다. 부재하는 희망이 그곳에 있기 때문이다.

에밀의 감각을 자극하는 환경에 그런 유혹들만 있는 것은 아니다. 에밀은 민주주의 사회에서 살고 있으므로, 사회는 그런 낙원의 도상학뿐 아니라 공식적인 혜택들도 제공한다. 각 지역에는 사회의 여러 공식 기관들을 기념하는, 에밀 같은 사람들이 예배를 드릴 수 있게 마련된 제단들이 세워져 있다. 에밀과 그 친구들이 시간을 보내는 높고 낡고 볼품없는 건물들 사이, 잊혀버린 어딘가에 돌봄 시설, 학교, 레크리에이션센터, 교회, 모스크, 응급 치료소, 고용복지센터 등이 존재하기는 한다는 것이다. 하지만 에밀은 이런 기관들이 자신이 속할 공간이라고는 생각하지 않는다. 그를 위해 지어지기야 했겠지만, 그건 마치 개를 위해 지어진 사육장과도 같다. 에밀보다 잘난 사람들이 그에게 무엇이 주어져야 적절한지를 결정해 그런 장소들을 지어놓고는 에밀이 잠자코 고마워해야 한다고 믿는 셈이었다. (허리케인 카트리나가 뉴올리언스를 휩쓸고 갔을 때, 생존자들이 오히려 전보다 더 좋은 물건을 구호품으로 받게 되었으니 고마워해야 한다고 바버라 부시가 말했던 것도 바로 이런 맥락이었다.) 그러므로 에밀은 자기 존재를 표현하고, 현대 미디어 시인들의 작품에 오르내리는 불사신이 되고, 텔레비전 화면에 자기 얼굴이 도배되게 하기 위하여 저 신전들에 불을 지를 것이다. 이 신성모독 행위에는 희열만큼이나 분노가 동반된다. "나를 인간쓰레기라 불러? 그러면 인간쓰레기처럼 굴어주지"라는 식이다.

　　루소식 교육법의 셋째 단계는 에밀에게 일하는 법과 실용적 공예 기술의 기초를 알려주는 것이다. 오늘날 에밀의 세상에서 일자리는, 그것도 괜찮은 일자리는 흔치 않다. 그리고 일을 안 하더라도 유혹적인 물건을 얻을 수 있는 다른 방법들이 있다. 개인으로서 그의 존재를 부정하는 세상에서 범죄는 당연한 선택지가 된다. 국제 금융을 다루는 거창하고 복잡한 범죄가 아니라, 좀도둑질, 성매매 알선, 마약 거래와 같은 흔하고 일상적인 범죄 말이다. 에밀은 장 주네처럼 위법 행위야말로 부패한 사회에서 멀쩡하게 살아가기 위한 방법이라고 의식적으로든 무의식적으로든 믿게 된다(비록 그 행위가 그의 권리를 제대로 옹호해줄 리 없더라도). "세상에는 두 종류의 사람이 있다. 훔치는 사람과 빼앗기는 사람." 거리에서는 이런 불문율이 통한다. 에밀은 부모가 불운하게도 후자의 삶을 살았다고 믿기에, 자신만큼은 전자에 속하겠다고 마음먹는다.

생계를 꾸리는 법 다음으로는 동료 시민들 사이에서 처신하는 법을 배워야 한다. 그런데 에밀은 자기 동네에서 자라면서 진작 그 방법을 배웠다. 특히 그가 흑인이라면 당국에서 범죄 용의자로 간주되므로, 그에게는 범죄를 저지르는 선택지만 남는다. 범법자로 낙인찍힌 에밀은 자칭 적이라 하는 사람들에게 안전하게 대응할 수 있는 지반을 확보해야 한다. 가망성 있는 후보지가 몇 군데 있기는 있다. 그중에서 잘 알려진 곳은 극단주의의 낙원이고, 그보다 합리적인 종교들도 있지만 에밀로서는 모호하게만 이해할 수 있을 따름이다. 그래서 정부가 이런저런 방법으로 회유하려 해도, 에밀과 그 친구들은 자신들을 배제하는 오만한 문화에 대항할 수단이 이슬람 국가의 극단주의 파벌이라고 생각하게 된다. 극단주의는 반란의 가능성, 저항의 전략, 자신을 무시하는 사람들로부터 스스로를 차별화할 방법 등을 제공한다.

그렇게 에밀은 어른이 된다. 그는 소피를 만나고, 둘이서 새로운 에밀을 낳는다. 그러고 나면 그들의 삶이 달라질까? 딱히 그러진 않을 것이다. 미래의 에밀들도 시민이 아니라 소비자를 생산하고 싶어 하는 시스템에 갇힌 채, 옛날 그들을 지배했던 부패한 남자와 여자 들의 그림자 속에서 근근이 실존을 유지해나갈 것이다. 그들이 가질 수 있는 유일한 희망은 뉴스에 등장하는 카메오 역할로서가 아니라 변화의 주인공이자 행복을 성취할 수 있는 사람으로 가시화되는 것이다. 여기서 다시 루소의 말을 빌리자면, "모순 없는 자기가 되는 것이야말로 진정한 행복의 상태"이기에 그들은 "스스로를 옹호"해야 할 것이다.

루소는 다음과 같이 결론을 내린다.

"지금 같은 상황에서는, 태어나면서부터 버려지고 방치된 사람은 사회에서 그 누구보다도 거부당하는 사람이 될 것이다. 편견들, 관계 당국들, 욕구들, 모범적 인물들, 우리를 둘러싼 온갖 사회 제도들이 그의 본성을 억누를 테고 아무것도 고치지 못할 것이다."

36

2003년 11월 4일, 정치적 망명을 원하는 쿠르드족 난민 열네 명과 인도네시아 선원 네 명이 탄 작은 배가 오스트레일리아 영해에 있는, 다윈에서 북쪽으로 약 80킬로미터 떨어진 멜빌섬 해안에 도착했다. 당시 오스트레일리아 수상 존 하워드는 망명 신청자들이 지긋지긋했으므로 그 소식을 듣고 특단의 조처를 내렸다. 멜빌섬을 자국 영토에서 분리해버린 것이다. 새삼스러운 일은 아니었다. 이미 2001년에도 오스트레일리아 정부는 크리스마스섬을 국경 밖으로 빼내고는 사람이 살기에 적합한 환경도 못 되는 그곳으로 미등록 체류자 수백 명을 강제 추방한 바 있었다.

기원전 5세기경 아테네 시민이었던 플라톤은 자신이 생각하는 이상적인 공화국의 특성을 설명하기 위해 아틀란티스라는 가상의 섬을 지어냈다. 먼 옛날 번화한 도시가 있었던, 그러나 이제는 바다에 삼켜져 사라져버린 섬이라고 했다. 플라톤의 아틀란티스에서부터 생겨난 근사한 가상의 지도는 끊임없이 팽창하면서 지구상에 실존하지 않는데도 그 어디보다 유명한 장소들을 우리에게 선사했다. 예컨대 유토피아, 오즈, 샹그릴라, 호그와트 마법학교가 위치한 불명확한 지역 등등. 우리가 사는 세상은 상상을 펼칠 배경이 되기에는 너무 비좁게 느껴질 때가 종종 있기에 우리는 끊임없이 새로운 장소들을 지어낸다. 그곳들은 실제로 존재하지 않는다는 사소한 결점이 있기는 하지만 우리의 악몽도, 숭고한 열망도 모두 상연할 수 있는 훌륭한 무대 노릇을 해주었다.

플라톤이 가상의 섬에 세운 가상의 사회는 그가 자기 사회의 장점과 결점 들을 비춰 보일 거울이 되어주었다. 이것이 바로 인류가 모닥불을 처음 피웠을 적부터 이야기를 지어낸 이유이고, 더 나아가 그런 이야기들이 펼쳐질 영토를 상상한 이유이다. 정치인들과 달리 이야기꾼들은 지적 현실과 물질적 현실을 칼같이 나눌 수 없다는 것을 알고 있다. 우리가 할 수 있는 일은 다만 세상을 더 잘 보고 이해하기 위해 세상을 새로이 상상하는 것이다. 『아라비안나이트』에 나오는 선원 신드바드의 모험 이야기는 땅(이야기가 발화되는 곳)과 바다(이야기가 상연되는 곳)의 개념을 재편성함으로써 세상을 새롭게 상상하는 하나의 방법을 우리에게 알려준다.

우리는 '바다'를 말하는 순간 '땅'을 떠올린다. 선원 신드바드는 더 이상 땅에 매이지 않는 사람이자, 해안에서 떠나간 사람이요, 저 끊임없이 변화하는 평원을 누비며 지도를 그려가는 활동에 향수를 느끼는 사람이다. 단단한 뭍에서 신드바드의 삶은 평화롭고 반복적이며 예측 가능하다. 그러나 바다에서는 정반대다. 바닥짐이라고는 존재하지 않는, 사방이 수평선으로 둘러싸인 그곳에서는 어떤 일이라도, 심지어 상상조차 할 수 없는 일까지도 일어날 수 있으며 또 일어난다. 우리 모두가 죽음이라는 근본적인 미지의 영토를 마주하는 법을 익히기 위해서는 미지의 것에 도전해야 한다는 것을 신드바드는 알고 있다. 점점 더 강렬해지는 해양 모험 한가운데에서 그는 언젠가 다시 흙이 되어 영원히 땅으로 돌아갈 최후의 순간을 대비해 훈련하고 있는 셈이다. 그 모험을 지켜보는 독자들은 마지막 장이 빠르게 다가오고 있음을 직감하게 된다. 『아라비안 나이트』의 경이로운 537번째 밤은 부자가 되어 사회에 안착한 늙은 신드바드가 자기 인생 이야기를 들려주는 장면으로 시작했다. 그러므로 우리는 그 평화롭고 안락한 풍경이 그에게 가까이 닥쳐온 불가피한 결말을 암시한다는 것을 알 수 있다.

우리는 신드바드가 하나가 아닌 둘이라는 것을 잊는다. 우리가 아는 영웅은 더글러스 페어뱅크스*의 얼굴에 에롤 플린이나 브래드 피트의 목소리를 한 바다의 탐험가로 국한된다. 하지만 그와 또 다른 신드바드, 지상에 매인 신드바드도 있다. 셰에라자드가 거의 서른 날이 넘도록 밤마다 들려준 이야기 속에는 선원 신드바드가 집에 초대했다는 짐꾼 신드바드가 등장한다. 선원 신드바드가 존재하기 위해서는 짐꾼 신드바드도 존재해야 한다. 그 둘이 마주했을 때에야 비로소 이야기 속의 이야기가 시작되었기 때문이다.

선원 신드바드의 일곱 모험은 손에 땀을 쥐게 한다. 젊은 영웅은 고래 등을 섬인 줄 알고 상륙했다가 바닷속 깊이 곤두박질치기도 하고(아일랜드의 성 브렌던도 이와 비슷한 경험을 했다**), 자기 이름을 로크라고 말하는 거대한 새에게 붙들려 구름 위로 날아가기도 한다. 그는 선조 오디세우스와 마찬가지로 사람을 잡아먹는 외눈박이 거인이나 독사와 맞서 싸우며, 삼장 법사처럼 자기 피를 마시려 드는 흉악한 귀신들도 상대한다. '바다의 노인'에게 사로잡혀 그 늙은 악귀를 어깨에 태우고 다니는가 하면, 자신과 똑같이 바다라는 무덤으로 들어갈 운명인 해적들에게 쫓기는 경험도 한다. 하지만 이 모든 모험 이야기는 그것을 들어주는 존재, 지상의 짐꾼 신드바드가 없었더라면 우리에게까지 전해지지 못했을 것이다.

---

¹ 1047년 할리우드 영화 〈선원 신드바드〉에 신드바드 역으로 출연한 배우.
** 아일랜드 수도사 성 브렌던(484~577)이 지상 낙원을 찾아 항해한 이야기를 적은 『성 브렌던 항해기』에 나오는 내용.

이런 방식으로 신드바드의 이야기는 바다처럼 무한히 이어진다. 선원 신드바드는 짐꾼 신드바드에게 자기 이야기를 들려주고, 짐꾼 신드바드가 들은 이야기를 영리한 셰에라자드가 다시 들려준다. 셰에라자드의 일차적 청중은 그 동생인 두냐자드이지만, 궁극적으로는 복수심에 불타는 샤흐리아르왕 역시 그 이야기들을 듣게 된다. 그리고 샤흐리아르왕이 엿들은 이야기들을 마침내 우리도 엿듣는다. 우리는 오래된 메아리가 울리는 기나긴 복도로 이어지는 문의 열쇠 구멍에 귀를 기울이고 있다.

웨
이
크
필
드

37

대여섯 살 때 나는 종종 같은 내용의 꿈을 꾸곤 했다. 내가 땅에 사는 해적 무리(어째서인지 그들은 배를 타지 않고 발로 걸어 다녔다)에게 납치당해, 어딘가 하이디 할아버지네 집과 비슷한 머나먼 산간 지역으로 끌려가서 온갖 흥미진진한 것들을 배우는 꿈이었다. 우리 모두가 한 번쯤은 자기 삶과 완전히 다른 삶을 꿈꿔본 적이 있지 않을까 싶다. 월터 미티*만큼은 아니더라도, 나날이 살아가는 일상보다야 한 번도 살아본 적 없는 삶이 여러모로 더 생생하고 중요하게 느껴지곤 한다. 갈라진 반쪽 자아가 나머지 반쪽을 찾아 헤맨다는 플라톤식 신화는 사람들이 꽤 흔하게 겪는 일인 것 같다. 우리가 될 수 없는 자아의 경험을 갈망하는 셈이라고 할까.

* 제임스 서버의 「월터 미티의 은밀한 생활」의 주인공으로, 평범한 삶을 살면서 터무니없는 공상을 하는 사람을 뜻하는 대명사로 통한다.

1818년 윌리엄 킹 박사가 쓴 『그 시대의 일화들*Anecdotes of His Own Times*』에 따르면, 하우라는 이름의 한 신사가 아무런 설명 없이 아내를 떠났다가 몇 년이 지나서야 돌아온 사건이 있었다고 한다. 너새니얼 호손은 실화라고 소개된 이 짤막한 내용을 접하고는 웨이크필드라는 이름의 기묘한 모험가가 등장하는 단편소설로 각색했다. 어느 날 웨이크필드는 여행을 간다며 집을 떠나서는 겨우 길 하나 떨어진 곳에 하숙방을 얻는다. 그리고 아내에게도 친구들에게도 아무 연락 없이, "스스로를 추방해야 할 일말의 이유도 없"는데도 불구하고 그곳에서 20년 넘게 조용히 은둔 생활을 한다. 남편이 사고로 죽었나 보다고 확신한 웨이크필드 부인은 중년에 과부가 된 신세를 받아들인다. 그러다 어느 날 저녁 웨이크필드는 마치 하루쯤 외출했던 사람처럼 집에 돌아오더니, 그날 이후로 "죽을 때까지 다정한 남편으로 살았다".

웨이크필드가 자신의 평범한 일상을 떠나기로 작정했을 때만 해도, 대수롭지 않게 내린 결정 하나가 자신에게 어떤 결과를 불러올지 전혀 모르고 있었다. 호손은 그 시기의 웨이크필드가 어떤 사람이었는지도 묘사한다. 아내에게 다정하고, 폭력적인 면이라곤 없고, "술기운 없이 차분하고 규칙적인 성정을 유지"하는 중년의 사내인 웨이크필드는 "특유의 굼뜬 기질이 있어서 설령 마음이 딴

데 갔다 하더라도 제자리에 돌아와 머무는", 지극히 지조 있는 남편이었다. 그는 별 목적 없는 사색에 잠겨 한참을 게으르게 시간을 흘려보내곤 했다. 그의 친구들에게 런던에서 오늘 할 일을 아무것도 안 하다 내일에서야 기억해내는 짓을 가장 잘할 법한 사람이 누구겠느냐고 물으면 그들은 웨이크필드를 떠올릴 것이다. 하지만 그의 아내만은 그 질문에 대답하기를 약간 주저할지도 모른다. 그녀는 남편에게서 어딘가 정의하기 힘든 기묘한 구석을, 독특한 허영심 같은 것을 보았을 것이다. 굳이 드러낼 가치가 없는 사소한 비밀들을 속에 감추고 있는, 조용히 이기적인 측면이라고 할까. 호손이 남긴 여러 권의 비망록 중에는 "이기심은 사랑을 불러일으키기 가장 쉬운 기질이다"라는 구절이 나온다.

호손은 웨이크필드의 불가사의한 결정에 대해 이야기하면서 "우리가 통제할 수 없는 어떤 영향력"의 억센 손아귀가 우리의 모든 행위를 거머쥐고 "그 결과를 강철처럼 단단한 필연성의 얼개에 짜 넣는" 것이 아닌가 하는 추측을 제시한다. 웨이크필드가 별거 생활을 10년째 이어가던 어느 날 길거리의 인파 사이에서 아내를 마주쳤을 때에도, 그는 자신이 포기한 삶 속으로 걸어 들어갈 엄두를 차마 내지 못한다. 그 순간 웨이크필드 부인은 뭔지 모를 기시감을 느꼈겠지만 그대로 지나가버리고, 웨이크필드는 "자기 삶의 온갖 비참한 불가사의"가 불현듯 눈앞에 드러났음에도 불구하고 그저 "웨이크필드! 웨이크필드! 너 미쳤구나!"라고 외치는 것 외에 다른 행동을 하지 못한다. 어쩌면 정말 미쳤기 때문에 그랬는지도 모른다. 하지만 그 설명으로는 충분하지 않다.

웨이크필드의 행동 이면에 광기가 깔려 있을 수는 있겠지만 그것이 그 결과에 대한 의문을 해결해주지는 못한다. 우리가 뜻밖의 선택을 할 때, 미리 결정했던 목표에서 멀어지는 엉뚱한 길로 들어설 때, 우리 자신과 주변 상황에는 어떤 변화가 일어나는 것일까? (헨리 제임스의 심상을 차용하자면) 그 '나사의 회전'은 세상사에 어떤 영향을 미치는가? 만약 우리가 동시에 두 갈래 길을 갈 수 있다 한들 뭐가 달라지긴 할까? 오르페우스가 에우리디케를 여의었을 때, 그는 저승의 신들에게 사랑하는 아내를 되살려달라는 불가능한 요구를 했다고 한다. 그러자 신들은 한 가지 조건을 내걸었는데, 바로 오르페우스가 고개를 돌려 에우리디케를 돌아보면 안 된다는 것이었다. 하지만 여기에는 치명적인 문제가 있다. 에우리디케는 보이지 않는 한에서만 존재할 수 있고, 오르페우스의 소원은 그렇게만 이루어질 수 있다. 그가 돌아보는 순간 에우리디케는 사라져버리고 그건 오르페우스의 탓이다. 결국 어느 길을 택하든 그는 에우리디케를 볼 수 없으니, 내기에서 지고 추방자가 될 수밖에 없다.

　　호손은 소설을 다음과 같은 단락으로 끝맺는다.

　　"우리 불가사의한 세상의 수라장 한가운데에서 개인들은 아주 말끔하게 시스템에 적응하고, 시스템들은 서로 맞물리면서 총체를 이룬다. 그 총체에서 잠깐이라도 발을 뺀 사람은 자기 위치를 영원히 잃을 무시무시한 위험에 처하게 된다. 웨이크필드처럼 우주의 추방자가 될 수도 있다는 것이다."

　　보르헤스는 웨이크필드가 카프카 소설의 비극적 주인공들과 마찬가지로 "심오할 만큼 보잘것없는 됨됨이를 가졌으면서 그와 대조적으로 어마어마한 규모의 천벌을 받고, 그 됨됨이 때문에 더욱 하릴없이 복수의 여신들 손아귀에 들어간다"는 점에서 특출하다고 했다. 철석같은 인생행로에 살짝이라도 균열을 내려 했던 웨이크필드의 시도 자체는 특별할 것이 없다. 걸리버의 천공의 섬 라퓨타 모험기에도 한 귀부인이 별안간 섬나라에서의 평온한 삶에서 달아나 라가도 왕국에서 몇 달을 은신했다는 이야기가 나온다. 왕명에 따라 파견된 수색대가 마침내 발견한 그녀는 "어느 싸구려 음식점에서 자기를 매일같이 구타하는 늙고 흉측한 외모의 하인을 모시기 위해 자신의 원래 옷가지까지 저당 잡히고 누더기 차림으로 살고 있었다". 호손의 「웨이크필드」와 동명의 단편을 쓴 E. L. 닥터로도, 장편『웨이크필드 부인』을 쓴 에두아르도 베르티도 그 반역적이고도 보잘것없는 행위가 불러일으킨 파장을 탐구했다. 결론은 모두 비관적이다.

가장 위대한 수피교 신비주의자 루미는 다음과 같은 우화를 들려준 바 있다(이는 훗날 서머싯 몸, 장 콕토, 프랭크 오하라에 의해 각색되기도 했다). 한 젊은이가 예언자 솔로몬왕에게 가서 이렇게 말했다. "제가 당신의 도시에 있는 동안 죽음의 천사 아즈라엘이 나타나 저를 노려보았습니다. 죽고 싶지 않으니 부디 저를 다른 나라로 보내주십시오." 이 말을 들은 솔로몬은 알겠다고 하고 바람을 불러와 그 남자를 인도로 날려 보냈다. 그리고 그날 오후 아즈라엘을 불러서 이렇게 물었다. "그대는 어째서 내 백성을 노려보았소? 그가 어찌나 겁을 먹었던지 자기를 인도까지 보내달라 하지 않았겠소?" 그러자 아즈라엘은 대답했다. "오 예언자여, 내가 그자를 노려본 이유는 하느님께서 그 젊은이를 내일 인도로 데려가라고 명령하셨는데 오늘 이 도시의 길거리를 걸어 다니는 그가 눈에 띄어서 깜짝 놀랐기 때문이었네."

살아본 적 없는 삶, 가본 적 없는 길이 유혹적인 까닭은, 우리가 지금까지 해온 이런저런 선택들을 돌이킬 수 있다면 무언가가 달라질 거라고 생각하기 때문이다. 더 행복하고, 현명하고, 사랑받고 존중받는 삶을 살 수 있으리라고 말이다.

어쩌면 그렇지 않을지도 모른다.

출처

본문의 인용문은 모두 역자가 직접 우리말로 옮긴 것으로, 저자는 해당 인용문을
다음의 서적들에서 발췌하였다. 비영어권 도서들에서 발췌한 인용문들의 경우
번역자가 따로 명시되지 않은 한 저자가 직접 영어로 옮긴 것을 역자가 우리말로
옮겼음을 밝힌다.

01. 보바리 씨 : 귀스타브 플로베르, 『보바리 부인』

02. 빨간 모자 : 「빨간 모자」, 『그림 형제 동화』, 마거릿 헌트와 제임스 스턴의
영역판(London: Routledge and Kegan Paul, 1975)

03. 드라큘라 : 브램 스토커, 『드라큘라』

04. 앨리스 : 루이스 캐럴, 『이상한 나라의 앨리스』와 『거울 나라의 앨리스』

05. 파우스트 : 크리스토퍼 말로, 『포스터스 박사의 비극』; 요한 볼프강 폰 괴테,
『파우스트』 독일어판 원문 및 발터 카우프만의 영역판(New York: Anchor
Books, 1961/1990)

06. 거트루드 : 윌리엄 셰익스피어, 『햄릿』

07. 슈퍼맨 : 제리 시걸과 조 슈스터, 『슈퍼맨』; 조지 버나드 쇼, 『인간과 초인』;
G. K. 체스터턴, 「내가 어떻게 슈퍼맨을 찾았는가How I Found the Superman」,
『경보와 만담Alarms and Discursions』; 프리드리히 니체, 「자라투스트라는 이렇게
말했다」, 『니체 독자Nietzsche Reader』, R. J. 홀링데일의 영역판(London,

Penguin, 2017)

08. 돈 후안 : 몰리에르, 「동 쥐앙, 또는 석상의 만찬」; 볼프강 아마데우스

모차르트와 로렌초 다 폰테, 〈처벌받는 난봉꾼 돈 조반니Il dissoluto punito, ossia

il Don Giovanni〉; 티르소 데 몰리나, 『세비야의 난봉꾼과 석상의 초대』; 조지

고든 바이런 경, 『돈 주앙』; 호세 소리야, 『돈 후안 테노리오』

09. 릴리트 : 하임 나만 비알릭과 여호수아 하나 라브니츠키, 『전설의 책 :

탈무드와 미드라시의 전설들The Book of Legends: Sefer Ha-Aggadah; Legends from the

Talmud and Midrash』, 윌리엄 G. 브로드의 영역판(New York: Schocken, 1992);

『탈무드 선집The Talmud: A Selection』, 노먼 솔로몬 영역 및 편집판(London:

Penguin, 2009)

10. 방랑하는 유대인 : 『아하스베루스라는 이름의 유대인에 대한 짧은 설명과

이야기Kurze Beschreibung und Erzählung von einem Juden mit Namen Ahasverus』(1602);

외젠 쉬, 『방랑하는 유대인』; 카를로 프루테로와 프랑코 루첸티니, 『일정한

거주지가 없는 연인L'amante senza fissa dimora』; 호르헤 루이스 보르헤스, 「죽지

않는 사람」, 『알레프』

11. 잠자는 숲속의 공주 : 샤를 페로, 「잠자는 숲속의 공주La Belle au bois

dormant」, 『동화들Contes』; 「작은 들장미」, 『그림 형제 동화』, 마거릿 헌트와

제임스 스턴의 영역판(London: Routledge and Kegan Paul, 1975)

12. 피비 : J. D. 샐린저, 『호밀밭의 파수꾼』

13. **성진** : 김만중, 『구운몽』, 하인즈 인수 펜클의 영역판(New York: Penguin, 2019)

14. **짐** : 마크 트웨인, 『허클베리 핀의 모험』

15. **키마이라** : 호메로스, 『일리아드』; 리치먼드 라티모어의 영역판(Chicago: University of Chicago Press, 1951); 헤시오도스, 『신통기』, 도러시아 웬더의 영역판(Harmondsworth, UK: Penguin, 1986); 로버트 그레이브스, 『그리스 신화』(London: Penguin, 1993)

16. **로빈슨 크루소** : 다니엘 디포, 『로빈슨 크루소』

17. **퀴퀘그** : 허먼 멜빌, 『모비 딕』

18. **폭군 반데라스** : 라몬 델 바예인클란, 『폭군 반데라스』, 이디스 그로스먼의 영역판(New York: NYRB Classics, 2012)

19. **시데 아메테 베넹헬리** : 미겔 데 세르반테스, 『돈키호테』

20. **욥** : 『욥기』(기독교 성경); 모세스 마이모니데스, 『방황하는 자들을 위한 안내서』, 슐로머 파인스의 영역판(Chicago: University of Chicago Press, 1963)

21. **카지모도** : 빅토르 위고, 『파리의 노트르담』

22. **커소번** : 조지 엘리엇, 『미들마치』

23. **사탄** : 『환희서』(기독교 외경); 단테, 『신곡』; 존 밀턴, 『실낙원』; 피터 J. 언, 『사탄의 비극과 구원 : 수피 심리학에서의 이블리스*Satan's Tragedy and Redemption: Iblis in Sufi P___*』(Leiden: Brill, 1983), 스티븐 그린블랫,

『아담과 이브의 흥망성쇠 : 우리를 창조한 이야기*The Rise and Fall of Adam and Eve: The Story That Created Us*』(New York : Norton, 2018); 요한 볼프강 폰 괴테, 『파우스트』 독일어판 원문 및 발터 카우프만의 영역판(New York : Anchor Books, 1961/1990)

24. **히포그리프** : 루도비코 아리오스토, 『광란의 오를란도』

25. **네모 선장** : 쥘 베른, 『해저 2만 리』, 루이스 페이지 머시어의 영역판; 쥘 베른, 『보물섬』

26. **프랑켄슈타인의 괴물** : 메리 셸리, 『프랑켄슈타인』

27. **사오정** : 오승은, 『서유기』, 아서 웨일리의 영역판(New York : Grove, 1970)

28. **요나** : 『요나서』(기독교 성경)

29. **에밀리아 부인** : 조제 벤투 헤나투 몬테이루 로바투, 『들창코 소녀*A Menina do Narizinho Arrebitado*』; 『노랑 딱따구리*O Picapau Amarelo*』; 『벤타 부인과의 밤 수다*Serões de Dona Benta*』

30. **웬디고** : 존 로버트 콜롬보, 『윈디고 : 사실과 환상소설 앤솔러지*Windigo: An Anthology of Fact and Fantastic Fiction*』(Lincoln : University of Nebraska Press, 1983)

31. **하이디의 할아버지** : 요한나 슈피리, 『하이디』

32. **똑똑한 엘시** : 「똑똑한 엘시」, 『그림 형제 동화』, 마거릿 헌트와 제임스 스턴의 영역판(London : Routledge and Kegan Paul, 1975)

33. 롱 존 실버 : 로버트 루이스 스티븐슨, 『보물섬』

34. 카라괴즈와 하지바트 : 『하지바트와 카라괴즈 이야기 선집 *Selected Stories of Hacivat and Karagöz*』, 제이네프 위스튄 편집, 하바 아슬란 영역(Istanbul: Profil, 2008)

35. 에밀 : 장 자크 루소, 『에밀』

36. 신드바드 : 프랑스어 번역판 『천일야화 *Les Mille et une nuits: Contes arabes*』(1823); 영역판 『천일야화 *The Thousand and One Nights*』; 『아라비안나이트 *The Arabian Nights*』

37. 웨이크필드 : 너새니얼 호손, 「웨이크필드」, 『케케묵은 이야기들 *Twice-Told Tales*』

그 밖에 본문에서 출처가 명시되지 않은 인용문은 다음의 도서들에서 발췌하였다.

도리언 로, 「슈퍼맨」, 『남자들의 책: 시집 *The Book of Men: Poems*』(New York: Norton, 2011)

레프 톨스토이, 『이반 일리치의 죽음』, 루이스 모드와 에일머 모드의 영역판(Jerusalem: Minerva Publishing, 2018)

로버트 루이스 스티븐슨, 「엘도라도」, 『게으른 자를 위한 변명』

루이스 데 공고라이아르고테, 「소네토 *Soneto*」, 『소네트 선집 *Sonetos completos*』

루이자 메이 올컷, 『작은 아씨들』

르네 마그리트, 「생명줄Ligne de vie」, 『저술 전집*Écrits complets*』(Paris: Flammarion, 1979)

마르셀 프루스트, 『갇힌 여인*La Prisonnière*』

마르키 드 사드, 『쥐스틴 또는 미덕의 불행*Justine; ou, Les malheurs de la vertu*』

모리스 세브, 「목*La gorge*」, 『풀다: 가장 고결한 미덕의 대상*Délie, objet de plus haute vertu*』

사데크 헤다야트, 『눈먼 부엉이*The Blind Owl and Other Hedayat Stories*』, 러셀 P. 크리스텐슨 편집, 이라즈 바시리 영역(Minneapolis: Sorayya, 1985)

아리스토텔레스, 『정치학』, 벤저민 조엣의 영역판

아우구스투스, 『신국론』, 마커스 도즈의 영역판 전 3권의 제2권(Edinburgh: T.&T. Clark, 1888)

앙드레 말로, 『왕도로 가는 길*La voie royale*』

에우리피데스, 『단장斷章들 제7권: 아이게우스 멜레아그로스*Fragments, vol. 7: Aegeus-Meleager*』, 크리스토퍼 콜라드와 마틴 크롭 영역 및 편집(Cambridge: Harvard University Press, 2008)

엘리자베스 아이젠슈타인, 『변화의 행위자로서의 인쇄술*The Printing Press as an Agent of Change*』(Cambridge: Cambridge University Press, 1980)

요한 볼프강 폰 괴테, 『서동시집*West-östlicher Divan*』

월터 스콧,『로크비*Rokeby: A Poem*』

윌리엄 셰익스피어,『로미오와 줄리엣』

윌리엄 셰익스피어,『리어왕』

잭 마일스,『신의 전기*God: A Biography*』(New York: Random House, 1995)

카를 구스타프 융,「『태을금화종지』에 대한 해설Commentary on '*The Secret of the Golden Flower*'」,『연금술적 연구*Alchemical Studies*』, R. F.C. 헐의 영역판(Princeton: Princeton University Press, 1957)

크리스핀 사르트웰,『아름다움의 여섯 가지 이름*Six Names of Beauty*』(London: Routledge, 2004)

「토르의 빛Das Thrymlied」,『신新에다』,『아이슬란드 전설*Die Isländersagas*』, 클라우스 뵐트, 안드레아스 폴머, 율리아 체르나크 편집(Frankfurt-am-Main: Fischer Verlag, 2011)

토마스 아퀴나스,『신학대전』, 도미니크회 신부들의 영역판(New York: Benziger Brothers, 1947)

토머스 브라운,『의사의 종교*Religio Medici*』

파블로 네루다,『연시 스무 편과 절망의 노래*Veinte poemas de amor y una canción desesperada*』의 제15번 시

페드로 칼데론 데 라 바르카,『인생은 꿈*La vida es sueño*』

폴 캔스,『그녀∙그는 신화를 믿었는가?』, 롤라 위싱의 영역판(Chicago:

University of Chicago Press, 1988)

프랑수아 티몰레온 드 슈아지, 『회고록*Mémoires*』

프레더릭 더글러스, 『프레더릭 더글러스의 삶과 시대*The Life and Times of Frederick Douglass*』

프리드리히 니체, 『이 사람을 보라*Ecce Homo: Wie man wird, was man ist*』

플라톤, 『국가』, 폴 쇼레이의 영역판, 『대화편 전집*The Collected Dialogues*』, 이디스 해밀턴과 헌팅턴 케언스 편집(Princeton: Princeton University Press, 1961)

피에르 조제프 프루동, 『사회적 문제의 해결책*Solution du problème social*』

한스 블루멘베르크, 『관중이 있는 난파*Shipwreck with Spectator: Paradigm of a Metaphor for Existence*』, 스티븐 렌달의 영역판(Cambridge: MIT Press, 1996)

호르헤 루이스 보르헤스, 「알렉산더 셀커크」, 『타인, 나 자신*El otro, el mismo*』; 호르헤 루이스 보르헤스, 『시선집*Selected Poems*』, 스티븐 케슬러 영역, 알렉산더 콜먼 편집(New York: Viking Books; London: Allen Lane/Penguin Press, 1999)

호메로스, 『오디세이아』, 새뮤얼 버틀러의 영역판(London: A. C. Fifield, 1900) ('율리시스'를 '오디세우스'로 바꾸는 것을 비롯한 저자 수정이 있었음)

후안 룰포, 「너는 개 짖는 소리를 못 들은 거야¿No oyes ladrar los perros?」, 『불타는 평원*El Llano en llamas*』

◆ 다음의 작품들은 이 책의 저자가 원저작권자들로부터 허락받아 인용하였다.

◆ 호르헤 루이스 보르헤스, 「알렉산더 셀커크」

◆ 도리언 로, 「슈퍼맨」

◆ 파블로 네루다, 『연시 스무 편과 절망의 노래』의 제15번 시

옮긴이 김지현

고려대학교 국어국문학과를 졸업하고 소설가이자 영미문학 번역가로 활동 중이다. 단편소설 「반드시 만화가만을 원해라」로 대산청소년문학상을, 단편 「로드킬」로 SF어워드를 수상했다. '아밀'이라는 필명으로 소설을 쓰며 환상문학웹진 〈거울〉의 필진으로 참여하고 있다. 지은 책으로 『생강빵과 진저브레드』가 있고, 옮긴 책으로는 『캐서린 앤 포터』 『하워드 필립스 러브크래프트』를 비롯해 『복수해 기억해』 『흉가』 『레딩 감옥의 노래』 『게스트』 『캐릭터 공작소』 『신더』 『오늘 너무 슬픔』 등이 있다.

끝내주는 괴물들

지은이 알베르토 망겔
옮긴이 김지현
펴낸이 김영정

초판 1쇄 펴낸날 2021년 6월 23일

펴낸곳 (주)**현대문학**
등록번호 제1-452호
주소 06532 서울시 서초구 신반포로 321(잠원동, 미래엔)
전화 02-2017-0280
팩스 02-516-5433
홈페이지 www.hdmh.co.kr

ⓒ 2021, 현대문학

ISBN 979-11-90885-83-6 03800

"『끝내주는 괴물들』에서 알베르토 망겔은 상상 속 캐릭터들이 우리 삶을 반영한다고 주장한다. 그렇다, 우리는 바로 이렇게 생겼고, 딱 이런 식으로 서로를 대한다. 문학이 가장 유용한 지점이라면 아마도 여기에 있을 것이다."
살만 루슈디

*

"저자가 직접 그린 익살스럽고 아기자기한 삽화들이 드문드문 박혀 있는 『끝내주는 괴물들』은 우리가 문학 속에서 만났고 때로는 우리 삶의 여정에 동행하기도 했던 캐릭터들을 떠올려보라고 권한다. 아주 흥미롭고, 때로는 부차적으로 보이는 캐릭터들을. 독자들은 퀴퀘그나 욥 같은 오랜 지인들과 기꺼이 재회할 것이고, 하이디의 할아버지나 롱 존 실버처럼 잘 몰랐던 인물들과도 선뜻 악수를 나눌 것이다."
메건 콕스 거던(수필가·평론가), 《월스트리트저널》

*

"매력적이고 필수적인 책."
그레그 개릿(문학 창작 교수·작가), 《스펙테이터》

*

"한 애서가가 자신이 잊지 못하는 캐릭터들에게 바치는 말과 그림들."
《뉴욕 타임스 북 리뷰》